Konfetti im Winter

Buchinhalt

„Du musst Konfetti in dein Leben bringen, es bunt und lebenswert gestalten."

Nach dem Tod ihres Mannes flieht die fünfzigjährige Zoey nach Sylt. Alles scheint ohne Sinn. Doch dann trifft sie am Strand auf die Künstlerin Marlene, die mit ihrem Hund mitten im Nordsee-Idyll wohnt. Marlene macht sie mit dem Witwer Moritz bekannt und führt sie nicht nur damit in Versuchung …
Wird Zoey in ihr Leben zurückfinden? Oder doch ein ganz anderes entdecken?

Ein liebevoller und mutmachender Frauenroman – ein Plädoyer für das Leben!

Die Autorin

Katharina Mosel ist in Hamburg geboren und aufgewachsen in einem kleinen Dorf in Schleswig-Holstein. Der Liebe wegen ist sie nach dem Studium ins Rheinland gezogen. Heute lebt sie mit ihrem Ehemann in Köln. Hauptberuflich arbeitet sie als Anwältin im Bereich des Familienrechts und des Erbrechts in einer eigenen Kanzlei.
2016 schrieb sie zusammen mit ihrer Cousine Janine Achilles das Buch „Paragrafen und Prosecco – Justitia und das wahre Leben". Das Schreiben brachte viel Freude und die Erkenntnis, dass sie weiterschreiben wollte.
2017 erschien ihr Frauenroman „Vier Mal Frau", eine heitere Geschichte über Veränderung.
Nach „Paragrafen und Prosecco – Justitia und andere Katastrophen" ist „Konfetti im Winter" ihr viertes Buch.
Weitere Informationen unter: katharina-mosel.de

Weitere Bücher der Autorin:
Paragrafen und Prosecco – Justitia und das wahre Leben (2016)
Vier Mal Frau (2017)
Paragrafen und Prosecco – Justitia und andere Katastrophen (2018)

Katharina Mosel

Konfetti im Winter

Ein Sylt-Roman

Bibliografische Information der Deutschen Nationalbibliothek:
Die Deutsche Nationalbibliothek verzeichnet diese Publikation in
der Deutschen National bibliografie; detaillierte bibliografische
Daten sind im Internet über dnb.dnb.de abrufbar.

© Cover- und Umschlaggestaltung: Laura Newman –
design.lauranewman.de
© Entenlogo: Laura Newman – design.lauranewman.de
Lektorat: Eva Maria Nielsen, www.lektoratderrotefaden.de
Korrektorat und Buch-Innengestaltung: buchseitendesign
by ira wundram, www.buchseiten-design.de
Druck: Custom Printing, Wał Miedzeszyński 217, PL-04-987
Warszawa, Polen
Bestellung und Vertrieb: Nova MD GmbH,
Raiffeisenstraße 4, D-83339 Vachendorf, Deutschland

ISBN: 978-3-9644-3458-6

1

Zoey spürte den Sand zwischen den Zehen und eine kindliche Aufregung packte sie, als sie mit langen Schritten zum Ufer lief. Wie viele Stunden hatte sie hier verbracht? Sie wusste es nicht. Die Sehnsucht führte sie immer wieder auf die Insel. Das kreischende Geräusch der Möwen, die salzige Nordseeluft und das Meer, das heute glatt wie ein See lag. Ostwind.

Ihre Füße berührten den nassen Sand und sie erschauderte für einen Moment, als das Wasser ihre Zehen erreichte. An diesem grauen Novembermorgen war außer ihr niemand an dem Strandabschnitt zu sehen. Umso besser. Sie rückte ihre an den Schnürsenkeln zusammengebundenen Wanderschuhe über den Schultern zurecht und wandte sich nach Norden, Richtung Ellenbogen.

Mal sehen, wie lange sie es ohne Schuhe und Strümpfe aushalten würde. Der Sand war hart, das Wasser lief ab. Zum Laufen ideal. Möwen durchkämmten den Wasserrand auf der Suche nach Beute und wichen nur widerwillig aus, wenn Zoey ihnen zu nahe kam. Sie schritt zügig aus, den Blick auf den Strand gerichtet, um Muscheln oder anderen Kostbarkeiten, die das Meer hergegeben hatte, ausweichen zu können. Hier am Wasser fühlte sie sich frei.

Nach einer Weile fingen ihre Füße an zu schmerzen und sie bückte sich, um Strümpfe und Schuhe anzuziehen. Leander hatte sie immer geneckt, wenn sie beim Anblick der Nordsee als Erstes ihre Schuhe ausgezogen hatte. *Du bist wie ein Kind, das sich in die Sandkiste stürzt.* Zoey verzog das Gesicht. Warum musste sie schon wieder an Leander denken?

Von hinten fegte etwas an ihr vorbei, fast wäre sie hingefallen. Ein Golden Retriever preschte ins Meer zu den Möwen, die kreischend die Flucht ergriffen. Laut bellend sprang der Hund am Ufer entlang und verfolgte die Vögel.

„Entschuldigen Sie bitte. Max ist nicht zu bremsen, wenn er Möwen sieht."

Zoey sah auf. Vor ihr stand eine Frau, dick eingepackt mit Mütze und Schal. Ihre blauen Augen lächelten sie freundlich an.

„Kein Problem."

„Sie sind ganz schön abgehärtet. Bei der Kälte barfuß laufen. Auf die Idee würde ich in tausend Jahren nicht kommen, obwohl ich hier lebe."

Zoey hatte keine Lust, sich zu unterhalten. „Mir war es auch zu kalt, aber ich mag das Gefühl des Sandes unter den Füßen." Warum hatte sie das jetzt gesagt?

Die Frau pfiff nach ihrem Hund, der sofort gehorchte und schwanzwedelnd herantrabte. Unmittelbar vor ihnen schüttelte er sich und Zoey bekam Wasserspritzer ins Gesicht.

„Also Max, wirklich. War das nötig?" Die Frau kraulte den Hund hinter den Ohren. „Ich entschuldige mich noch einmal für das Benehmen meines Hundes. Eigentlich ist er ordentlich erzogen."

„Schon gut." Zoey hatte ihre Schuhe angezogen. Max trottete näher und beschnüffelte sie behutsam. Sie sah in seine braunen Hundeaugen und konnte nicht widerstehen. Vorsichtig strich sie mit der Hand über das seidenweiche Fell. So flauschig. Max schien die Berührung zu genießen und lehnte sich gegen sie.

„Er mag Sie. Wenn es Ihnen zu viel wird, schubsen Sie ihn einfach weg."

Zoey sagte nichts und streichelte gedankenverloren das Tier. Nach ein paar Sekunden spannte sich sein Körper an und er schoss in Richtung Meer, wo sich erneut Möwen niedergelassen hatten.

Die Frau lachte laut scheppernd auf. „So ist er, mein Mäxchen. Ich wünsche Ihnen einen schönen Tag." Sie stapfte hinter dem Hund her und Zoey beobachtete, wie sie ein Stück Treibholz vom Strand aufhob und es ins Meer warf. Max stürzte sich sofort in die Wellen und schnappte nach dem Stock. Zoey drehte sich weg und nahm ihren Weg wieder auf. Mäxchen. Das klang niedlich.

Zwei Stunden später erreichte sie ihr Auto, das allein auf dem weitläufigen Parkplatz stand. Der Wind blies immer noch kalt, aber es hatte nicht geregnet. Glück gehabt. Ungelenk ließ sie sich auf den Fahrersitz fallen und überlegte, was sie mit dem Rest des Tages anfangen sollte. Nicht mehr lange und es würde dunkel sein.

Zoey hatte in Wenningstedt ein kleines Appartement gemietet. Gestern war sie von Hamburg hochgefahren, ihren Golf vollgepackt mit dicken Anziehsachen, Büchern und zwei Kisten Rotwein. Lebensmittel hatte sie nicht mitgenommen, der Kühlschrank war leer. Wenn sie heute etwas Warmes zu sich nehmen wollte, musste sie einkaufen. Die meisten Restaurants auf der Insel schlossen um diese Jahreszeit, abgesehen davon hatte sie keine Lust, allein in einem Lokal zu sitzen. Spaghetti mit Tomatensauce wären ausreichend. In Wenningstedt gab es am Ortseingang einen Supermarkt, wo sie alles Nötige bekommen würde. Das war doch ein Plan. Sie ließ den Motor an und fuhr langsam in Richtung Kampen.

Wenige Stunden später saß sie vor ein paar brennenden Teelichtern am Tisch, ein halbleeres Rotweinglas vor sich, daneben ein aufgeschlagenes Buch. Der erste Tag auf der Insel war geschafft. Obwohl Zoey ohne Probleme allein zu sein vermochte, fürchtete sie vor jeder Reise, Gesellschaft zu vermissen. Ihr fiel die Begegnung mit Max und seinem Frauchen ein. Sollte sie sich einen Hund anschaffen? Zoey, rief sie sich zur Ordnung. Du hast andere Probleme, da musst du dich nicht mit einem Tier belasten. Sie seufzte tief, ließ den letzten Rest Rotwein auf ihrer Zunge vergehen und löschte die Kerzen. Ab ins Bett, die frische Seeluft, gepaart mit Alkohol, forderte ihren Tribut.

Am nächsten Morgen schien die Sonne. Zoey wachte früh auf. Das Buch hatte sie im Bett zu Ende gelesen. Ein spannender amerikanischer Thriller. Genau die richtige Ablenkung. Wenn sie in diesem Tempo las, würde ihr schnell der Lesestoff ausgehen. Ein Luxusproblem, beruhigte sie sich. Auf Sylt gab es Buchhandlungen, kein Grund zur Sorge. Leander hatte immer geflucht, wenn sie zu zweit verreisten und die Tasche sich unter der Last der Bücher bog. *Wann willst du die alle lesen?, hatte er jedes Mal gefragt. Kannst du nicht einen Tag ohne Buch auskommen?* Sie wischte die Erinnerung weg und stand schwerfällig auf. Leander hatte nie verstanden, dass aufgeschriebene Geschichten für sie so lebensnotwendig waren wie Essen und Trinken. Ihr Magen knurrte. Zoey schlüpfte in ihre Jeans, die sie am Vorabend achtlos neben dem Bett abgestreift hatte. Zum Bäcker war es nicht weit, eine übergeworfene Jacke mit Schal würde reichen. Das komplette Anziehprogramm mit Strumpfhose, Angorahemdchen, dickem Pullover und Weste absolvierte sie bei der Kälte erst bei längerem Aufenthalt im Freien.

Ein eisiger Windstoß empfing Zoey und schleuderte ihr fast die Tür aus der Hand. Sie überquerte im Laufschritt die Hauptstraße und versuchte, ihren Schal um den Kopf zu wickeln. Vor der Tür des Ladens saß ein Retriever und wartete, um den Hals ein blaues Nickytuch. Das war doch Max, oder?

Sie sprach den Hund leise an. Er drehte den Kopf und wedelte freundschaftlich. Zoey ging näher heran und kraulte ihn am Hals. Wie weich sein Winterfell sich anfühlte!

„Na, das ist aber eine Überraschung am frühen Morgen." Ihre Strandbekanntschaft von gestern, die heute einen dunkelblauen Regenmantel mit einem hellblauen Wollschal trug, trat aus dem Laden, Brottüte und Zeitung unter dem Arm. „Noch ein Treffen und ich gebe einen aus." Sie lachte herzhaft.

Zoey wusste für einen Augenblick nicht, was sie sagen sollte. Sie streichelte weiter den Hund, der beim Anblick seines Frauchens stärker wedelte. „Wohnen Sie hier?"

„Ja, gleich um die Ecke? Und Sie?"

„Ich habe für vierzehn Tage ein Appartement gegenüber gemietet."

„Dann laufen wir uns bestimmt häufiger über den Weg. Um diese Jahreszeit sind hier nicht so viele Menschen unterwegs." Sie runzelte die Stirn „Ungewöhnliche Zeit für einen Urlaub."

„Ja, vielleicht. Aber ich mag das." Zoey zog die Hand vom flauschigen Fell zurück.

„Viel Spaß noch." Die Frau pfiff nach dem Hund, der sich sofort erhob. Sie liefen im Gleichschritt nebeneinander, die Hundeschnauze am Bein des Frauchens. Zoey öffnete die Tür zur Bäckerei.

Im Laden roch es nach frischem Brot. In der gläsernen Vitrine lagen verschiedene Brötchensorten, allesamt appetitlich aussehend. Hinter der Theke stand eine ältere Dame in einem braunen Kittel, die sie neugierig musterte.

„Moin. Was darf es sein?"

„Moin, ich brauche einen kurzen Moment bitte." Wie so oft konnte Zoey nicht sofort entscheiden, was sie wollte. Roggenbrötchen, Mehrkorn oder doch ein Kieler? Die Frau wartete und sagte nichts. Das mochte sie. Leander hatte sich über diese fehlende Entschlossenheit von ihr immer amüsiert. *Du buchst in wenigen Sekunden eine Reise oder kaufst ein Auto. Wenn es aber darum geht, ein Essen in einem Restaurant zu bestellen, bist du eine Schnecke.* Stimmt. Die Verkäuferin räusperte sich vernehmlich. Offenbar war ihr Geduldpotential erschöpft.

„Ach Entschuldigung. Ich nehme ein Roggenbrötchen und ein Kieler. Außerdem das Schwarzbrot da." Zoey zeigte auf ein rundes Brot mit Nüssen, das auf dem Ladentisch lag. „Und die Sylter Rundschau."

„Gerne."

Sie zahlte und verließ das Geschäft mit dem Gefühl, die erste Hürde des Tages genommen zu haben.

Wieder im Appartement angekommen, kochte sie sich eine Kanne schwarzen Tee und blätterte die Zeitung durch. Die üblichen politischen Katastrophen aus Deutschland, eine neue Regierung war nicht in Sicht. Im lokalen Teil fiel ihr ein Foto auf. Das war doch die Dame, die sie eben gesehen hatte. „Marlene Hurst, unsere bekannte Inselkünstlerin, eröffnet am Samstag um 15 Uhr ihre neue Ausstellung im Kurhaus in Wenningstedt." Die Kamera hatte die Künstlerin mit einem ironischen Zwinkern eingefangen. Warum eröffnete man im November auf Sylt eine Ausstellung? Jetzt befanden sich garantiert nicht so viele Menschen auf der Insel. Merkwürdig. Sollte sie hingehen?

2

Man konnte es problemlos im Freien aushalten. Es war weiterhin kalt und windig, regnete aber nicht. Zoey hatte inzwischen einen Tagesrhythmus gefunden: Morgens holte sie sich bei der Bäckereifrau Brötchen und die Zeitung, dabei plauderten sie kurz miteinander über das Wetter. Nach einem ausgiebigen Frühstück mit vielen Bechern Tee wanderte sie stundenlang am Strand. Angenehm erschöpft fuhr sie zum Einkaufen in den Supermarkt, wo sie die Zutaten für ihr tägliches Abendessen besorgte. Nichts Kompliziertes, meistens Nudeln mit irgendeiner Sauce, ab und zu Salat. Abends bereitete sie sich die schnelle Mahlzeit zu und schlüpfte, müde von der frischen Luft, mit einem Glas Rotwein und einem Buch ins Bett. Zoey hatte weder Max noch die Künstlerin wiedergesehen, was sie bedauerte. War sie wieder reif für die Gesellschaft von anderen?

Heute war Samstag und Zoey hatte nicht vergessen, dass im Kurhaus die Ausstellung eröffnet wurde. Vorbeizugehen und zu sehen, wie viele Menschen gekommen waren, schadete sicher nicht. Vielleicht gefielen ihr sogar die Bilder? Sei doch mal ehrlich, Zoey, schimpfte sie laut. Du bist neugierig auf die Frau und hast Lust auf eine Unterhaltung, nach fünf Tagen mit Selbstgesprächen.

Sie kürzte den Strandspaziergang: einmal Westerland und zurück. Gegen zwei Uhr kam sie durchgepustet wieder im Appartement an und musterte sich im Spiegel. Blaugrüne Augen blickten sie fragend an. Die Haut zeigte eine gesunde Gesichtsfarbe und ihr kurz geschnittenes Haar stand in allen Richtungen vom Kopf ab. Kein Wunder, bis eben hatte sie es unter einer dicken Wollmütze versteckt. So konnte sie sich nicht zur Ausstellungseröffnung wagen. Duschen war angesagt. Schnell entkleidete sie sich im engen Badezimmer und ließ das heiße Wasser für ein paar Minuten auf die Haut prasseln, bis die rot und schrumpelig schimmerte. Sie wusch sich die Haare und benutze das erste Mal, seit sie auf Sylt war, einen Föhn. Unschlüssig verharrte sie vor dem Kleiderhaufen im Schlafzimmer. Die letzten Tage hatte sie immer nur Strumpfhosen, darüber Blue Jeans und einen dicken schwarzen Pullover getragen. Das wäre nicht das Richtige. Im Stapel fand sich unter einem Berg von Unterwäsche und Socken ein rotes langärmliges T-Shirt mit violetter Strickjacke. Zusammen mit ihrer schwarzen Jeans eine passende Kombination. Seit langer Zeit einmal wieder farbenfroh. Zoey schlüpfte in Hose und Oberteil. Ein Blick in den Spiegel, zur Abwechslung in den länglichen vom Kleiderschrank. Im Gesicht fehlte Make-up. Du bist immer noch eitel, Zoey, sagte sie laut, und fing an, in ihrer Tasche zu wühlen. Irgendwo musste ihr Schminktäschchen sein. Sie entdeckte es schließlich, ein geblümtes Teil, das sie schon viele Jahre besaß. Kajalstift, Wimperntusche, Concealer und ein Lippenstift. Besser als gar nichts. Sie zog sich die Lippen mit roter Farbe nach. Maskerade.

Vor dem Kurhaus standen ein paar Leute in dicken

Anoraks, die rauchten und mit den Füßen auf der Stelle stapften. Immer, wenn sie Menschen sah, die in der Kälte vor irgendwelchen Gebäuden mit ihren brennenden Zigaretten froren, freute sich Zoey, dass sie sich dieses Laster abgewöhnt hatte. Sie schlenderte an den Rauchern vorbei durch eine Glastür, hinter der auf der linken Seite die Kurverwaltung ihren Sitz hatte. Der Gang erweiterte sich im rückwärtigen Teil des Gebäudes zu einem hellen, geräumigen Saal, in dem die Vernissage stattfand. Auf einem Plakat strahlte die Künstlerin, darunter der Name der Ausstellung: „Sylter Impressionen". Nichts Ausgefallenes.

Zoey trat unschlüssig von einem Fuß auf den anderen. Sollte sie es wagen? Nach ihrer Schätzung hatten sich mindestens zwanzig Personen versammelt, die meisten hielten ein Glas Sekt in der Hand und plauderten angeregt. Alle schienen sich zu kennen. Von Frau Hurst war nichts zu sehen. Jetzt geh doch und schaue dir die Bilder an, dafür sind Vernissagen erfunden worden. Warum bist du so schüchtern?

„Immer nur rein in die gute Stube", ertönte hinter ihr eine kräftige Männerstimme. „Hier beißt Sie keiner."

Ertappt! Zoey drehte sich um. Ein Mann mit schneeweißen Haaren und einem dunkelblauen Troyer, unter dem ein blau-weiß gestreiftes Hemd hervorsah, musterte sie belustigt. Fehlte nur das Nickyhalstuch und er hätte genau in das Klischee des Shanty-singenden-Seemanns gepasst. Sie unterdrückte ein Kichern.

„Sehen Sie, Sie lächeln und sind gleich ein ganz anderer Mensch." Er steckte seinen Arm aus und machte eine einladende Geste. „Nach Ihnen."

Zoey trat an dem Ausstellerplakat vorbei in den

Raum, in dem großflächige Acrylbilder an den Wänden hingen. In der Mitte stand ein runder Holztisch mit Sekt- und Wasserflaschen, Gläsern und etwas zum Knabbern. Zwei blondhaarige Mädchen in friesischer Tracht sahen sie erwartungsvoll an.

„Möchten Sie etwas trinken?", fragte die eine sie mit piepsiger Stimme. Ihre Partnerin füllte vorsichtig Sekt in ein Glas. Angesichts des Eifers der beiden blieb ihr gar nichts anderes übrig, als das Getränk zu nehmen. So hatte sie etwas zum Festhalten.

Zoey prostete den Mädchen zu, die anfingen zu kichern. „Vielen Dank ihr beiden."

Mit dem Glas in der Hand sah sie sich um. Der Herr mit dem Troyer hatte einen Bogen um den Getränketisch geschlagen und unterhielt sich angeregt mit etwas betagteren Herrschaften. Zoey schlenderte auf das erste Werk zu, eine Komposition aus unterschiedlichen Blautönen. Gedankenverloren nippte sie am Sekt und musterte das Bild. Schemenhaft vermochte sie Frauengestalten zu erkennen, die über einem Ozean zu schweben schienen. Ihr Blick wanderte nach unten. „Frauen am Meer" stand auf einem kleinen Schild an der Seite. Sogar mit ihrem laienhaften Kunstverständnis erkannte Zoey, dass das Bild technisch perfekt gemalt war. Es sprach sie auf irgendeine Art und Weise an, obwohl ihr die Farben nicht zusagten. Zu blau. Langsam wandte sie sich dem nächsten Objekt zu. Das füllte über einen Meter im Quadrat und war ebenfalls in Blautönen gehalten. Im Hintergrund Möwen und ein Schiffskutter. Sie trat näher an die Leinwand und entdeckte einen angedeuteten Leuchtturm.

„Ich freue mich, dass Sie gekommen sind. Ich hätte

Sie gern persönlich eingeladen, wir haben uns aber nicht mehr gesehen. Erinnern Sie sich: Beim dritten Male gebe ich einen aus."

Zoey drehte sich um und fand sich Auge in Auge mit der Künstlerin wieder, die lächelnd ihr Glas erhoben hatte. Sie trug ein Strickkleid in verschiedenen Blautönen, dazu passend hohe dunkelblaue Stiefel über einer helleren blauen Strumpfhose. Frau Hurst bemerkte Zoeys prüfenden Blick und sagte: „Wie Sie sehen, bevorzuge ich die Farbe Blau. Nicht nur auf meinen Bildern."

„Ich, äh …", stotterte Zoey etwas unbeholfen und ärgerte sich sofort über sich. Sie zog bewusst ihre Schulterblätter nach hinten und setzte ein Lächeln auf. „Noch einmal von vorn. Blau ist nicht meine Farbe, außer bei Jeans, aber Ihnen steht es auf jeden Fall. Sie sehen fantastisch aus."

„Danke schön, hervorragend gelöst. Kommen Sie, ich stelle Sie ein paar Leuten von der Insel vor. Natürlich wäre es hilfreich, wenn Sie mir vorher Ihren Namen verraten."

Zoey trippelte von einem Fuß auf den anderen. „Ach bitte, ich möchte erst einmal Ihre Bilder in Ruhe ansehen. Und sorry, dass ich mich nicht vorgestellt habe: Ich heiße Zoey Lieberman."

„Angenehm, ich bin Marlene Hurst und wenn Sie nichts dagegen haben, können wir uns gern duzen."

„Ja klar."

„Ich finde es klasse, dass du an meinen Bildern interessiert bist. Die meisten hier kommen nur zum Klönen und Sekttrinken." Sie lachte laut auf. „Nein, Spaß beiseite, der eine oder andere kauft tatsächlich immer mal wieder eins."

„Ich habe mich gefragt, warum Sie, äh, du eine Vernissage im November veranstaltest. Ich meine, äh …"

„Weil um diese Jahreszeit nicht so viele Touristen auf der Insel sind. Ich weiß, dass das nicht logisch ist, trotzdem. Für mich ist es wichtig, dass ich meine Bilder als erstes Freunden und Nachbarn vorstelle. Und natürlich netten Touristinnen." Sie blinzelte Zoey zu. „Die Teile hängen hier außerdem bis Ostern, sodass der eine oder andere Tourist durchaus die Möglichkeit hat, sie zu kaufen."

„Marlene, meine Liebe, da hast du dich ja wieder übertroffen." Eine korpulente Frau mit hennaroten Haaren drängte sich an Zoey vorbei und begrüßte die Künstlerin mit zwei Küsschen auf die Wangen. „Ich habe gerade noch zu Hans-Dieter gesagt, dass wir unbedingt ein Werk von dir für unsere neue Ferienwohnung kaufen müssen. Du machst uns doch bestimmt einen guten Preis, oder?"

„Wie immer, meine liebe Vera." Marlene zwinkerte Zoey über den Kopf der Frau hinweg verschwörerisch zu. „An welches Bild hattest du denn gedacht?"

Mit dem inzwischen lauwarmen Sekt wanderte Zoey langsam zum nächsten Objekt. Wieder eine Komposition aus Blautönen, garniert mit ein paar grauen und grünen Farbtupfern. Insgesamt zählte sie zehn größere und genauso viele geringfügig kleinere Ausstellungsstücke, einige komplett abstrakt, bei anderen waren im Hintergrund vereinzelt Nordseemotive zu erkennen. Rötliche Farbtöne tauchten in den Bildern nicht auf. Die Farben, die Zoey bevorzugte.

Nachdem sie alle Werke gebührend gewürdigt hatte, war das Sektglas leer. Die Mädchen standen noch immer in der Mitte und bedienten mit kindlichem Ernst die kleckerweise eintreffenden Gäste. Im Raum drängelten sich die Gäste, der Geräuschpegel stieg. Zoey entschied, sich unauffällig zu entfernen. Sie hatte nach wie vor keine Lust, vorgestellt zu werden, und für heute genug von der Gegenwart anderer Menschen. Vorsichtig bahnte sie sich einen Weg durch die plaudernden Besucher in Richtung Ausgang. Dort stellte sie ihr Glas auf einem an die Wand geschobenen Tisch ab. Sie warf einen letzten kurzen Blick auf die Menge, konnte aber die Künstlerin im Gedränge nicht finden und hastete mit schnellen Schritten ins Foyer, wo sie Jacke und Schal an einer in den Gang geschobenen Garderobe aufgehängt hatte.

Draußen atmete sie tief ein. Dunkelheit hüllte sie ein, trotzdem lief sie die paar Schritte in Richtung Meer. Auf der Strandpromenade, die ein Stück weit durch ein Lichtkunstwerk bestrahlt wurde, konnte sie niemand sehen. Im hell erleuchteten Kursaal drängten sich die Menschen. Marlene musste auf der Insel bekannt sein, sonst wären nicht so viele Leute gekommen.

3

Zwei Tage später las Zoey in der Sylter Inselzeitung den Bericht über die Ausstellung. Die Künstlerin wurde in den höchsten Tönen gelobt und als eine echte Sylter Deern bezeichnet. Offenbar stammte sie von der Insel. Beneidenswert. Wie wäre ihr Leben verlaufen, wenn sie auch hier geboren wäre? Vielleicht würde sie alle Ferien mit ihren Kindern in einem abgeschiedenen Haus am Meer verbringen? Oder sie wäre längst geschieden und hätte einen Inselkoller. Hör endlich auf, dir diese Fragen zu stellen. Du lebst und bist gezwungen, dein Leben wieder in den Griff zu bekommen.

Zornig schnürte sie ihre Wanderschuhe und riss die dicke Jacke vom Haken. Sie musste raus, hier drinnen hielt sie es auf einmal nicht mehr aus. Wo war der Schlüssel? Sie durchwühlte hektisch die Jackentasche, bis ihr einfiel, dass sie den auf die Küchentheke geworfen hatte. Dort lag er neben der Mütze. Die stülpte sie über die Haare. Jetzt noch Portemonnaie und Schal. Draußen empfingen sie die ersten Schneeflocken. Eine leichte Schneeschicht hatte sich auf dem Boden gebildet. Nicht unbedingt das richtige Wetter für eine Wanderung. Egal. Sie stapfte los und wäre fast ausgerutscht. Zoey Lieberman, schimpfte sie leise. Du drehst eine schnelle Runde durch den Ort, bis du dich wieder abgekühlt hast. Und zwar, ohne zu fallen.

Der Wind trieb ihr die Tränen in die Augen. Sie lief in Richtung Nordsee los. Schon nach wenigen Metern merkte sie, dass Jeans nicht die richtige Kleidung für dieses Wetter waren. Bereits am Kurzentrum klebte die Hose an ihren Beinen und sie beschloss, sich unterzustellen. Vielleicht hörte es gleich auf zu schneien. Im Eingangsbereich schüttelte sie sich den Schnee von ihren Sachen.

„So ein Schietwetter heute." Hinter dem Tresen der Kurverwaltung lächelte eine jüngere Frau sie an. „Kann ich Ihnen helfen?"

„Nein danke, ich suche nur ein wenig Schutz und wärme mich auf."

„Ja klar. Nutzen Sie die Zeit und sehen Sie sich die Ausstellung unserer Inselkünstlerin an." Sie deutete zum Kursaal. Zoey mochte ihr nicht sagen, dass sie die Vernissage besucht hatte, nickte ihr zu und schlenderte langsam in Richtung der Bilder. Ohne Leute wirkte der Raum nüchterner und kühler. Am Eingang lagen ein paar Preislisten, die Zoey am Eröffnungstag nicht aufgefallen waren. Neugierig griff sie nach einer. Alle Achtung. Unter tausend Euro gab es kein einziges Bild. Das hätte sie nicht gedacht.

„Beabsichtigst du, eines meiner Werke zu kaufen?"

Zoey zuckte zusammen. Hinter ihr stand Marlene, neben ihr der angeleinte Max.

„Jetzt habe ich dich erschreckt, sorry. Warum bist du neulich so schnell verschwunden? Ich hätte mich gern mit dir unterhalten."

„Ach …"

„Entschuldigung, ich benehme mich manchmal wirklich unmöglich. Moin erst mal." Sie steckte ihre Hand hin, die Zoey automatisch ergriff und schüttelte. Max fing an zu wedeln.

„Moin." Zoey überlegte krampfhaft, was sie sagen sollte, und entschied sich für die Wahrheit. „Eigentlich wollte ich an den Strand, aber schon nach ein paar Minuten bin ich so nass geworden, da habe ich hier Schutz gesucht. Hoffentlich hört es gleich wieder auf."

„Ach so. Und ich dachte, meine Bilder hätten dich hierhergelockt." Marlene lachte laut auf.

„Wie ist denn die Eröffnung gelaufen? Hast du etwas verkauft?"

„Ein Bild für die Ferienwohnung. Das ist mehr als erhofft. Wie du sicher weißt, ist Kunst eine eher brotlose Angelegenheit."

„Malst du hauptberuflich?"

„Nö, dann wäre ich inzwischen verhungert. Im wahren Leben habe ich als Lehrerin gearbeitet. Ich bin früh pensioniert worden."

„Okay." Insgeheim fand Zoey, dass Marlene total fit aussah. Wie alt sie wohl war?

„Du denkst bestimmt, dass ich quietschgesund aussehe, und fragst dich, wieso ich nicht mehr arbeite. Richtig?"

Zoey fühlte sich ertappt. „Ja, genau. Warum bist du schon in Rente?"

„Weil ich letztes Jahr ein Burn-out hatte und nicht mehr unterrichten konnte."

„Oh."

„Ja, das war eine schwere Zeit." Marlene runzelte die Stirn und Zoey fiel auf, dass sie das erste Mal seit ihrer Bekanntschaft nicht lächelte. „Nach über dreißig Jahren im Schuldienst konnte ich von einem auf den anderen

Tag morgens nicht mehr aufstehen und habe ganze Tage fast bewegungslos im Bett verbracht. Erst die Intervention von guten Freunden, ein Besuch beim Psychologen und die Einnahme einiger Tabletten haben mich wieder auf die Beine gebracht. Kaum zu glauben, wenn man mich heute so sieht." Sie streichelte Max, der sich neben ihren Füßen hingesetzt hatte.

Zoey bewunderte die Ehrlichkeit von Marlene. Sie hätte einer wildfremden Person niemals derartige Interna aus ihrem Leben erzählt.

„Aber genug von diesen traurigen Geschichten. Hast du Lust auf einen echten ostfriesischen Tee? Ich würde dich gern einladen."

„Jetzt?" In dem Moment, wo sie das Wort ausgesprochen hatte, kam sie sich dämlich vor. Natürlich jetzt. Marlene schien ihre Antwort nicht merkwürdig zu finden.

„Ja, wenn du Zeit hast. Ich war nur kurz hier, um ein paar Fotos zu schießen". Sie deutete auf eine Kamera über ihrer Schulter, die Zoey gar nicht bemerkt hatte. „Und außerdem musste Mäxchen vor die Tür." Der so Angesprochene klopfte mit seinem Schwanz auf den Boden.

Zoey verspürte auf einmal Lust, sich das Zuhause von Marlene anzusehen. Ob da überall ihre Bilder hingen? „Gern. Wenn ich den Tee ohne Sahne trinken darf." Echter ostfriesischer Tee wurde mit Sahne getrunken, ein No-Go für Zoey.

„Klar. Ich hole nur meine Jacke." Sie reichte Zoey die Leine und kam ein paar Augenblicke später mit einer dunkelblauen dicken Segeltuchjacke zurück. Der Hund hatte sich nicht von der Stelle gerührt. Marlene zog die

Jacke an und schnalzte leicht mit der Zunge. Max stand sofort auf und blickte sein Frauchen gespannt an.

„Wow, der ist aber gut erzogen."

„Wenn keine Möwen in der Nähe sind."

Draußen schneite es und Marlene ließ den Hund frei laufen. Sie legte ein schnelles Tempo vor. Zoey beeilte sich, ihr zu folgen. Nach wenigen Minuten bogen sie in eine ruhige Seitenstraße ab, wo der Schnee eine feste Decke auf Fahrbahn und Bürgersteig gebildet hatte. Die Reetdachhäuser wirkten dadurch einladender als ohnehin schon. Ob Marlene in einem solchen Haus lebte? Der Wind wirbelte die Flocken durcheinander und blies so heftig, dass ein Gespräch nicht möglich war. Man hätte sich anschreien müssen. Max stürmte schneller voran und blieb vor einem weißen Gartentürchen stehen, welches in eine Hagebuttenhecke eingelassen war. Hinter einem mit Natursteinen gefliesten Weg stand ein altes Friesenhaus mit reetgedecktem Dach, Sprossenfenstern und einer blauen Haustür. Marlene öffnete das Türchen und Max sprang in Richtung Eingang. Dort blieb er stehen. Marlene schloss auf und gab Zoey mit einem Handzeichen zu verstehen, ihr zu folgen. Die Tür fiel zu.

„Puh, was für ein Sturm", sagte Marlene und lachte kurz auf. Im Flur war es dunkel. Marlene tastete sich zum Lichtschalter. Zügig zog sie ihre Stiefel aus und schlüpfte in ein Paar Hausschuhe, die neben dem Eingang auf einem Holzregal lagen. „Zieh dir die nassen Schuhe aus. Ich hole dir Filzpantoffeln und ein Handtuch für Mäxchen." Marlene verschwand im hinteren Teil des Hauses und kehrte nach kurzer Zeit mit grauen Pantoletten und einem großen bunten Badelaken zurück.

„Du bist ein braver Hund", lobte sie Max, der vor der
Tür geduldig gewartet hatte. Sie rieb ihm mit dem Handtuch Pfoten und Fell sorgfältig ab und gab ihm einen
leichten Klaps auf das Hinterteil. Der Retriever rannte
an ihnen vorbei.

„Mäxchen schaut wie immer erst in der Küche nach,
ob sich in seinem Hundenapf etwas Erfreuliches getan
hat. Danach legt er sich vor den Ofen und bewegt sich
nicht mehr. So was Ähnliches veranstalten wir zwei jetzt
ebenfalls. Zieh dir doch bitte deine feuchten Sachen im
Badezimmer aus, ich lege sie über den Kachelofen zum
Trocknen. Ich bringe dir gleich warme Socken und eine
Jogginghose."

Zoey wollte protestieren, überlege es sich aber anders.
Die nasse Jeans klebte an ihren Beinen und bei dem hek-
tischen Aufbruch hatte sie vergessen, eine Strumpfhose
anzuziehen. Erkälten wollte sie sich nicht.

„Vielen Dank, das Angebot nehme ich gern an."

Sie folgte ihrer Gastgeberin durch den schmalen, mit
hellbraunen Fliesen ausgelegten Flur. Marlene öffnete
eine Tür und drehte am Lichtschalter.

„Hier bitte. Fühl dich wie zu Hause, ich suche dir
gleich die Sachen heraus."

Das Badezimmer war neu renoviert und strahlte Behag-
lichkeit aus: Eine riesige Badewanne thronte auf vier
Klauenfüßen unter einem Sprossenfenster. An der Seite
befand sich über einem Waschbecken ein moderner Spie-
gelschrank, daneben ein Regal aus Plexiglas, auf dem
sich Handtücher stapelten. Zoey zog sich die Hose aus,
auch die Strümpfe darunter klebten feucht an ihren Füßen. Sie trocknete sich Haare und Gesicht und versuchte,

mit den Händen ihre Frisur in Form zu bringen. Es klopfte und Marlene reichte ihr durch den Türspalt eine hellblau-weiß gestreifte Jogginghose mit dicken dunkelblauen Socken.

„Danke, ich komme gleich."

„Lass dir ruhig Zeit, ich setze schon einmal Teewasser in der Küche auf."

Ein mit blau-weißen Fliesen gekachelter Ofen beherrschte die geräumige Küche, eine Eckbank mit Tisch und Stühlen aus hellem Holz stand vor einem Sprossenfenster. Max lag, alle viere von sich gestreckt, vor der Wärmequelle und bewegte nur müde den Schwanz, als Zoey in den zu großen Filzpantoffeln hereinschlurfte. Marlene goss Wasser in eine dunkelrote Teekanne.

„Ist Max in seinem Napf fündig geworden?"

„Nö, er hat heute Morgen ausreichend gefrühstückt. Aber er gibt niemals die Hoffnung auf. Darin sind wir uns ähnlich." Sie lachte scheppernd.

Zoey kniete sich vor den Rüden und fing an, ihn am unteren Rücken zu kraulen. Max wälzte sich genießerisch hin und her, dabei stieß er grunzende Laute aus.

„Du weißt, was ihm gefällt. Hattest du mal einen Hund?"

„Nein."

Marlene stellte die Kanne zusammen mit zwei Bechern auf den Tisch und holte aus einem der Hängeschränke eine Packung Kekse hervor.

„Komm, setz dich und gieß uns ein. Es fehlen noch Sahne und Kandis."

Der Tee schmeckte bitter, Zoey tat ein paar Klumpen Kandis hinein und rührte langsam um.

„Probiere doch mal mit Sahne", sagte Marlene, die sie beobachtet hatte.

„Nee, auf keinen Fall. Süß ist okay."

Beide Frauen schwiegen und genossen das heiße Getränk. Zoey hatte die Hände um den Becher gelegt und spürte die Wärme, die langsam durch ihre immer noch klammen Finger strömte.

„Möchtest du …"

„Vielen Dank …", fingen beide gleichzeitig an zu sprechen.

Zoey stoppte und sah ihre Gastgeberin an. „Du zuerst."

„Meine Frage war, ob ich dir etwas anderes als Kekse anbieten darf."

„Nein danke. Ich habe heute Morgen ausgiebig gefrühstückt."

„Was hattest du im Sinn?"

„Äh …" Zoey stockte für einen Moment. „Ich möchte mich für deine Gastfreundschaft bedanken. Ich meine, ich bin eine total Fremde für dich und du nimmst mich mit zu dir nach Hause. Das ist ungewöhnlich."

„Stimmt", erwiderte Marlene. „Ich kenne dich nicht, würde das aber gern ändern. Abgesehen davon habe ich keine Angst, dass du mich ausraubst oder so."

Zoey wusste zum wiederholten Male nicht, was sie dazu sagen sollte. „Wieso möchtest du mich kennenlernen?", brach es nach einer Weile aus ihr hervor.

„Du bist mir am Strand aufgefallen. Bei der Kälte barfuß. Und außerdem bewundere ich Frauen, die allein wegfahren. Ich weiß gar nicht, ob ich mir das zutrauen würde." Marlene starrte versonnen in ihren Teebecher.

„Lebst du allein?"

„Ja, wenn du Max nicht mitzählst." Sie sah zu dem Hund, der alle Gliedmaßen von sich gestreckt hatte und schlief. „Und du?"

„Ich auch."

„Womit beschäftigst du dich, wenn du nicht im Urlaub bist?"

Eigentlich wollte Zoey nicht über sich reden. In ihrer jetzigen Situation sowieso nicht. Marlene schien aber wirklich interessiert und schließlich war sie ihr etwas schuldig. Außerdem war es besser, über berufliche Dinge zu sprechen als über private.

„Ich bin selbstständig, Unternehmensberaterin. In Hamburg."

Nun sah Marlene verblüfft aus. Das hatte sie offenbar nicht erwartet. Sie fing sich aber bemerkenswert schnell.

„Unternehmensberaterin? Das hört sich interessant an. Wen berätst du denn so? Bist du auf eine bestimmte Berufsgruppe spezialisiert?"

„Meine Kunden sind hauptsächlich Frauen, die überlegen, sich selbstständig zu machen. Praktisch Existenzgründerinnen. Die kommen aus allen Branchen, viele beabsichtigen zum Beispiel, ein Einzelhandelsgeschäft zu gründen. Ich erstelle Businesspläne und berate sie hinsichtlich der erforderlichen Bankkredite, der Werbung und so weiter."

„Hhm. Sagst du den Frauen, wenn du von einer Geschäftsidee nicht überzeugt bist?"

„Ganz so einfach ist es nicht. Ich höre mir die Pläne an und erarbeite mit ihnen das Konzept. Ist das nicht tragfähig, weise ich darauf hin. Manche gründen trotzdem und gehen pleite." Zoey merkte, dass sie recht unmotiviert klang. Von einer Unternehmensberaterin konnte man differenzierte Aussagen erwarten. „Wenn es okay ist, möchte ich nicht so gern über meinen Job reden. Ich denke darüber nach, mich zu verändern." Warum hatte sie das gesagt? Und wenn sie nicht über den Beruf sprechen wollte, worüber sonst?

„Ach, das verstehe ich gut. Außerdem bist du im Urlaub."

Zoey atmete auf, dass Marlene nicht auf ihre letzte Bemerkung eingegangen war. „Ich beneide dich, dass du hier leben darfst."

Marlene prustete los. „Ja, das sagen alle. Aber du vergisst den Inselkoller, der mich ab und zu überfällt. Und im Sommer die vielen Touristen, das ist nicht immer lustig, kann ich dir sagen. Das ist die Zeit, wo ich froh bin, dass ich noch eine Bleibe in Hamburg habe."

„Du lebst auch in Hamburg?"

„Ja, wenn ich Lust habe. Mir gehört ein kleines Appartement in Eppendorf. Das ist nicht vermietet, eine Freundin kümmert sich in meiner Abwesenheit um die Wohnung."

Der Neid nagte tatsächlich an ihr. Ein Haus auf Sylt und ein Appartement in Eppendorf. Was wollte frau mehr?

„Mir ist klar, was gerade in deinem Gehirn vorgeht", sagte Marlene und hob eine Augenbraue. „Wieso hat die Alte ein Haus auf Sylt und eine Wohnung in einem der schönsten Stadtteile der Hansestadt. Das ist megaungerecht."

Zoey musste gegen ihren Willen lachen. „Du hast den Nagel auf den Kopf getroffen. Aber ‚die Alte' habe ich nicht gedacht. Für mich siehst du überhaupt nicht alt aus."

„Ich habe vor drei Jahren die sechzig erreicht und über einen Monat gebraucht, um mich von diesem Schock zu erholen. Dann habe ich beschlossen, nicht mehr über das Alter nachzudenken. Die Alternative ist schließlich auch nicht so toll."

„Alternative?"

„Na, der Tod. Da werde ich doch lieber uralt."

„Stimmt." Zoey wollte sofort das Thema wechseln. „Hast du groß gefeiert?"

„Klar. Ich habe die halbe Insel hier ins Haus eingeladen. Und meine Freunde aus Hamburg. Es war ein rauschendes Fest." Marlenes Blick verlor sich und Zoey nahm an, dass sie über die Geburtstagsparty nachdachte.

„Das war bestimmt klasse. Ich bin nicht so der Feiertyp."

„Man muss sich vergnügen, so lange man es kann. Außerdem ist es eine Leistung, so alt geworden zu sein. Das habe ich mir jedenfalls eingeredet und dabei bleibe ich. Du als junges Küken vermagst das gar nicht nachzuvollziehen. Wie alt bist du eigentlich?"

„Ich bin in diesem Jahr fünfzig geworden."

„Und du hast nicht gefeiert? Das glaube ich nicht."

„Ich …", zu ihrem Entsetzen fing Zoey an zu weinen. Sie versuchte, sich zusammenzureißen, es klappte nicht. Die Tränen flossen ihr über die Wangen. Marlene erhob sich, der Schrecken stand ihr ins Gesicht geschrieben.

„Habe ich etwas Blödes gesagt? Das tut mir leid."

Zoey wollte ihr zu verstehen geben, dass es nicht an ihr lag. Sie konnte es nicht, vergrub das Gesicht in ihren Armen auf der Tischplatte und heulte. Es dauerte eine ganze Weile, bis sie sich wieder beruhigt hatte.

Als sie sich langsam aufrichtete, war Marlene nicht

mehr da. Max schlief immer noch vor dem Ofen und sie stand schwerfällig auf und kniete vor ihm nieder. Vorsichtig, um ihn nicht zu erschrecken, strich sie über sein Fell. Er zuckte zusammen und hob kurz den Kopf, bevor er sich mit einem wohligen Laut wieder hinlegte.

„Ein Hund hat so etwas Beruhigendes, findest du nicht." Marlene stand in der Tür, in der Hand eine Flasche und zwei Cognacgläser. „Magst du einen Brandy? Ich brauche jedenfalls einen." Sie stellte die Flasche auf den Tisch und goss sich ein.

Zoey fühlte sich seltsam befreit und ein wenig schwerelos. Nicht, dass sie sich schon jemals in einem solchen Zustand befunden hatte. Normalerweise hätte sie sich ein schwarzes Loch herbeigewünscht.

„Ja bitte." Sie stieß sich ab und tapste zurück zum Tisch, wo Marlene inzwischen das zweite Glas gefüllt hatte.

„Wenn du reden willst, ich höre zu. Wenn nicht, ist das auch okay. Dann trinken wir nur." Sie hob das Glas und sie stießen an.

Der Brandy erwärmte ihren Magen. Und auf einmal wollte sie reden. Sie, die seit Monaten nicht über ihre Gefühle gesprochen hatte, weil sie es nicht ertragen konnte.

„Ich habe den fünfzigsten Geburtstag nicht gefeiert, weil mein Lebensgefährte kurz vorher verstorben ist. Einen Tag nach meinem Geburtstag war seine Beerdigung."

Marlene sagte nichts, wofür Zoey dankbar war. Irgendwelche Floskeln hätte sie nicht ertragen können.

„Er ist einfach tot umgefallen. Bei einer Routineuntersuchung beim Hausarzt auf dem Fahrrad. Tod mit dreiundfünfzig Jahren." Zoey nippte an dem Brandy, weil sich ihre Kehle so trocken anfühlte. „Er hatte eine verschleppte Grippe, die auf den Herzmuskel geschlagen ist. Leander ist immer den Hanse-Marathon gelaufen. Und auf einmal war er nicht mehr da." Zoey stiegen Tränen in die Augen. Genug jetzt. Sie zwang sich zu sprechen. „Das ist fast acht Monate her und ich kann es immer noch nicht so richtig fassen. Ich habe mich bemüht, weiterzumachen. Aber es funktionierte nicht. Selbst arbeiten half nicht. Deshalb bin ich nach Sylt gekommen." *Du liebst die Insel mehr als mich.*

„Und die Nordsee hilft, das ist auch meine Erfahrung." Marlene sah nachdenklich auf das halbleere Brandyglas.

„Es scheint so", flüsterte Zoey unter Tränen. „Es ist das erste Mal, dass ich über den Tod von Leander sprechen kann. Du hast etwas mit mir gemacht."

„Es tut mir so leid, darf ich das sagen? Ich habe dich angesprochen, weil du so traurig aussahst. Und mich gefreut, dass du zu meiner Ausstellung gekommen bist. Es war Schicksal, dass wir uns über den Weg gelaufen sind."

Zoey wischte sich mit dem Ärmel über die Augen. „Glaubst du an so etwas?"

„Auf jeden Fall. Nichts passiert umsonst, das habe ich gelernt. Und ich bin viel älter als du und weiß Bescheid."

Zoey musste gegen ihren Willen lachen. „Ja, Frau Lehrerin."

„Mach dich nur lustig. Es geht dir besser, wie schön. Das liegt bestimmt auch am Brandy. Soll ich dein Glas noch einmal füllen?"

„Bloß nicht, sonst torkele ich nach Hause."

„Es gibt Schlimmeres."

„Stimmt."

Beide schwiegen einvernehmlich und das Schweigen

fühlte sich dieses Mal anders an. Unbelastet. Max jaulte im Traum.

„Was er wohl träumt?"

„Ach, das Übliche: vom Fressen und läufigen Hündinnen." Marlene lachte laut. Zoey fing an, sich an das scheppernde Geräusch, was sie dabei produzierte, zu gewöhnen. „Wie lange bleibst du auf Sylt?"

„Ich habe das Appartement bis Sonntag. Dann muss ich wieder nach Hause. Obwohl …" Zoey stockte und überlegte, wie sie sich ausdrücken sollte. Marlene beugte sich leicht vor und sagte: „Du willst nicht zurück, das kann ich gut verstehen."

„Das ist es nicht allein. Tatsache ist, ich habe kein Zuhause mehr." So, nun hatte sie diese Wahrheit laut ausgesprochen.

„Was ist passiert?"

„Die Wohnung in Hamburg gehörte Leander und nach seinem Tode erbt alles Helga. Die Schwester. Die konnte mich noch nie leiden."

„Ach, du lieber Himmel." Marlene goss sich erneut Brandy ein und hielt Zoey die Flasche hin.

„Darauf kommt es nun vermutlich auch nicht mehr an." Zoey füllte ihr Glas auf. Beide prosteten sich zu.

„Was willst du denn unternehmen? Oder bin ich zu neugierig?"

„Du bist die Einzige, die das überhaupt weiß. Ich habe mich nach dem Tod von Leander eingeigelt und wie verrückt gearbeitet. Meine Freunde haben versucht, mich zu kontaktieren, ich habe sie alle vor den Kopf gestoßen."

„Wenn es gute Freunde sind, geben sie so schnell nicht auf und werden dich verstehen."

„Hhm, ja", Zoey drehte den Stil des Glases in der

Hand. Die goldbraune Flüssigkeit schaukelte hin und her. „Genau genommen habe ich in meinem ganzen Leben nie gute Freunde gehabt, die letzten zwanzig Jahre waren es eher die von Leander. Keine Ahnung, wie es weitergeht. Ich muss bis Ende Dezember die Wohnung verlassen. So viel Zeit hat sie mir gelassen."

„Hast du denn überhaupt schon nach Wohnungen gesucht?"

„Ein bisschen. Aber in diesen Zeiten ist es schwierig, eine passende Unterkunft in der Stadt zu finden. Abgesehen davon, dass man es als Selbstständige doppelt schwer hat. Im Grunde gelingt das nur über Kontakte und …" Sie stockte.

„Deine Kontakte wolltest du nicht anzapfen, weil du dich sonst hättest outen müssen."

„Genau." Wie dämlich sie sich verhalten hatte. „Das war nicht besonders geschickt von mir, schon klar. Aber …"

„Du brauchst dich nicht vor mir zu rechtfertigen", unterbrach Marlene sie. „Ich kann mir genau vorstellen, wie dir zumute ist."

Zoeys Herzschlag beschleunigte sich. „Dein Mann?", fragte sie mit heiserer Stimme.

„Mein Mann", antwortete Marlene und sah ihr in die Augen. „Er starb vor drei Jahren, kurz nach meinem Geburtstag und es vergeht kein Tag, an dem ich nicht an ihn denke. Aber er hätte gesagt: Das Leben geht weiter, auch wenn es dir noch so floskelhaft erscheint. Und es kommen wieder gute Zeiten, wenn du es willst."

„Kommen wirklich wieder gute Zeiten?"

„Wenn du bereit dafür bist, ja. Und jetzt koche ich uns beiden Hübschen erst einmal etwas Leckeres. Das Wetter sieht nicht so aus, als würde es heute noch aufklaren. Und Essen hält Leib und Seele zusammen. Noch so ein blöder Spruch von mir." Sie stand auf und öffnete den Kühlschrank, der bis an den Rand gefüllt war. Anders als der von Zoey.

„Magst du Rührei mit Krabben auf Schwarzbrot? Dazu einen Salat? Die Krabben hat mir ein Bekannter heute Morgen mitgebracht. Ich habe sie schon gepult."

„Ich liebe Krabben."

Marlene stellte eine Schale mit Krabben auf die Anrichte. Sie nahm vier Eier und schlug sie in eine Schüssel, die neben dem Herd stand. Überhaupt lagerte in der Küche einiges offen an Geschirr: verschiedene Öl- und Essigflaschen, Gewürze in Gläsern, Kräuter in Töpfen, daneben Becher und bunte Schalen. Das Ganze wirkte wie ein farbenfrohes Kunstwerk und strahlte Gemütlichkeit aus.

„Gern. Kann ich dir helfen?" Tatsächlich verspürte Zoey einen ungeheuren Appetit. Ob das mit ihrer Offenheit gegenüber Marlene zusammenhing? Sie war froh, dass sie ihr die Wahrheit erzählt hatte.

„Nö, brauchst du nicht. Das dauert nicht lange." Marlene wusch den Salat in der Spüle. „Du darfst mir zuschauen und dich entspannen."

„Okay. Ich bleibe hier sitzen und mache nichts. Oder doch, ich möchte dir zuhören. Erzähl mir doch von deinem Mann, wenn du magst."

„Klaus war Anwalt."

„Echt, das glaub ich nicht. Leander auch." Zoey rutschte aufgeregt auf ihrem Stuhl herum.

„Das ist ja ein Zufall. Oder auch nicht. Klaus hat immer gesagt, dass es zu viele Anwälte in der Stadt gäbe. Er war Seniorpartner in einer großen Wirtschaftskanzlei in der City und hat rund um die Uhr gearbeitet. Du kennst das bestimmt, immer war etwas wichtiger, dringlicher, eiliger. Nur mit mir zusammen konnte er abschalten. Sonst hätte ich ihm sein Handy weggenommen. Wir haben wunderbare Reisen unternommen und unser Leben genossen." Marlene schlug energisch mit einer Gabel die Eier. „Kurz bevor er aufhören wollte zu arbeiten, hatte er einen Herzanfall. Daran ist er ein paar Tage später gestorben. Wir konnten uns voneinander verabschieden, dafür werde ich immer dankbar sein." Sie füllte die Eimasse in die Pfanne zu den Krabben und gab Salz und Pfeffer dazu. Mit einer Schere schnitt sie Schnittlauch in Stücke und streute es über die Rühreier.

Es duftete nach Krabben und Zoey lief das Wasser im Munde zusammen.

„Klaus und ich haben keine Kinder. Ich konnte keine bekommen. Dafür hatte ich berufsbedingt viel mit Kindern zu tun." Marlene stellte zwei Teller auf den Tisch und strahlte Zoey an. „Wenn ich nachmittags aus der Schule kam, hab ich aufgeatmet, dass ich keinen Kinderlärm mehr hören musste. Zumindest habe ich mir das immer eingeredet. Hast du Kinder?"

„Nein. Wir haben beide viel gearbeitet, da hätten Kinder nicht gepasst."

„Noch etwas, was wir gemeinsam haben."

„Stimmt."

Marlene kam mit der Pfanne an den Tisch und verteilte das Krabben-Rührei-Gemisch auf die Teller. „Schwarzbrot kommt sofort. Nimmst du Butter?"

„Nein danke."

„Gut. Ich hole noch den Salat. Und Wasser. Oder möchtest du Wein trinken?"

Zoey machte eine abwehrende Geste und schnitt sich eine Scheibe von dem Schwarzbrot ab. Genau die Sorte hatte sie sich in der Bäckerei gekauft.

„Guten Appetit. Ich freue mich wirklich sehr, dass wir uns getroffen haben." Marlene prostete ihr mit dem Wasserglas zu.

Zoey lächelte sie an und probierte eine Gabelspitze von dem Rührei. Es schmeckte köstlich. Sie schaufelte etwas von der Masse auf das Schwarzbrot und schnitt sich ein Stück ab. „Lecker", murmelte sie und nahm sich nach.

„Sehr gut. Du siehst so aus, als müsstest du dringend aufgepäppelt werden."

„Mhm", antwortete Zoey mit vollem Mund. Ein paar Minuten aßen sie schweigend.

„Hast du zusammen mit deinem Mann in Hamburg gelebt?"

„Ja. Wir hatten ein Einfamilienhaus in Winterhude. Nach seinem Tode habe ich alles verkauft und bin zurück auf die Insel gezogen. Das hier ist das Haus meiner Eltern. Es hat lange leer gestanden und vieles musste erneuert werden. Ich habe mich bemüht, den Charakter der Immobilie zu erhalten. Danach konnte ich mir noch das kleine Appartement in Eppendorf leisten. Ich lebe von meiner Pension und der Lebensversicherung meines Mannes. Und dem Verkauf der Bilder natürlich." Marlene gestikulierte mit der Gabel in der Hand.

Zoey war eigentlich kein Mensch, der anderen nichts gönnte, jedenfalls hatte sie das bisher immer angenommen. Dennoch verspürte sie erneut einen heftigen Anflug von Neid. Wie gern wäre sie in der Situation von Marlene gewesen. Sie schüttelte den Kopf.

„Alles in Ordnung? Habe ich etwas Falsches gesagt?"

„Nein. Ich habe mich gerade dabei ertappt, dass ich total neidisch auf dich bin."

„Ach, das wäre ich an deiner Stelle vermutlich auch. Mach dir keinen Kopf darum. Mir ist bewusst, wie gut es mir hier geht und wie privilegiert ich bin."

Zoey fiel ein Stein vom Herzen. Sie fühlte sich ausgesprochen wohl in der Gesellschaft von Marlene und hätte eine Unstimmigkeit nicht ertragen.

„Du bist ein Schatz. Danke."

4

Der Wind hatte die Wolken vertrieben, der Himmel leuchtete in tiefem Blau. Der Schnee funkelte in der Sonne. Zoey erwachte in dem Bewusstsein, dass etwas Außergewöhnliches passiert war: Marlene. Sie hatte Marlene kennengelernt. Sie hatten den Rest des gestrigen Tages miteinander verbracht und waren erst spät in der Nacht auseinandergegangen. Ihre neue Freundin hatte sie zusammen mit Max bis vor die Tür des Appartementhauses begleitet. Heute Abend hatten sie sich wieder verabredet. Zoey wollte sich revanchieren und Marlene zum Essen einladen, die hatte jedoch abgewunken. *Ich koche uns etwas Leckeres. Die guten Lokale haben im Moment alle zu. Halte dein schlechtes Gewissen im Zaum, es findet sich bestimmt noch eine Gelegenheit. Wenn nicht hier, dann in Hamburg.*

Zoey summte leise und zog sich an. Zum ersten Mal seit vielen Monaten freute sie sich auf etwas: auf den Abend mit Marlene. Heute wollte sie am Strand bis nach Kampen laufen, in der „Kupferkanne" einen Kaffee trinken und durch den mondänen Ort und auf dem Dünenwanderweg wieder zurück nach Wenningstedt gehen. Sie überlegte, was sie Marlene mitbringen konnte. Eine Flasche von ihrem Rotwein? Gestern waren sie nach Brandy und Ostfriesentee zum Kräutertee gewechselt. Doch bestimmt trank Marlene auch Wein. Zoey hatte aus Hamburg ein paar Flaschen mitgenommen, die Leander gekauft hatte. Sehr teurer und unglaublich leckerer Wein aus Italien. Den wollte sie Helga nicht überlassen. Die hatte Zoey über einen Anwalt zu verstehen gegeben, dass sie nur ihre eigenen Gegenstände aus der Wohnung mitnehmen dürfe. Alles andere müsse dableiben. Persönlicher Kontakt zu Helga bestand nicht, auf der Beerdigung hatten sie kein Wort miteinander gewechselt. Nachdem sie den Anwaltsbrief gelesen hatte, wollte Zoey in einem Anfall von Resignation ihr Heim der letzten Jahre tatsächlich nur mit ihren Klamotten verlassen. Ein paar Minuten später hatte sie kampfbereit überlegt, alles Inventar kaputt zu schlagen. Inzwischen sah sie das Ganze realistischer: Sie würde die Sachen mitnehmen, die sie gebrauchen konnte. Sollte Helga sie doch verklagen. Ja, schrie sie lauthals los, so mache ich es und denke nicht mehr daran.

Das Meer glitzerte im Sonnenlicht. Der Sand war an der Oberfläche gefroren und knackte leicht, wenn man drauftrat. Eine dünne Schneeschicht bedeckte den Boden und Zoey jubilierte innerlich. Was für ein Traumwetter.

Sie setzte ihre Sonnenbrille auf und wandte sich nach Norden, immer an der Wasserkante entlang. Auf das Barfußlaufen würde sie heute verzichten. Bei den Minusgraden war es dazu auch für sie zu kalt.

An der Wasserlinie lagen viele Seesterne, auf die sich die Möwen begierig stürzten. Sie musste Marlene fragen, ob das mit dem Wetterwechsel zu tun hatte. Vor ihr schlenderte ein Paar, Händchen haltend. Zoey schluckte. Wie lange würde es dauern, bis sie wieder in der Lage wäre, ohne Trauer Liebe wahrzunehmen? Vielleicht nie mehr. Themenwechsel. Sie überholte die beiden mit schnellen Schritten, den Kopf zum Boden gesenkt. Nächste Woche ging es zurück nach Hamburg. Irgendwie musste sie weitermachen. Und wenn sie einfach auf der Insel bliebe? Sie hatte Geld gespart und konnte sicher ein günstiges Pensionszimmer finden. In sechs Wochen ging das Jahr zu Ende, bis dahin sollte sie wissen, wie es für sie weitergehen würde. Hoffentlich. Froh über diesen Entschluss wich sie ein paar Möwen aus, die am Strand mit zusammengesteckten Köpfen schliefen. Max hätte Spaß daran, die Vögel auseinanderzutreiben. Marlene kannte bestimmt eine preiswerte Pension auf der Insel. Neue Aufträge erwarteten sie in Hamburg nicht und um laufende Anfragen kümmerte sich Jürgen, ihr Bürokollege. Zoey brauchte ihn nur anzurufen. Für ihre Möbel fände sich ein vorübergehendes Lager. Vielleicht hatte Jürgen sogar eine Idee, er war in solchen Sachen patent. Eventuell musste sie ein paar Tage in die Stadt fahren, um sich selbst zu kümmern. Zoey kickte mit dem Fuß einen Seestern zurück ins Wasser. Komm schon, Junge, du schaffst das.

Pünktlich um sieben wartete sie, bewaffnet mit einer Flasche Rotwein, vor dem Friesenhaus. Drinnen bellte Max, er hatte ihr Klingeln gehört. Einen kurzen Moment später stand Marlene in der geöffneten Tür und strahlte sie an, den Hund hielt sie am Halsband fest.

„Guten Abend, meine Liebe, immer hinein in die gute Stube." Max begrüßte sie mit einem heftigen Schwanzwedeln und Zoey beugte sich zu ihm nieder, um ihn an seiner bevorzugten Stelle am unteren Rücken zu kratzen. Er fing sofort an, mit dem Hinterteil zu wackeln.

„Und was ist mit mir?", fragte Marlene und lachte leise.

Zoey richtete sich wieder auf und gab Marlene einen leichten Kuss auf die Wange. „Moin. Möchtest du auch gekrabbelt werden? Oder lieber Rotwein?" Sie hielt ihr das Geschenk hin.

„Warum nicht beides? Rotwein trinken und an den Füßen gekrault werden. Klingt paradiesisch." Marlene nahm ihr Jacke und Flasche ab. „Vielen Dank für den Wein. Geh bitte vor, du kennst dich ja aus. Ich habe den Tisch in der Küche gedeckt. Da ist es mit dem Kachelofen gemütlicher."

In der Küche duftete es nach frischen Kräutern und Knoblauch. Auf dem Herd blubberte eine Tomatensauce im Topf, auf der Anrichte wartete ein Teller mit rohen Scampi und einer geschälten Knoblauchzehe. Typische italienische Vorspeisen waren auf einer länglichen bunten Platte liebevoll dekoriert: Tomaten mit Mozzarella, Oliven, Vitello tonnato, eingelegte Zwiebeln, Paprika, Champignons, Schinken mit Melone und verschiedene Wurstsorten. Zoey lief das Wasser im Munde zusammen und sie musste sich beherrschen, nicht nach einem Stück Weißbrot zu greifen, das geschnitten in einem Brotkorb lag. Ihr Blick fiel auf den Tisch und sie stutzte. Wieso lagen da drei Gedecke? Ihr Magen verknotete sich und der Appetit verschwand schlagartig. Wen hatte Marlene noch eingeladen?

„Komm, lass uns etwas trinken", sagte Marlene, die mit

der Weinflasche in der Hand die Küche betrat. „Was möchtest du? Einen Sekt oder lieber ein Glas Wein? Du kannst zwischen rotem und weißem wählen. Ich habe alles da. Deinen Rotwein sollten wir nicht öffnen." Sie stellte den von Zoey mitgebrachten Wein neben dem Herd ab und rührte die Tomatensauce um.

„Äh …, wer kommt denn noch?" Zoey deutete auf den Tisch.

„Ach so, das habe ich total vergessen. Gestern Morgen rief mich ein alter Freund aus Hamburg an, ein Kollege meines Mannes. Er kümmert sich um meine Steuerangelegenheiten und hilft mir bei der Organisation von Ausstellungen. Moritz hatte einen Geschäftstermin in Westerland und bleibt bis morgen. Er ist schon viele Jahre Witwer und ich habe ihn spontan zum Essen eingeladen."

„Aber da störe ich euch doch bestimmt." Zoey wandte sich zur Tür.

„Nix da, du bleibst. Moritz ist ein wirklich netter Mann, nett klingt irgendwie immer blöd, egal, du wirst ihn mögen."

Zoey zögerte. Einerseits mochte sie Marlene nicht verärgern, andererseits hatte sie überhaupt keine Lust, einen Mann kennenzulernen. Egal, wie nett. Marlene schien ihr Zögern zu bemerken und sprach in einem beruhigenden Tonfall weiter.

„Na komm, setz dich. Ich bringe uns beiden erst einmal ein Glas Sekt." Sie holte eine Flasche aus dem Kühlschrank, öffnete sie gekonnt über dem Abfluss und goss die prickelnde Flüssigkeit in zwei Kelche. Sie stellte ein Glas vor Zoey auf den Tisch.

„Auf uns." Marlene sah Zoey unvermittelt an, in ihren Augen glaubte sie, Mitgefühl und Zuneigung zu erkennen.

Ihr blieb nichts anderes übrig, als mit ihr anzustoßen. Sie nippte am Sekt und stellte das Glas zurück. Keiner sagte etwas. Es klingelte und Max stürzte bellend zu Tür. Jetzt konnte sie sich nicht mehr verabschieden. Kurz sah sie an sich hinunter: Jeans, T-Shirt und Strickjacke. Geschminkt war sie nicht. Na und, Zoey? Hast du auf einmal akute Eitelkeitsanfälle? Wegen eines Mannes?

Vom Flur hörte sie gedämpfte Stimmen. Sie setzte ein Lächeln auf und hoffte, dass es nicht zu gekünstelt wirkte. Am liebsten hätte sie sich in ihrem Appartement unter der Bettdecke verkrochen.

„Moritz, darf ich vorstellen: Das ist meine neue Freundin Zoey Lieberman aus Hamburg. Wir haben uns am Strand kennengelernt. Zoey, das ist mein alter Freund Moritz Löwe."

Zoey sah in ein Paar blaue Augen. Der Mann hatte kurz geschnittene graue Haare, trug eine Nickelbrille und hatte, genau wie sie, Jeans und Strickjacke an. Er streckte den Arm aus und Zoey erwiderte seinen kräftigen Händedruck.

„Hallo", sagte sie lahm und gab sich sofort mehr Mühe. Unhöflich wollte sie schließlich auch nicht sein. „Schön, Sie kennenzulernen."

„Ganz meinerseits", erwiderte er.

„Bitte seid nicht so förmlich. Zoey und Moritz, das reicht doch, oder?" Marlene stand zwischen ihnen und wirkte aufgedreht.

„Ja klar. Zoey, das ist ein bezaubernder Name."

„Danke", murmelte Zoey. „Er kommt aus dem Altgriechischen und bedeutet Leben. Eigentlich ist es eine Abwandlung von Zoé. Meine Mutter mochte die englische

Aussprache und hat sich deshalb für Zoey entschieden. Sie war ihrer Zeit weit voraus. Heutzutage heißen viele junge Mädchen so. In meiner Altersklasse eher nicht." Sie verstummte abrupt. Du liebe Güte, warum hatte sie diesen Monolog gehalten? Das interessierte doch nun wirklich niemanden.

„Leben. Das wusste ich gar nicht. Wunderschön."

„Das finde ich auch", sagte Moritz. „Erinnert mich sofort an das Lied von Lenny Kravitz."

Das hatte Leander bei ihrer ersten Begegnung ebenfalls gesagt. Sie schluckte.

„Kommt, Kinder, setzt euch. Moritz, was darf ich dir zu trinken anbieten? Wahrscheinlich eher keinen Sekt, oder?"

Marlene warf Zoey einen kurzen Blick des Einverständnisses zu, sie hatte ihr Unbehagen bemerkt. Schnell rutschte sie in die Ecke der Sitzbank.

„Bitte keinen Sekt. Lieber ein Glas Wein oder ein Bier." Moritz grinste entspannt.

„Bier habe ich nicht. Rot oder weiß?"

„Rot."

Marlene nahm eine Rotweinflasche von der Anrichte und reichte sie Moritz. „Hier, bediene dich bitte. Ein Glas steht auf dem Tisch." Sie wühlte in einer der vielen Schubladen neben dem Herd und förderte einen knallblauen Korkenzieher hervor, den sie ihm in die Hand drückte. „Und gieß Zoey auch gleich ein. Oder möchtest du beim Sekt bleiben?"

„Ich muss erst einmal das hier austrinken. So schnell bin ich nicht." Sie musterte die Holzmaserung des Tisches und überlegte, wie sie es anstellen konnte, sich so bald wie möglich zu verabschieden.

Moritz setzte sich neben sie auf die Bank und öffnete die Flasche mit einem leisen „Plopp". Er goss sich ein und prostete Zoey zu. „Auf einen schönen Abend."

Sie rückte ein Stück von ihm ab und hob ebenfalls ihr Glas. „Ja."

Moritz roch leicht nach herbem Aftershave. Er hob belustigend seine Augenbrauen, hatte ihr Abrücken also bemerkt. Egal. Zoey trank erneut vom Sekt. Das Getränk erreichte ihren Magen, sie entspannte sich. Oh Gott, vermutlich entwickelte sie schon Potential zur Alkoholikerin. Marlene stand mit dem Rücken zu ihnen und füllte einen Topf mit Wasser. Sie schaltete die Herdplatte ein und griff zu der Vorspeisenplatte, die sie auf dem Tisch platzierte.

„Das sieht lecker aus. Ich habe extra heute Mittag nur ein Brötchen gegessen." Moritz beugte sich zu Zoey: „Marlene ist eine begnadete Köchin."

„Übertreib mal nicht." Marlene stellte den Korb mit geschnittenem Baguette in die Mitte und setzte sich auf den Stuhl gegenüber von ihren Gästen. „Kommt, lasst uns anstoßen und auf einen schönen Abend trinken." Alle drei Gläser berührten sich. Zoey blickte in Marlenes liebevoll lächelnden Augen und wich dem forschenden Blick von Moritz aus. Marlene fixierte sie. „Die alte Regel gilt immer noch: Wenn man sich nicht anschaut, hat man sieben Jahre schlechten Sex, hihi. Ich wäre schon froh, wenn ich überhaupt welchen hätte." Sie lachte scheppernd los. „Und jetzt bedient euch."

Zoey, deren Appetit auf wundersame Weise zurückgekehrt war, nahm sich von den Tomaten und dem Vitello tonnato.

„Erzähl doch mal, wie geht es dir? Du hast dich lange

nicht gemeldet." Marlene biss von einem Stück Brot ab und sah Moritz, der sich Schinken mit Melone auf den Teller lud, aufmerksam an.

„Ach, du weißt doch, wie das ist. Ich arbeite von morgens bis abends und komme zu nichts. Gerade um diese Jahreszeit ist immer so viel zu tun. Die Leute wollen bis zum Jahresende all das erledigen, was sie sich das ganze Jahr über vorgenommen haben." Moritz spießte ein Stück Melone mit der Gabel auf.

„Keiner von uns kommt hier lebend raus."

„Wie bitte?" Moritz hatte aufgehört zu kauen und sah Marlene, die sich eine Olive in den Mund schob, fragend an.

„Habe ich heute bei Facebook gelesen. Keiner kommt hier lebend raus. Also esst leckeres Essen, spaziert in der Sonne, seid komisch. Für nichts anderes ist Zeit. Das ist angeblich von Anthony Hopkins, wenn man dem Internet trauen darf. Das Zitat ist nicht vollständig, ich konnte mir nicht alles merken. Der Sinn ist jedenfalls klar, lieber Moritz."

„Na ja. Das sagt sich so leicht und ist nicht immer so einfach."

„Wieso nicht? Das ist das Einfachste der Welt. Carpe diem."

„Ich wusste gar nicht, dass du bei Facebook bist."

„Guter Ablenkungsversuch. Ich bin bei Facebook, weil meine Kunden dort sind. Außerdem macht es ab und zu tatsächlich Spaß, mit den Menschen zu chatten. Auch wenn vieles natürlich total dämlich ist. Bist du bei Facebook?" Sie sah Zoey an, die dem Gespräch mit offenem Mund gelauscht hatte.

„Äh …, ich habe dort einen Account, den ich nur

beruflich nutze. Allerdings war ich schon lange nicht mehr online."

„Zoey ist Unternehmensberaterin."

„Ach ja? Bei welchem Unternehmen arbeitest du?" Moritz drehte sich zu ihr und musterte sie gespannt. Vermutlich war er über den Themenwechsel hoch erfreut.

„Ich bin selbstständig. Allerdings mit anderen in einer Bürogemeinschaft, in der wir uns bei Bedarf gegenseitig vertreten."

„Ja, das ist clever. Sonst wäre es schwierig, in Urlaub zu fahren."

„Da spricht der Richtige", mischte sich Marlene ein. „Glaub nicht, dass ich dein Manöver nicht durchschaut hätte. Wann hast du denn das letzte Mal Urlaub gemacht?"

„Ich war im Sommer ein paar Tage in Frankreich, am Atlantik, und habe dort Anne und die Kinder besucht. Anne ist meine Tochter", führte er erklärend in Zoeys Richtung aus.

„Wie geht es ihr? Arbeitet sie wieder?"

„Ja, Gott sei Dank. Beide Kinder besuchen inzwischen den Kindergarten und sie geht halbtags ins Büro. Anne ist Architektin", sagte er zu Zoey. Wie aufmerksam, dass er sie immer wieder ins Gespräch mit einbezog. Ohne Zweifel war Moritz ein höflicher Mann.

Aus dem Topf stieg Wasserdampf und Marlene sprang auf. „Es gibt übrigens als Hauptgang Spaghetti mit Scampi in Tomatensauce." Sie öffnete die Nudelpackung und ließ die Spaghetti ins Wasser gleiten. Unter dem Ofen zog sie eine Pfanne hervor und gab ein wenig Olivenöl zusammen mit der Knoblauchzehe hinein.

Kurze Zeit später folgten die Scampi und ein Knoblauchgeruch strömte durch den Raum.

„So lecker, nachher muss man mich ins Hotel rollen", stöhnte Moritz genussvoll und nahm sich vom Parmaschinken, den er um ein Stück Brot wickelte.

„Das könnte dir so passen", sagte Marlene. Sie wendete mit einem Kochlöffel die Scampi.

Ob Marlene etwas mit Moritz hatte? Hatte sie deshalb vorhin die Bemerkung mit dem Sex gemacht? Und wenn schon, das geht dich gar nichts an.

„Keine Angst, ich rufe mir nachher ein Taxi", konterte Moritz und füllte sich erneut das Glas mit Rotwein. „Wie praktisch, dass mein Auto auf dem Festland steht."

„Ist ja auch ein teures Vergnügen: mit dem Autozug für eine Nacht."

„Stimmt natürlich, hätte aber mein Mandant zahlen müssen."

„Wo lässt du denn deinen Wagen stehen?", mischte sich Zoey ein, die irgendwie erleichtert war, dass der Mann nicht bei Marlene übernachten würde.

„In Klanxbüll neben dem Bahnhof. Ich nutze von dort ab und zu den Regio."

Zoey schwieg verblüfft. Ein Anwalt, der sein Auto stehen ließ und mit dem Zug fuhr, obwohl sein Klient die Kosten getragen hätte. Das wäre Leander nie eingefallen.

„Du schaust verwundert. Nicht alle Rechtsanwälte fahren immer nur mit ihren Luxusschlitten in der Gegend herum."

Zoey zuckte zusammen, der Typ konnte Gedanken lesen. „Ertappt", antwortete sie. „Was hast du denn für ein Auto?"

„Einen soliden Saab. Da er leider ziemlich alt ist, muss

ich ihn schonen." Er lachte auf und schüttelte gleichzeitig den Kopf. „Nein, Spaß beiseite. Hier auf der Insel brauche ich für die zwei Tage wirklich kein Auto."

„Ich wünschte, die Urlauber würden auch so denken. Viele kommen aus Hamburg übers Wochenende hoch und brausen mit ihren SUVs durch den Ort. Im Sommer gibt es hier sogar Staus. Furchtbar." Marlene schüttete die Scampi in den Topf mit der Tomatensauce. „Das ist die Zeit, in der ich Reißaus nehme."

„Jetzt habe ich ein richtig schlechtes Gewissen, weil ich mit meinem Wagen hier bin." Zoey betrachtete nachdenklich ihren leeren Teller.

„Ach was, du bist doch länger als übers Wochenende hier." Marlene goss die Spaghetti ab und füllte sie in eine Schüssel. Die Tomatensauce mischte sie vorsichtig darunter. „So, der Hauptgang ist fertig. Ich bin ein Fan der schnellen Küche." Sie stellte die Nudeln neben die halbwegs geplünderte Vorspeisenplatte und setzte sich wieder. „Guten Appetit, ihr bedient euch bitte."

„Sag mal, Moritz", fragte Marlene, nachdem sie ihre Teller gefüllt hatten, „du kennst doch berufsbedingt viele Leute."

„Oh oh", antwortete der und runzelte leicht die Stirn. „Nun bin ich aber gespannt, was kommt. Was soll ich tun?"

„Nur eine Kleinigkeit. Zoey sucht eine Wohnung in Hamburg und vielleicht kannst du ihr dabei helfen."

„Äh, Marlene, das ist doch nicht nötig. Ich finde bestimmt etwas." Wie peinlich, sie wollte nicht im Mittelpunkt des Gesprächs stehen.

„Eine Wohnung in Hamburg finden ist mehr als eine

Kleinigkeit, aber ich helfe gern. Unter den Mandanten unseres Büros sind einige Makler und Immobilieneigentümer. Wie groß soll sie sein und vor allem in welcher Lage?"

Und jetzt? So genau hatte Zoey gar nicht darüber nachgedacht, wo sie in Hamburg zukünftig leben wollte. Bisher hatte sie nur sporadisch und lustlos gesucht. War die Stadt überhaupt das Richtige? Hilfesuchend sah sie Marlene an.

„Vielleicht bin ich wieder einmal zu vorschnell", antwortete Marlene hastig, „Moritz wird bestimmt etwas für dich tun, wenn du klarer siehst."

„Wenigstens könnte ich es versuchen. Marlene hat meine Kontaktdaten für den Fall, dass du Hilfe brauchst." Er widmete sich wieder seinem Essen, hatte gemerkt, dass Zoey das Thema umgehen wollte.

„Mir gefällt es auf der Insel gerade so gut und ich habe mir überlegt, bis zum Ende des Jahres hierzubleiben. Kennst du eine Pension, die geöffnet hat? Auf Dauer ist mir das Appartement doch zu teuer", hörte sich Zoey zu ihrer eigenen Überraschung sagen.

Marlene legte die Gabel mit den Nudeln wieder auf den Teller, ihre Augenbrauen waren hochgezogen. „Das ist eine fabelhafte Idee. Du kannst zu mir ziehen, wenn du magst. Hier ist Platz genug." Ihre Augen strahlten.

„Äh, nein, das möchte ich auf gar keinen Fall. So war das nicht gemeint." Zoey hätte sich am liebsten unter dem Tisch verkrochen.

„Aber klar. Mäxchen und ich freuen uns über Gesellschaft. Wir werden viel Spaß miteinander haben, nicht wahr?" Der Hund hatte seinen Namen gehört und kam schwanzwedelnd zum Tisch gelaufen. Marlene strich ihm über den Kopf. „Jetzt denkt er, dass er etwas bekommt. Falsch geraten, Nudeln mit Scampi bekommen dir nicht. Nimm Platz."

Moritz sagte nichts, führte sein Glas zum Mund und musterte Marlene mit wachen Augen. Bestimmt fand er ihre spontane Idee nicht so toll. Hätte sie an seiner Stelle auch nicht. Schließlich kannten sie sich praktisch überhaupt nicht. Gingen Anwälte immer vom Schlimmsten aus? Vermutlich überlegte er, ob sie Marlene ausrauben würde. Zoey, deine Fantasie geht mit dir durch.

Wohl überlegt formulierte sie die nächsten Worte: „Das ist total lieb von dir, Marlene, aber wir kennen uns erst ein paar Tage. Du kannst nicht einfach eine fremde Frau in dein Haus aufnehmen. Wenn du eine günstige Pension weißt, wäre das schon mehr als hilfreich."

„Kommt gar nicht infrage. Du kommst zu uns. Mäxchen mag dich und Hunde haben eine ausgezeichnete Menschenkenntnis."

Was sollte sie darauf antworten? Marlene meinte es gut, aber wollte sie wirklich in den nächsten Wochen regelmäßige Gesellschaft haben? „Es sind noch ein paar Tage, bis ich das Appartement verlassen muss. Wir schlafen beide einfach darüber."

„Das ist eine hervorragende Idee", schaltete sich Moritz in das Gespräch ein. „Das beherzige ich vor komplizierten Entscheidungen auch immer."

„Das ist überhaupt nicht kompliziert", widersprach Marlene und gestikulierte dabei mit ihrer Gabel. Max war aufgestanden und starrte mit erwartungsvollem Hundeblick auf den Teller vor ihr. „Du musst dir auch keine Sorgen machen, dass ich dauernd um dich herum wuseln werde. Das ist nicht meine Art, ich bin in der

Lage, mich gut allein zu beschäftigen. Du kannst kommen und gehen, wie du willst." Sie lachte lauthals auf die scheppernde Art und Weise, die Zoey inzwischen vertraut war.

Marlene hatte ihre Ängste erahnt. Dafür mochte sie sie umso mehr. Trotzdem lief das für Zoey alles zu schnell. „Was soll ich sagen? Du bist ein Schatz, aber ich brauche ein wenig Bedenkzeit. Außerdem muss ich erst meine Vertretung in Hamburg fragen, ob das überhaupt funktioniert." Das war eine entschuldbare Notlüge. Sie hatte schon mit Jürgen telefoniert, er würde sie bis zum Ende des Jahres weiter vertreten.

„Okay, aber mein Angebot steht und Max und ich wären begeistert, wenn du zusagst." Marlene hob ihr Glas und prostete Zoey zu. „Themenwechsel. Seid ihr satt oder möchtet ihr noch Nachtisch?"

„Falsche Frage." Moritz schob den Teller zur Seite und klopfte sich auf seinen Bauch. „Was gibt es denn?"

Marlene zwinkerte ihm zu. „Du bist ein Mann nach meinem Geschmack und hast die Wahl zwischen Vanilleeis mit roter Grütze oder einer winzigen Käseplatte."

„Ich entscheide mich für das Eis."

„Keine Überraschung. Alle Männer, die ich kenne, essen gern Süßes. Und du?" Sie sah Zoey an.

„Ich bin auch pappsatt und nehme nur ganz wenig von dem Eis."

„Gut, den Käse können wir ja immer noch essen." Marlene räumte die Teller zusammen und wies Zoey, die ihr helfen wollte, mit einer Handbewegung zurück. „Ich mach das schon, bleib bitte sitzen. Und du", sagte sie zu Max, der ihr zum Kühlschrank folgte, „bekommst heute nichts mehr. Erst wieder morgen früh, mein Freund."

„Du bist wirklich konsequent", bemerkte Moritz.

„Das sieht nur so aus", antwortete Marlene und lachte erneut.

5

Zoey stand mit Zeitung und Brötchentüte vor der Tür, als ihr Handy in der Wohnung klingelte. Sie beeilte sich mit dem Aufschließen und griff nach dem Teil. Unbekannte Nummer. Vermutlich irgendein Werbeanruf. Letztlich siegte ihre Neugier. „Lieberman, hallo."

„Guten Morgen, Zoey, hier spricht Moritz."

Moritz? Woher hatte der denn ihre Nummer?

„Ja?"

„Ich hoffe, ich störe nicht, aber wenn du heute Mittag kurz Zeit hast, würde ich dich gern treffen. Mein Zug fährt um zwei Uhr, passt es gegen zwölf."

Das hörte sich nicht nach einer Frage an. „Stimmt irgendetwas nicht?"

„Nein, es ist alles in bester Ordnung. Dauert auch nicht lange."

Jetzt war sie erst recht neugierig. „Okay. Wo wollen wir uns treffen?"

„Da ich kein Auto habe, schlage ich das Café Wien in der Strandstraße vor. Weißt du, wo das ist?"

„Ja klar. Bis zwölf. Tschüss."

Zoey wartete, bis das Teewasser kochte, und überlegte, warum Moritz sie sehen wollte. Nach dem Essen gestern hatten sie in der Küche zusammen zwei Flaschen Rotwein geleert. Moritz unterhielt sie mit amüsanten

Geschichten aus seinem Anwaltsleben und Marlene hatte den neuesten Inselklatsch beigesteuert. Zoey war vor ihm aufgebrochen. Die beiden alten Freunde, die sich lange nicht gesehen hatten, wollten bestimmt ein paar persönliche Dinge miteinander besprechen. Vielleicht hatte Moritz eine Wohnung für sie in Hamburg in Aussicht? Zoey goss das heiße Wasser in die Teekanne und beobachtete, wie die Teeblätter ihre dunkle Farbe abgaben. Schluss mit müßigen Spekulationen. In drei Stunden würde sie mehr wissen.

Ohne Probleme gelang es Zoey, einen Parkplatz vor der Sylter Welle zu finden, und so schlenderte sie, da sie noch ein paar Minuten Zeit hatte, zur Kurpromenade, um einen Blick auf das Meer zu werfen. Tatsächlich konnte sie von der Nordsee nie genug bekommen. Am Eingang zum Strand saß im Tickethäuschen ein älterer Herr hinter dem Tresen, der ihre Kurkarte sehen wollte. Erstaunlich. In Wenningstedt war sie bislang nicht kontrolliert worden. Sie wühlte in ihrem Portemonnaie und fand schließlich den zerknitterten Beleg, den sie dem Mann reichte. Er winkte sie wortlos durch und Zoey stürmte über die asphaltierte Fläche zum hellen Zaun, der die Promenade begrenzte. Hohe Wellen mit weißen Schaumkronen erreichten fast die Begrenzung. Flut. Sie atmete tief durch. Salzige Luft strömte in ihre Lungen und belebte sie augenblicklich. Die leichten Kopfschmerzen, die sie beim Erwachen verspürt hatte, hatten sich verflüchtigt. Früher hätte sie solche Alkoholmengen nicht so ohne Weiteres wegstecken können. Wenn sie weiter, wie die letzten Tage, jeden Abend Wein trinken würde, wäre sie auf dem besten Wege zur Alkoholikerin.

Vermutlich war sie das bereits. Sei ehrlich zu dir. Sie sollte ab heute ernsthaft versuchen, nicht zu trinken. Das Problem waren die Nächte. In den ersten Wochen nach Leanders Tod hatte sie nur mit Schlafmitteln Ruhe finden können. Aus Angst, süchtig zu werden, hatte sie die schnell abgesetzt und sich dem Rotwein zugewandt. Als ob das keine Sucht war. Sie atmete erneut bewusst tief ein und aus und verlor sich in der Betrachtung des grauen Himmels über der aufgewühlten Nordsee. Dicht neben ihr landete eine dicke Silbermöwe auf dem Zaun und Zoey fuhr erschrocken zusammen. Die Möwe rührte sich nicht und sie sah in die gelben Augen des Tieres. Ein Schauer durchfuhr sie. Zoey klatschte in die Hände, der Vogel wich nur wenige Zentimeter zurück. Dann eben nicht. Sie drehte sich um und lief mit schnellen Schritten die Strandstraße entlang, bis sie beim Café Wien ankam. Es hatte angefangen zu nieseln und Zoey schob sich, dankbar für die Wärme, an dem Tresen mit den Torten und Schokoladenspezialitäten vorbei. Im Café brauchte sie einen Augenblick, bis sie Moritz an einem Ecktisch entdeckte. Er hatte sie noch nicht gesehen und sie konnte ihn unbeobachtet betrachten. Er trug einen anthrazitfarbenen Anzug mit einer rotgemusterten Krawatte und wirkte im Vergleich zu gestern eher anwaltsmäßig. Die Nickelbrille verlieh ihm zusammen mit den kurzen grauen Haaren etwas Jungenhaftes. Ohne Zweifel war er ein attraktiver Mann. Moritz studierte die Karte. Zoey bahnte sich einen Weg an den Tischen vorbei.

„Hallo, hier bin ich", sagte sie, als sie vor ihm stand. Sie scheute auf einmal davor zurück, ihn mit seinem Namen anzusprechen.

Moritz hob den Blick von der Karte und ein kurzes Lächeln glitt über sein Gesicht. „Hallo Zoey." Er erhob sich und schüttelte ihr die Hand. „Bitte nimm doch Platz. Ich bin erfreut, dass du Zeit hast. Möchtest du etwas essen? Ich glaube, ich entscheide mich für die skandinavische Frühstücksplatte und einen Milchkaffee." Suchend blickte er sich nach einem Kellner um.

Zoey zog ihre Jacke aus und legte sie zusammen mit dem Schal auf den Stuhl neben sich. Auf eine Mütze hatte sie verzichtet, weil die Haare nicht so platt anliegen sollten. Dafür waren sie durch den Kurzbesuch auf der Strandpromenade bestimmt zerzaust. Worüber dachte sie eigentlich nach?

„Ich trinke nur einen Milchkaffee, danke. Ich habe gerade gefrühstückt."

„Das fiel bei mir heute aus, das opulente Mahl gestern Abend reichte zunächst." Ein Kellner trat an den Tisch und Moritz orderte die Heißgetränke und die Frühstücksplatte. „Obwohl das nicht so richtig konsequent ist, wenn ich über meine Bestellung nachdenke." Wieder lächelte er kurz.

„Ich bin gern in diesem Café. Es ist ein wenig so, als wäre die Zeit stehen geblieben." Zoey zerknüllte die vor ihr liegende Stoffserviette. Warum waren ihre Hände auf einmal so feucht?

„Das stimmt auf jeden Fall. Ich komme auch immer wieder hier her. Der Kuchen ist einfach köstlich." Moritz räusperte sich. „Du fragst dich bestimmt …" Er schwieg, als der Kellner die Milchkaffeeschalen auf den Tisch stellte. Zoey griff nach ihrer und legte die Hände um das Gefäß. Moritz führte die Schale vorsichtig zum Mund. „Mhm, das tut jetzt gut. Also", er richtete sich in seinem

Stuhl auf und musterte Zoey aufmerksam, „ich mache es kurz und bündig. Was willst du von Marlene?"

Zoey, die das heiße Getränk hochgehoben hatte, stellte das Teil vorsichtig wieder ab. „Was soll das bedeuten? Ich will nichts von Marlene und überhaupt, was geht Sie das an?"

„Wir können ruhig beim ‚du' bleiben." Ungerührt sah er ihr in die Augen. „Ich will dir sagen, warum wir uns heute treffen. Ich kenne Marlene seit vielen Jahren und war mit ihrem verstorbenen Mann gut befreundet. Wir haben lange zusammengearbeitet." Sein Blick verlor sich in der Ferne.

Zoey hätte gern demonstrativ ruhig von ihrem Milchkaffee getrunken, fürchtete allerdings, den zu verschütten. Ihr Hände zitterten. Von wegen Ruhe.

„Marlene ist ein herzensguter Mensch, leider ist sie oft zu impulsiv. Sie hat nach dem Tode von Klaus ungeheuer gelitten und sich in die Arbeit gestürzt. Später glitt sie in eine schwere Depression. Ich breche hier kein Anwaltsgeheimnis, wenn ich dir das sage. Marlene hat mir gestern Abend verraten, dass sie dir das bereits erzählt hat."

„Warum muss ich mir das alles anhören?", fragte Zoey und presste ihre Hände unter dem Tisch zusammen.

„Ich will nicht, dass Marlene ausgenutzt oder enttäuscht wird. Sie hat ein gutes Herz und ist äußerst hilfsbereit. In der Vergangenheit gab es ein paar unerfreuliche Vorgänge, die ich bereinigt habe."

Eine Zorneswelle überrollte Zoey.

„Du denkst, ich bin ein unerfreulicher Vorgang?", fragte sie mit mühsam unterdrückter Wut.

„Rege dich nicht auf, das glaube ich nicht. Ich wollte lediglich deine Aufmerksamkeit darauf lenken, dass ich wachsam bin. Und wie schön, dass du zum ‚Du' zurückgekehrt bist."

Zoey sprang auf. „Na vielen Dank auch." Sie griff nach ihrer Jacke und schüttete fast den Kaffee um. Moritz konnte die Schale gerade noch zur Seite ziehen.

„Jetzt sei doch nicht gleich beleidigt und setz dich bitte wieder." Er wirkte völlig ungerührt.

„Ich bin nicht deine Tochter oder sonst irgendein Mandant, den du abkanzeln kannst."

„In der Regel kanzele ich meine Mandanten nicht ab."

Hinter Zoey ertönte ein Räuspern. Der Kellner stand mit einem beladenen Tablett in der Hand hinter ihr und schnaufte unwillig. Sie trat zur Seite und ließ ihn durch. Er stellte eine Platte mit Matjes, Lachs und Nordseekrabbenrührei auf den Tisch. Es duftete verheißungsvoll und wider Willen bekam Zoey Appetit. Das konnte nur an der Nordseeluft liegen.

„Lassen Sie es sich schmecken", wünschte der Kellner und musterte sie abschätzend.

„Bitte nimm wieder Platz. Ich wollte dich nicht beleidigen." Moritz lächelte, war keinesfalls zerknirscht, nur hanseatisch höflich.

Sie war hin- und hergerissen. Auf der einen Seite imponierte ihr die unverblümte Art des Mannes, andererseits hätte sie ihm am liebsten ihren Kaffee in den Schoß gegossen. Wie so oft gewann ihre nachgiebige Ader. *Du lässt dir viel zu viel gefallen. Wenn du es hinnimmst, dass dir die Kunden auf der Nase herumtrampeln, musst du dich nicht wundern, wenn sie nachher deine Rechnung nicht begleichen. Denk doch einmal auch an dich.* Ein häufiger

Streitpunkt zwischen Leander und ihr. Leander war der Meinung gewesen, dass sie zu wenig Geld einnahm, und er hatte recht behalten. Hatte er deshalb kein Testament zu ihren Gunsten verfasst? Eine Art späte Maßregelung? So ein Blödsinn. Hätte sie sich besser um sich gekümmert, wäre sie nicht gezwungen, bis zum Ende des Jahres eine neue Wohnung zu finden. Sie wäre Eigentümerin einer Immobilie. Natürlich gab es ein paar Rücklagen auf der Bank. Aber lächerlich wenig im Vergleich zu dem, was eine Unternehmensberaterin in ihrer Situation angelegt haben müsste. Genug, rief sie sich zur Ordnung. Hier ging es nicht um geschäftliche Beziehungen, sondern um eine Frau, die sie in diesen wenigen Tagen bereits liebgewonnen hatte. Marlene. Moritz sorgte sich um sie und das war doch ehrenhaft, oder? Zoey legte ihre Jacke wieder auf den Stuhl und setzte sich.

„Danke, dass du bleibst." Dieses Mal erreichte das Lächeln seine Augen. Er nahm eine Gabel voll Rührei und schob sie sich in den Mund. „Lecker. Möchtest du nicht doch essen?"

Der Mann hatte wirklich Nerven. Erst unterstellte er ihr, Marlene hintergehen zu wollen, und kurze Zeit später lud er sie zum Mittagessen ein. Ambivalent.

„Nein danke." Zoey straffte ihre Schultern und richtete sich auf. „Für das Protokoll: Ich habe nicht die Absicht, Marlene auszunutzen oder zu enttäuschen. Ich mag sie nämlich."

„Du bist doch beleidigt", erwiderte er etwas undeutlich zwischen zwei Bissen Krabbenrührei. Warum hatte sie eigentlich gesagt, dass sie nichts essen wollte? Es roch köstlich.

„Versetz dich doch einmal in meine Lage. Marlene

kennt dich überhaupt nicht und lädt dich ein, wochenlang bei ihr zu wohnen. Da bin ich als Anwalt und Freund sozusagen verpflichtet, herauszufinden, ob sie sich da nicht verrennt."

„Verrennt?", fragte Zoey scheinheilig. Sollte er doch ganz deutlich sagen, was ihm nicht passte.

„Na ja", Moritz hörte auf zu kauen. „Ich glaube, dass Marlene einsam ist. Und da liegt es doch auf der Hand, dass sie …"

„Wildfremde Menschen zu sich nach Hause einlädt, sobald sie die Gelegenheit dazu hat", unterbrach Zoey ihn hitzig.

„Jetzt reg dich nicht gleich wieder auf. Du verstehst doch genau, was ich sagen will."

Ein Punkt für ihn. Er machte sich über Marlenes Situation Gedanken und wollte sie beschützen. Trotzdem war sie beleidigt.

„Was genau willst du eigentlich von mir? Ich habe bereits gestern Abend gesagt, dass ich gar nicht zu ihr ziehen möchte. Wo ist also dein Problem?"

„Wenn es so ist, gibt es kein Problem. Ich entschuldige mich, falls ich dir zu nahegetreten bin. Berufsbedingte Vorsicht." Er widmete sich dem Matjes und wirkte zufrieden.

Zoey schäumte vor Wut. Sie hatte sich von ihm hereinlegen lassen. Mehr als die Bestätigung, dass sie nicht in Marlenes Haus wohnen würde, wollte er gar nicht haben und genau die hatte sie ihm soeben gegeben. Na super.

„Damit haben wir alles geklärt", sagte sie mit bewusst würdevoller Stimme und erhob sich. Zum zweiten Mal ergriff sie ihre Jacke, jetzt zog sie sie an. Moritz hörte auf zu essen und wirkte verdutzt. Geschah ihm ganz recht.

„Ich wünsche einen guten Appetit und eine schnelle Rückfahrt. Tschüss." Zoey drehte sich um und schritt, bewusst langsam, ohne eine Antwort abzuwarten, aus dem Lokal, vorbei an den gefüllten Tischen. Draußen auf dem Bürgersteig gratulierte sie sich zu diesem glorreichen Abgang und beschloss, auf dem Weg zum Auto einen Umweg über den Fischbrötchenstand zu nehmen. Sie hatte auf einmal einen ungeheuren Appetit auf ein Krabbenbrötchen.

6

Marlene hatte sich seit dem gemeinsamen Abendessen nicht mehr bei Zoey gemeldet. Ob Moritz ihr von dem Treffen im Café berichtet hatte? Übermorgen musste sie ihr Appartement in Wenningstedt räumen. Jürgen hatte in Hamburg einen Lagerplatz gefunden, wo sie ihre Sachen preisgünstig so lange unterstellen konnte, bis sie eine neue Unterkunft gemietet hatte. Auch wenn Jürgen ihr viele Dinge abnahm, musste sie für ein paar Tage nach Hamburg fahren, um in der Wohnung alles zusammenzupacken. Diese Aufgabe konnte sie keinem anderen überlassen. Es fiel ihr schwer, die Insel zu verlassen, trotzdem würde sie sich der Herausforderung jetzt stellen. Die Tage an der Nordsee hatten sie gestärkt.

Heute hatte sie sich vorgenommen, einmal um das Morsum-Kliff zu wandern. Zoey liebte diesen Ort im Osten von Sylt, wo der Hindenburgdamm Insel und Festland miteinander verband. Nach der körperlichen Ertüchtigung würde sie sich im Café Ingwersen ein Stück Friesentorte mit Schlagsahne gönnen. Die ultimative Versuchung, ein vortrefflicher Plan. Ihr Handy läutete, als sie den Motor starten wollte.

„Hallo Zoey, hier Marlene." Marlenes Stimme klang hell und aufgeregt. „Habe ich dir genug Zeit zum

Überlegen gelassen? Wann sehen wir uns? Oder hast du keine Lust? Ist für mich auch okay. Ich bin nicht beleidigt. Versprochen."

Zoey räusperte sich überwältigt, ein paar Tränen lösten sich und liefen ihr Gesicht hinunter. Früher war sie nicht so nah am Wasser gebaut gewesen. Früher.

„Hallo Marlene. Ich bin auf dem Weg zum Morsumer Kliff. Hast du heute Abend Zeit?"

„Nach meinem Yogakurs um acht bin ich zu Hause und freue mich auf dich", ertönte es fröhlich aus dem Handy. „Am liebsten würde ich mitkommen. Mäxchen täte die Bewegung bestimmt auch gut, aber ich habe gleich eine Verabredung mit meinem Galeristen. Klingt super, nicht wahr. Mein Galerist", wiederholte sie sich.

„Klingt erfolgreich", bestätigte Zoey, die innerlich schmunzelte. Das hörte sich nicht einsam an, im Gegenteil. Marlene erweckte den Eindruck, als wäre sie ausreichend beschäftigt. „Dann sehen wir uns um kurz nach acht, okay?"

„Ich freue mich und Zoey …" Marlene stockte. Zoey wartete gespannt. „Falls du noch eine Flasche von dem Rotwein hast, bring sie mit. Der mundet richtig gut."

„Das ist ein Tignanello. Zehn Jahre alt. Bestimmt nicht billig", sagte Marlene ehrfurchtsvoll und drehte die Rotweinflasche so, dass sie das hintere Etikett lesen konnte.

„Nö, war er nicht. Deshalb habe ich auch alle Flaschen mitgenommen. Nicht auszudenken, wenn Helga die auch noch in die Hände fallen würden." Zoey gluckste und genoss erneut den tiefroten Wein. Sie fühlte sich angenehm beschwingt. Die Hälfte der Flasche hatten sie bereits geleert. So weit zu dem Vorsatz, weniger Alkohol zu trinken.

„Da hast du unbedingt recht." Marlene stellte den Rotwein auf den niedrigen Couchtisch. Beide saßen in gemütlichen, bunt geblümten Ohrensesseln im Wohnzimmer, im Kamin flackerte ein Feuer. Max hatte sich vor seinem Frauchen zusammengerollt, die hatte ihre Füße auf dem Hunderücken abgelegt.

„Hat Moritz dich erreicht?"

Zoey schreckte hoch und verschüttete fast ihr Glas. Marlene hatte nichts mitbekommen, sie sah versonnen ins Feuer. „Ja, er hat mich angerufen." Von der Verabredung im Café musste sie nicht unbedingt erzählen, sofern Marlene nicht davon anfing.

„Ich hoffe, es ist in Ordnung, dass ich ihm deine Nummer gegeben habe. Er hatte eine Frage wegen der Wohnung."

„Kein Problem."

„Und?" Marlene sah sie neugierig an.

„Was und?" Wusste sie doch von dem Treffen?

„Jetzt spann mich nicht auf die Folter. Hast du über mein Angebot nachgedacht?"

„Es ist dir wirklich ernst." Zoey kniff die Augen zusammen. Bloß nicht wieder heulen.

„Natürlich, was glaubst du denn. Ich möchte dir helfen und ich freue mich über Gesellschaft. Zwei Fliegen mit einer Klappe." Sie gestikulierte mit beiden Händen und Zoey fiel auf, dass sie an einer einen breiten Silberring mit Ornamenten trug.

„Zeig doch mal den Ring, der gefällt mir."

„Du lenkst ab", antwortete Marlene. „Den hat mir Klaus zu unserem Zehnjährigen geschenkt. Genau genommen habe ich ihn mir gekauft", sagte sie gedankenverloren. „Klaus war nicht der Schenker. Ich musste ihn immer mit der Nase auf meine Wünsche stoßen."

„Aber es hat geklappt", erwiderte Zoey und drehte den schweren Ring zwischen den Fingern, bevor sie ihn ihr zurückgab. „Bei Leander war es ähnlich. Um die Geschenke für Freunde und Verwandte habe ich mich gekümmert und wenn ich mir etwas von ihm gewünscht habe, hat er es mir oft in meiner Gegenwart gekauft. Er hatte es nicht so mit Überraschungen. Schmuck besitze ich nur wenig, von meiner Mutter. Leander hat mir nie welchen geschenkt." Sie sah nachdenklich ihre ringlosen Finger an. „Dabei sind *Diamonds* doch *a Girl's best Friends.* Aber ich habe keinen haben wollen." Zoey nippte am Rotwein und schmeckte bewusst das volle Aroma. Zum ersten Mal sprach sie von sich aus von Leander. Nicht nur über seinen Tod. „Leander kannte sich hervorragend mit Weinen aus, das war eines seiner Hobbys. Dafür hat er auch verdammt viel Geld ausgegeben."

„Wie viele Flaschen sind denn noch da?"

„Also sicherlich die eine oder andere Kiste in Hamburg. Es passten schließlich nicht alle in mein Auto, abgesehen davon, dass ich beim besten Willen in zwei Wochen nicht so viel trinken kann. Ich bin sowieso schon auf dem Wege zur Alkoholikerin."

„Neulich habe ich irgendwo gelesen, dass ein Glas Rotwein das Fitnesstraining ersetzt."

„Schön wäre es ja, ungeachtet dessen, dass es meistens nicht bei einem bleibt." Zoey zwinkerte Marlene zu und hob ihr Glas leicht an.

„Du hast mir erzählt, dass du aus der Wohnung ausziehen musst und nichts mitnehmen darfst, außer deinen eigenen Sachen. Daran wirst du dich doch hoffentlich nicht halten, oder?"

„Da spricht die Frau eines Anwalts", kommentierte Zoey und lachte bitter. „Aber du hast völlig recht. Den Wein nehme ich auf jeden Fall mit, ich werde einfach im Austausch ein paar billige Flaschen dalassen. Den Unterschied merkt die sowieso nicht. Außerdem packe ich alles ein, was mir gefällt und was ich brauchen kann. Soll Helga mich doch verklagen. Sie und Leander haben sich Jahre nicht gesehen und sie hat keine Ahnung, was in der Wohnung ist." Der Weingenuss stachelte ihren Mut an.

„Keine schlechte Idee. Und wenn sie klagt, beauftragst du einfach Moritz."

„Mhm", murmelte Zoey und wünschte sich einen Themenwechsel. Sofort.

„Moritz ist ein erstklassiger Anwalt, das hat Klaus auch immer gesagt."

„Mhm."

„Schon gut, schon gut. Ich merke, dass du nicht über Moritz reden möchtest."

„Ich fahre morgen nach Hamburg", schoss es aus ihr heraus.

„Wieso morgen, ich dachte, du bleibst bis Sonntag." Marlene richtete sich abrupt auf, Max schreckte hoch und schüttelte sich.

„Wollte ich ursprünglich auch. Je schneller ich das mit dem Räumen hinter mich bringe, umso eher bin ich wieder da. Ich habe die ganze Angelegenheit schon lange genug aufgeschoben."

Marlene sah sie mitfühlend an. „Okay, das verstehe ich. Hast du jemanden, der dir hilft? Es kann belastend sein, Sachen auszusortieren und zusammenzupacken. Ich spreche da aus Erfahrung."

Zoey fing an, sich mit ihrer Entscheidung immer wohler zu fühlen. „Mein Bürokollege hat einen Lagerplatz gefunden. Es wird sicher ein paar Tage dauern, bis ich alles in Kisten gepackt habe. Das bekomme ich hin. Und einen Transport organisieren, schaffe ich auch. Kein Problem." In Wahrheit hatte sie einen Heidenrespekt vor der Aufgabe, das wollte sie Marlene gegenüber aber nicht zugeben. Die wäre sonst imstande und würde sie begleiten. Das kam für Zoey auf gar keinen Fall infrage: Marlene hatte nichts mit ihrem früheren Leben zu tun.

„Wenn du alles erledigt hast, kommst du wieder zurück und ziehst für ein paar Wochen zu mir, versprochen?"

„Was werden deine Freunde und Verwandten sagen, wenn ich hier plötzlich wohne?"

„Meine Freunde werden sich freuen, du wirst sie kennenlernen. Heiligabend veranstalte ich seit Jahren immer ein Buffet für alle, die nicht mit der Familie feiern können. Verwandte habe ich nicht mehr viele. Ich bin ein Einzelkind und meine Eltern sind lange tot. Es existieren ein paar Cousins und Cousinen, die wohnen aber im Süden von Deutschland und wir sehen uns nur alle Jubeljahre. Meistens besuchen sie mich, wenn sie im Urlaub auf der Insel sind. Und du? Hast du Verwandte in Hamburg?"

„Nein", sagte Zoey. „Meine Eltern leben auch nicht mehr und ich bin ebenfalls ein Einzelkind."

„Aber es gibt Verwandte, oder?"

„Du bist ganz schön neugierig."

Marlene riss die Augen auf. „Oh, stört dich das?"

Sie dachte nach. Normalerweise sprach sie nicht gern über sich, bei Marlene war das aber irgendwie anders. Vielleicht, weil sie wirklich interessiert schien. „Nein, alles gut", beruhigte sie Marlene. „Ich bin es nur nicht gewöhnt, über mich zu reden. Es gibt eine Schwester meiner Mutter. Die lebt auf einer Demenzstation im Pflegeheim und erkennt keinen mehr."

„Das ist traurig und kann uns auch passieren. Deshalb …", Marlene sprang auf und weckte damit Max, der vor ihren Füßen geschnarcht hatte. „Deshalb müssen wir das Leben genießen und auskosten, solange wir das noch können." Sie verschwand im Flur und kehrte nach kurzer Zeit mit einer Schale Cantuccini zurück, die sie auf den dunklen Holztisch stellte. „Hier, die habe ich total vergessen, letzte Woche von mir gebacken. Passen hervorragend zum Wein. Habe ich dir schon einmal von meiner Konfetti-Theorie erzählt?"

„Ich glaube, ich habe auf der Insel ein paar Pfund zugenommen", sagte Zoey und biss in einen der Mandelkekse. „Die sind richtig lecker. Nein, hast du nicht."

„Du musst Konfetti in dein Leben bringen, es bunt und lebenswert gestalten. Von allein passiert meistens gar nichts."

Max hatte sich wieder ausgestreckt und stieß einen resignierten Seufzer aus.

„Hund müsste man sein", sagte Zoey. „Mit dem Konfetti hast du sicher recht, ich werde es versuchen."

„Du kannst übrigens ruhig zulegen", murmelte Marlene und nahm sich ebenfalls einen Keks. „Im Gegensatz zu mir."

„Das sagt die Frau, die mir gerade noch gepredigt hat, dass man sein Leben genießen soll."

7

Zoey hatte mit dem Autozug um ein Uhr nachmittags die Insel verlassen. Jetzt, drei Stunden später, fuhr sie mit ihrem Golf in die Tiefgarage unter dem Wohnkomplex an der Alster. Sie schaltete den Motor aus und legte ihren Kopf auf das Lenkrad. Tief durchatmen, meine Liebe, sprach sie sich Mut zu. Du schaffst das.

Ein Klopfgeräusch schreckte sie auf, fast wäre sie mit dem Kopf gegen die Decke gestoßen. Neben der Fahrertür wartete ihr Nachbar, ein älterer Herr, bewaffnet mit zwei Mülltüten. Zoey öffnete vorsichtig die Autotür.

„Gut, dass Sie wieder da sind", prasselte es auf sie nieder. „Der Briefkasten quillt über und das lockt Einbrecher an. Wenn Sie das nächste Mal für längere Zeit nicht in der Stadt sind, kümmern Sie sich gefälligst um einen Nachsendeantrag oder geben Sie jemandem den Auftrag, den Briefkasten zu leeren." Herr Winter hatte sich vor ihr aufgebaut und blitzte sie mit zornigen Augen an. Willkommen zu Hause.

„Guten Tag, Herr Winter", sagte sie mit betont freundlicher Stimme, stieg aus und stolzierte zum Kofferraum. Nur nicht aufregen. Der Mann spionierte im ganzen Haus herum und pochte auf die Einhaltung absurder Regeln. Seit seine Frau vor einem Jahr gestorben war, hatte sich die Kontrollsucht noch verstärkt. Vermutlich langweilte er sich vor Einsamkeit.

„Es tut mir leid, dass Sie sich Sorgen gemacht haben. Jetzt bin ich ja wieder da und schaue sofort nach meiner Post." Zoey holte ihre Taschen aus dem Kofferraum und stellte beide auf den Boden. Den Rest der Sachen würde sie nachher ausladen. Mit einem Gepäckstück in jeder Hand wandte sie sich in Richtung Fahrstuhl und ließ ihren Nachbarn stehen. Durch sein rüdes Auftreten hatte er ihr Nach-Hause-Kommen beschleunigt. Im Aufzug stellte sie die Sachen ab und drückte auf den Knopf für den sechsten Stock. Die Penthousewohnung. Um die Post konnte sie sich später auch noch kümmern.

Die Wohnung roch muffig und es war kalt. Zoey öffnete die Terrassentür und schaltete gleichzeitig die Heizung hoch. Sie trottete ins Schlafzimmer, wo sie ebenfalls das Fenster aufmachte. Ein paar Minuten Durchzug. Sie vermisste die Insel schon jetzt. Natürlich stand alles noch so da, wie sie es vor fast zwei Wochen verlassen hatte. Ein überdimensionales Doppelbett dominierte den Raum. Auf der Seite, wo Leander geschlafen hatte, lagen unzählige Bücher. Beweise für die schlaflosen Nächte, wenn der Genuss des Rotweins nicht geholfen hatte. Vom Schlafzimmer führte eine Tür ins Bad, eine andere ins sogenannte Ankleidezimmer. Dort befanden sich Leanders Kleidungsstücke, ordentlich auf Bügeln, sortiert nach Winter- und Sommergarderobe. Ihr graute davor, die Sachen auszumisten. Das erledige ich zuerst. Helga bekommt die Kleidung nicht in die Hände.

Der Kühlschrank glänzte durch Leere. Sie hatte außer

ein paar Nudeln nichts Essbares in der Wohnung. Da morgen Sonntag war, sollte sie einkaufen gehen. Von Sylt hatte sie zwar Brot, Butter und Eier mitgebracht, Gemüse und Obst fehlten. Außerdem wäre es geschickt, nach der Post zu schauen, bevor sie Herrn Winter einen Grund gab, bei ihr zu klingeln. Am besten sofort. Sie steckte einen Zwanzigeuroschein in ihre Hosentasche und fuhr mit dem Aufzug ins Erdgeschoss. Ein paar Straßen weiter befand sich ein türkischer Lebensmittelhändler, wo sie sich mit dem Notwendigsten eindecken konnte. Draußen, in der feuchtkalten Luft, atmete sie tief durch. Sie sollte die Wohnung aufgeben.

Zoey erinnerte sich wieder an die Post, als sie sich, bewaffnet mit einer großen Einkaufstüte, nach dem Besuch des Lebensmittelladens im Hausflur wiederfand. Aus dem Briefschlitz lugte die Ecke eines Umschlags hervor. So sah ein überquellendes Postfach, von dem der Nachbar gesprochen hatte, also aus. Lieberman und Sturm. Zoeys Herz klopfte. Nie wieder. Sie schloss den Kasten auf und ein paar Briefe fielen ihr entgegen. Die Werbesendungen warf sie in einen Papierkorb, der zu diesem Zweck unter den Briefkästen stand. Außer den Rechnungen war da noch ein handgeschriebener Brief in einem grauen Umschlag. Zoey kannte die Handschrift nicht. Auf der Rückseite las sie, mit schwungvollen Buchstaben geschrieben, den Namen Mona Lehmann. Mona, überlegte sie, während der Fahrt mit dem Aufzug. Das sagte ihr etwas, sie kam nur nicht darauf, was. In der Küche stellte sie die Einkaufstüte ab, schmiss die Rechnungen auf die Theke und öffnete den Brief. Neugierig bist du immer noch.

Liebe Zoey Lieberman,
Sie werden sich sicherlich nicht mehr an mich erinnern.
Es ist mir ein Bedürfnis, Ihnen zu schreiben. Ich habe
von Ihrem schweren Verlust gehört und möchte Ihnen
auf diesem Wege mein herzliches Beileid ausdrücken.
Wenn Sie irgendwann einmal jemanden zum Reden
brauchen, ich bin da.
Sollten Sie Lust auf ein gutes Essen haben, melden Sie
sich bitte auch.
Herzlichst
Ihre Mona Lehmann

Bei Zoey fiel der Groschen. Mona hatte sich als Köchin selbstständig gemacht. Man konnte sie für Einladungen im eigenen Heim engagieren, sie kochte vor Ort für die Gäste. Zoey hatte für die Frau einen Businessplan erstellt und ihr unter anderem Kontakte zu einer Webdesignerin vermittelt. Woher wusste die von Leanders Tod? Hatte sie im Büro angerufen und irgendjemand geplaudert? Obwohl Zoey ausdrücklich um Geheimhaltung gebeten hatte, schließlich ging ihr Privatleben niemanden etwas an. Sie räumte die Lebensmittel aus und legte die Champignons in das Gemüsefach. Sie hatte keinen Appetit mehr und öffnete die Tür zum roten Weinkühlschrank, der neben dem Kühlschrank seinen Platz gefunden hatte. Zoey erinnerte sich daran, wie sie Leander liebevoll mit dem Wort ‚dekadent' beschimpft hatte, als er mit dem Teil angekommen war. Sie griff nach einem Grauburgunder mit Drehverschluss und goss sich ein Glas ein, das sie in einem Rutsch fast zur Hälfte leerte.

Erschrocken betrachtete sie die Weinflasche und stellte sie zurück. Was tust du da eigentlich Zoey? Allein zu trinken ist definitiv der falsche Weg. Mona hatte doch nichts Schlimmes verbrochen. Sie hatte ihr Beileid ausgedrückt und sich zum Reden angeboten. Zoey rief sich ins Gedächtnis, dass die Frau nach ihrer Scheidung praktisch aus dem Stegreif heraus ein Geschäft aufgebaut hatte. Und das in höherem Alter. Sie holte tief Luft. Genau genommen war die Frau in etwa so alt wie sie. Ihr Mann hatte eine andere gefunden. Mona lebte allein und auf sich gestellt. Zoey hatte das Bild der Kundin jetzt deutlich vor Augen: Mona hatte in ihren Gesprächen immer wieder betont, dass sie sich ohne ihre Freundinnen das Unternehmerdasein niemals zugetraut hätte.

Gedankenverloren öffnete sie erneut den Kühlschrank und holte die Pilze wieder heraus. Sie schnitt sie in dünne Scheiben und briet sie zusammen mit einer Zwiebel in der Pfanne. Dann löschte sie das Ganze mit dem Weißwein. Penne mit Champignons. Den Teller mit den Nudeln nahm sie mit ins Wohnzimmer und setzte sich auf die rote Ledercouch, von der man einen fabelhaften Blick auf die Außenalster hatte. Akzeptiere es endlich. Der Lebensabschnitt ist zu Ende und es fängt ein neuer an. Marlene hat recht: Man soll das Leben genießen, solange man kann. Ich versuche es, schwor sie sich. Vielleicht dauert es ein wenig, aber ich werde es schaffen. Weil ich es will.

Am nächsten Morgen weckte sie das Läuten des Telefons. Wer rief an einem Sonntagmorgen um neun Uhr an?

„Lieberman", meldete sie sich schlaftrunken.

„Zoey, endlich erreiche ich dich. Ich habe mir schon Sorgen gemacht", schallte ihr eine voluminöse Stimme

76

ins Ohr. Sie brauchte ein paar Sekunden, bis sie den Anrufer zuordnen konnte.

„Matthias, bist du das?"

„Ja. Ich versuche schon seit Tagen, dich zu erreichen. Ich habe von Leanders Tod gehört. Es tut mir unendlich leid, dass ich nicht da war."

Zoey setzte sich im Bett auf. Matthias, ein guter Freund von Leander, war nicht auf der Beerdigung gewesen, weil er Südamerika bereiste. Zoey hatte versucht, ihm über seinen ehemaligen Mitarbeiter eine Nachricht zu hinterlassen. Offenbar hatte die ihn erreicht.

„Äh …", räusperte sie sich und unternahm einen neuen Anlauf. „Es war blöd, dass du nicht erreichbar warst. Aber ehrlich, es hätte an der Situation auch nichts verändert. Bist du wieder in der Stadt?"

„Ja, und ich versuche seitdem, dich zu erreichen. Leider habe ich deine Handynummer nicht. Können wir uns treffen?"

„Natürlich."

„Heute?"

„Ja klar. Wo?"

„Kennst du ‚Leos'? Das ist ein Lokal in der Rothenbaumchausee. Wenn du Zeit hast, lass uns zusammen essen."

Zoeys Gedanken rasten und sie versuchte, tief durchzuatmen. Sie würde mit Matthias über Leanders Tod sprechen müssen. „Ich werde es finden. Um halb acht?"

„Ich reserviere einen Tisch und … Zoey, ich freue mich."

Sie legte den Hörer auf das Telefon und rutschte wieder unter die Bettdecke. Wie verlockend wäre es, den

Tag im Bett zu verbringen und im buchstäblichen Sinne die Decke über den Kopf zu ziehen. Nichts da, Zoey, feuerte sie sich an. Erinnere dich an deine Vorsätze von gestern. Aufgeben gilt nicht, schließlich willst du zurück auf die Insel. Sie griff nach einem Pullover, der neben dem Bett lag, und zog ihn über den Kopf. Langsam erhob sie sich und streckte beide Arme zur Decke. Als erstes eine Kanne Tee, als zweites der Kleiderschrank.

Am späten Nachmittag hatte sie es geschafft. Sie konnte die blauen Müllsäcke nur schwer zusammenbinden, sie quollen über mit Kleidungsstücken. Die würde sie morgen in aller Frühe zur Kleiderkammer bringen. Der Geruch, der in den Kleidern hing, Leanders spezieller Duft nach herbem Aftershave, gepaart mit seinem unverwechselbaren, nicht zu definierenden Aroma, war schwer auszuhalten und nun eingeschlossen. Für immer verbannt. Tränen brannten hinter ihren Lidern. Behalten hatte sie zwei Kaschmirpullover und einen bunten Schal, den sie ihm vor langer Zeit zum Geburtstag geschenkt hatte. Das musste reichen. Die Erinnerungen blieben.

Unter der Dusche, den Kopf in den Wasserschwall gereckt, beglückwünschte sie sich. Der schwerste Teil lag hinter ihr. Das Aussortieren und Packen ihrer eigenen Sachen würde ein Kinderspiel sein.

Ausnahmsweise fand sie einen Parkplatz in der Rothenbaumchausee und betrat pünktlich das Restaurant. Zoey entdeckte Matthias sofort. Er hatte die Eingangstür beobachtet und kam ihr durch den Raum entgegen.

„Ach, Zoey. Mensch", sagte er mit bewegter Stimme und nahm sie in den Arm. Sie lehnte sich gegen ihn und sie blieben sekundenlang aneinandergeschmiegt, bevor sie sich mit sanftem Druck von ihm löste.

„Gut siehst du aus", sagte Zoey und musterte ihn. Matthias hatte abgenommen und seine Haut schimmerte braun. Sein ganzes Auftreten strahlte Zufriedenheit aus.

„Es geht mir auch gut. Aber mit Leander …", seine Stimme brach und er fuhr sich mit der Hand über die Augen. „Bitte erzähl mir, was passiert ist. Ich verstehe es nicht. Leander war doch nicht krank."

Zoey schwieg.

„Sorry", sagte Matthias. „Ich wollte dich nicht überfallen. Setzen wir uns doch erst einmal. Was möchtest du trinken?" Er rückte ihr den Stuhl zurecht, bevor er wieder Platz nahm.

„Ich nehme ein Glas Merlot und eine Flasche Wasser." Sie wartete, bis er die Bestellung beim Kellner aufgegeben hatte. Matthias und Leander kannten sich seit über vierzig Jahren. Sie hatten sich regelmäßig auf ein Bier getroffen, waren zum Fußball gegangen. Beide HSV-Fans. Zoey hatte Matthias meistens auf irgendwelchen Feiern von Freunden erlebt. Seit einiger Zeit kam er mit einer Frau zusammen, die mit ihm durch Südamerika gereist war. Zoey kannte sie nicht. Leander hatte berichtet, dass Julia ein Kosmetikstudio in Eppendorf besaß und umwerfend aussah.

„Erzähl mir doch erst einmal, wie es dir auf der Reise ergangen ist", sagte Zoey. Matthias zuckte mit den Schultern. Er schien verstanden zu haben, dass sie Zeit brauchte. Ein älterer Kellner kam mit den Getränken. „Möchten Sie auch etwas zu essen bestellen?"

„Ja sicher", antwortete Matthias.

„Einen Moment, ich bringe Ihnen die Karten."

Eine verlegene Stille breitete sich aus. Matthias fasste sich zuerst. „Auf dich, Zoey. Ich bin so erleichtert, dass wir uns heute treffen."

Zoey stieß mit ihm an. Ihre Augen wurden feucht und sie riss sich zusammen und versuchte, nicht zu heulen. Seitdem sie bei Marlene in der Küche gesessen hatte, passierte das öfter. „Ich bin auch froh. Erzähl schon, wie war es?"

Auf Matthias Gesicht breitete sich ein Lächeln aus. „Einfach fantastisch. Ich hätte Monate so weiterfahren können. Chile und Argentinien sind großartige Reiseländer. Die Landschaften sind abwechslungsreich, im Süden die Gletscher, in der Mitte die Vulkane und Seen, im Norden die Wüste und …"

„Haben die Herrschaften schon gewählt?"

„Äh, nein", antwortete Matthias unwirsch.

„Einen Moment bitte", erwiderte Zoey und griff nach der Speisekarte. Sie brauchte nur einen kurzen Blick und entschied sich für das Schnitzel mit Bratkartoffeln und Salat. Ungewohnt schnell. Der Kellner blieb auffordernd neben dem Tisch stehen und nahm die Bestellung auf. Matthias bestellte das Gleiche.

„Früher war die Bedienung hier besser", entschuldigte er sich, als der Ober mit den Karten verschwunden war.

„Macht doch nichts."

„Zoey, bitte erzähle mir von Leander."

„Ja natürlich …", sie stockte und räusperte sich. „Also, er hatte eine Routineuntersuchung bei seinem Arzt, ein Check-up. Er ist beim Belastungs-EKG vom Fahrrad gefallen und war sofort tot. Herzinfarkt, sie konnten ihn nicht wiederbeleben. Eine verschleppte Grippe ist auf seinen Herzmuskel geschlagen. So hat es mir sein Arzt erklärt." Sie stürzte das Wasser hinunter und sprach hastig weiter. „Er war tatsächlich erkältet gewesen, so eine Art Sommergrippe. Aber du kanntest ihn doch … Bloß nie einen Termin versäumen, was hätten sonst die Mandanten gedacht?"

„Ja." Matthias räusperte sich ebenfalls. „So war Leander und ich war auch so. Immer nur die Arbeit im Kopf und immer funktionieren." Er drehte das Pilsglas am Stil hin und her. „So eine Scheiße."

Zoey griff nach einem Tempo, mit dem sie sich über die Augen wischte. Ein paar Minuten sprach keiner.

„So die Herrschaften. Hier kommen die Schnitzel. Ich wünsche einen guten Appetit." Ein junger Mann, mit überdimensionalen Ohrsteckern mit Totenköpfen, stellte die Teller vor sie und verschwand wieder.

Gegen ihren Willen musste Zoey lachen. „Das ging jetzt aber schnell. Hast du die Ohrringe gesehen?"

„Die sind wirklich nicht zu übersehen", sagte Matthias, ein Grinsen glitt über sein Gesicht. „Über Geschmack kann man ja bekanntlich streiten, aber …"

„Ich glaube, es liegt an unserem Alter", sagte Zoey und kicherte ein wenig hysterisch.

„Du denkst, wir sind total out."

„Auf jeden Fall sind wir das."

Zoey bemühte sich, den Lachanfall zu stoppen, der sie plötzlich überkam. Das Ganze war so absurd. Sie saß mit einem der engsten Freunde ihres langjährigen Lebenspartners in einem Lokal und berichtete von dessen Tod, gleichzeitig amüsierte sie sich über einen Jungen mit Totenkopfohrringen. Vorsichtig probierte sie ein Stück Bratkartoffel. Es schmeckte lecker und sie bekam auf einmal einen riesigen Appetit. Kein Wunder, schließlich hatte sie seit einem eher kargen Frühstück mit Tee und einer Scheibe Brot nichts mehr gegessen.

„Kann ich dir irgendwie helfen? Kommst du zurecht?" Er verbesserte sich sofort. „Was für eine beschissene Formulierung: zurechtkommen. Sorry."

Zoey überlegte und nahm sich vom Salat. „Ich weiß es nicht", antwortete sie ehrlich, „aber ich will wieder anfangen zu leben. Das habe ich mir fest vorgenommen. Die beiden Wochen auf Sylt haben mir geholfen." Und Marlene, setzte sie in Gedanken dazu.

„Wirst du die Wohnung behalten?"

Ach so, das konnte Matthias nicht wissen. „Ich muss zum Ende des Jahres ausziehen. Leander hat kein Testament hinterlassen und seine Schwester erbt alles."

„Helga?"

„Genau die."

„Ach du heilige Scheiße. Wenn Leander das wüsste, würde er sich im Grabe umdrehen. Die konnte er doch nie leiden."

„Er hätte sich eben darum kümmern sollen", sagte Zoey mit bitterem Tonfall.

„Ja natürlich." Matthias ballte seine rechte Hand zur Faust, die Gabel fest umschlossen. „Als Rechtsanwalt hätte er das wissen müssen. Ich verstehe das nicht. Du kannst zu mir ziehen, bis du was gefunden hast. Julia hat bestimmt nichts dagegen."

„Danke für dein Angebot. Das weiß ich wirklich zu schätzen, aber ich denke, es wird nicht nötig sein." Sie lächelte ihn an. „Ich habe heute angefangen, zu packen und auszumisten. Meine Sachen werde ich in einem Lager unterbringen und dann fahre ich zurück auf die Insel.

Dort überlege ich mir, wie es weitergehen wird. Ich bin mir noch nicht darüber im Klaren, ob ich nach Hamburg zurückkommen werde."

„Ach so ist das. Verstehe." Matthias nickte langsam mit dem Kopf. „Aber melde dich, wenn du Hilfe brauchst. Ich möchte nicht, dass wir uns aus den Augen verlieren." Er ergriff ihre Hand und drückte sie kurz.

„Du bist lieb, danke."

Beide schwiegen erneut und konzentrierten sich auf das Essen.

„Willst du hier wirklich alles aufgeben?", fragte Matthias und schob seinen Teller zur Seite.

„Ich kann es dir noch nicht sagen", antwortete Zoey. „Wenn ich bescheiden lebe, d.h. nicht so viel Geld ausgebe, reichen die Ersparnisse ein paar Monate. Aber ich bin ja vom Rentenalter noch einige Jahre entfernt und werde arbeiten müssen. So toll ist meine Altersversorgung auch nicht", sagte sie und lächelte ihm zu. „Als Selbstständige habe ich zwar eine private Rentenversicherung und eine geringe Lebensversicherung, aber …", sie zuckte mit den Schultern, „wenn ich nicht von meinen Eltern geerbt hätte, stünde ich blöd da. Und das als Unternehmensberaterin. Irgendwie war mir Geld nie so wichtig", fügte sie hinzu und korrigierte sich sofort. „Leander hat halt ausreichend verdient und war nie geizig oder so … ich meine …"

„Schon klar", unterbrach Matthias sie. „Er hat dir doch bestimmt erklärt, dass ich den Salon verkauft habe, weil ich etwas von der Welt sehen wollte."

Zoey nickte.

„Die letzten Monate waren die aufregendsten meines Lebens. Durchs Land reisen, neue Menschen kennenlernen und frei sein. Ohne Handy und den ganzen Social-Media-Kram. Die Leute dort kommen mit sehr viel weniger Geld zurecht und sind glücklicher. Natürlich ist das ein Stück Sozialromantik, wir wohnen in Deutschland und Vergleiche hinken. Trotzdem. Selbst Julia, die sich nie vorstellen konnte, ohne den gewohnten Luxus, ohne Friseur, Kosmetik und ihr ganzes Leben hier in der City auszukommen, hat die Zeit genossen. Sie will weiter mit mir um die Welt ziehen. Und sie war anfangs überhaupt nicht davon angetan, quasi als Rucksacktouristin zu reisen." Er richtete seinen Blick nach innen. „Was ich eigentlich sagen will, ist …" Matthias hob den Kopf und sah Zoey in die Augen. „Das Leben ist kurz und wir wissen nicht, wie schnell es vorbei ist. Carpe diem."

„Das hat mir eine Freundin auch gerade erst gesagt. Keiner von uns wird das hier überleben."

„So ist es. Lass uns auf das Leben trinken. Äh, möchtest du noch ein Glas Wein?"

„Nein danke. Ich stoße mit Wasser an. Mein Auto steht vor der Tür."

Sie saßen zusammen und erinnerten sich an Leander. Matthias erzählte ein paar Geschichten aus der Schulzeit und Zoey fühlte sich überraschend wohl dabei, ihm zuzuhören. Nachdem der ältere Kellner sich mehrmals erkundigt hatte, ob sie noch Wünsche hätten, er wollte Feierabend machen, bezahlte Matthias und Zoey akzeptierte das, ohne wie sonst auf Teilung der Rechnung zu bestehen. Zum Abschied umarmte Matthias Zoey erneut und küsste sie auf beide Wangen.

„Melde dich bitte, wenn du etwas brauchst, ich werde immer für dich da sein."

„Es sei denn, du bist gerade in Australien oder Neuseeland." Zoey fing erneut an zu lachen und es fühlte sich gut an.

„Eher nicht, mich zieht es zurück nach Argentinien. Die nächsten Wochen bin ich aber hier. Ich muss mich um meine Tochter kümmern. Meine neue Handynummer hast du ja jetzt."

„Das ist lieb von dir und wer weiß, vielleicht bin ich diejenige, die nach Australien fährt."

„Keine schlechte Idee. In diesem Falle komme ich dich dort besuchen."

8

Zwei Schritte vor, drei zurück. Zoey blieb vor dem Haus stehen, in dem sich ihr Büro befand. Es regnete und sie fröstelte. Sie freute sich, ihre beiden Bürokollegen wiederzusehen, aber sie fürchtete sich auch vor dem, was sie dort erwarten würde. Vor drei Wochen war sie das letzte Mal vor Ort gewesen, um die Übergabe der Aufgaben mit Jürgen zu besprechen. War das wirklich erst so kurze Zeit her? Ihr kam es deutlich länger vor. Vor ihrer Fahrt nach Sylt hatte sie eine Woche nur versucht, zu schlafen oder zu lesen. Zu etwas anderem war sie nicht fähig gewesen, körperlich und seelisch völlig erschöpft.

„Unternehmensberatung Zoey Lieberman" stand auf einem blank polierten Messingschild neben der Haustür, darunter die Namen ihrer Kollegen. Sie schloss die Eingangstür auf. Das Jugendstilgebäude war im Herbst saniert worden und der Geruch von Farbe hing immer noch im Hausflur. Mit schweren Schritten stieg sie in den zweiten Stock, den Fahrstuhl ließ sie links liegen. Vor der Bürotür verharrte sie einen Moment, um sich zu sammeln. Los jetzt, Zoey, bringe es hinter dich. Sie klingelte. Von draußen hörte sie, wie sich jemand näherte. Die Tür sprang auf und Rebecca, ihre junge Büropartnerin, erschien im Eingang.

„Mensch, Zoey", rief sie lautstark aus. „Ich wusste gar nicht, dass du heute kommst. Jürgen hat gesagt, dass du bis zum Ende des Jahres auf Sylt bleibst. Geht es dir gut? Warum bist du hier? Gibt es ein Problem?"

Zoey kannte das: Immer, wenn Rebecca aufgeregt war, hörte sie nicht mehr auf zu sprechen.

„Es ist alles in Ordnung", sagte sie. „Lässt du mich rein?"

„Äh … ja klar", antwortete Rebecca und trat zur Seite.

Zoey schob sich an ihr vorbei in den Flur.

„Ich hole nur schnell ein paar Sachen und sehe nach den Eingängen, bin auch gleich wieder weg. Ist Jürgen da?"

„Der ist nur eben kurz zur Post gegangen, müsste gleich zurückkommen. Soll ich uns einen Kaffee machen?" Rebecca schob nervös eine ihrer dunklen langen Haarsträhnen hinters Ohr.

„Gern", sagte Zoey, obwohl sie gar keinen Durst verspürte. Rebecca würde sonst nicht von ihrer Seite weichen und sie brauchte dringend ein paar Minuten mit sich allein. „Geh doch vor in die Küche, ich komme sofort."

Ihr Arbeitszimmer, in dem sie auch Besprechungen mit ihren Kunden abhielt, war aufgeräumt. Nur ein paar Werbebriefe lagen auf dem Schreibtisch. Sie setzte sich auf ihren Drehsessel und sah sich um. Ein Fenster bot einen Blick auf den grünen Hinterhof, an beiden Seiten eingerahmt von Regalen, die mit Fachliteratur gefüllt waren. Davor ein runder Tisch mit drei Stühlen und einem Flipchart. An der gegenüberliegenden Wand hingen zwei Fotografien, die den Hamburger Hafen zeigten. Der Raum strahlte eine heitere Atmosphäre aus. Zoey arbeitete seit über fünfzehn Jahren hier, wenn sie nicht Kunden besuchte. Würde sie all das vermissen?

„Zoey, meine Liebe", ertönte hinter ihr die tiefe Stimme von Jürgen. „Du wolltest dich doch vorher melden, damit ich auch da bin, wenn du kommst."

„Keine Sorge, mein Lieber, ich hätte auf dich gewartet."

Jürgen breitete seine Arme aus und Zoey ließ sich in die Umarmung hineinfallen. Jürgen und sie arbeiteten seit Urzeiten zusammen und hatten beruflich das eine oder andere Abenteuer erlebt. Sie roch sein süßliches Rasierwasser, das sie noch nie leiden konnte. Geborgenheit. Der ein paar Jahre ältere Jürgen würde sie nicht im Stich lassen. Er streichelte ihr sanft über den Rücken, bevor Zoey sich löste und einen Schritt zurücktrat.

„Erholt siehst du aus", trompetete er mit seiner zu lauten Stimme. „Der Aufenthalt an der Nordsee hat dir gutgetan, du bist nicht mehr so blass."

„Danke. Deshalb möchte ich auch so schnell wie möglich wieder ans Meer. Es ist lieb, dass du mich vertreten wirst. Obwohl", Zoey zuckte mit den Schultern, „so viel ist vermutlich nicht los und aktuelle Aufträge übernimmst du sowieso."

Jürgen sah sie wachsam an. „Stimmt, nicht viel los bei deinen Kunden. Aber das war zu erwarten. Die laufenden Sachen hast du alle in einem Mördertempo erledigt und neue Anfragen übernehme ich. Du bekommst natürlich eine Provision."

Zoey wollte sofort widersprechen, überlegte es sich aber. Sie würde das Geld brauchen, die Zeiten hatten sich geändert.

„Der Kaffee ist fertig", ertönte Rebeccas Stimme. „Kommt ihr?"

„Na los", sagte Jürgen und legte ihr einen Arm um die Schulter. „Lass uns Kaffee trinken wie in alten Zeiten und überlegen, was es zu organisieren gibt.

Auf dem Tisch in der Teeküche hatte Rebecca drei Becher hingestellt und eine Packung Schokoladenkekse geöffnet. „Du nimmst doch bestimmt auch einen Kaffee?", fragte sie Jürgen, der rittlings auf einem der Stühle Platz genommen hatte.

„Klar."

Zoey verharrte im Eingang und ließ ihren Blick schweifen, als müsste sie sich alle Details für immer einprägen.

„Komm, setz dich. Du machst den Eindruck, als würdest du nicht mehr dazugehören." Jürgen schlürfte seinen Kaffee. Er hatte ein exzellentes Gespür für Stimmungen, einer der Gründe, weshalb er als Coach so erfolgreich war.

„Wieso? Du wirst doch nicht aufhören zu arbeiten, oder?"

„Um ehrlich zu sein, Rebecca", antwortete Zoey und ließ sich auf ihren bevorzugten Stuhl am Fenster fallen, „ich kann es dir nicht sagen. Das ist auch der Grund, warum es mich wieder nach Sylt zieht. Ich muss mir darüber klarwerden, was ich eigentlich zukünftig unternehmen will."

„Aber, aber ...", stotterte Rebecca und verschüttete vor Aufregung fast ihren Kaffee.

„Mal ganz ruhig mit den jungen Pferden", sprang Jürgen ihr zur Hilfe. „Es ist bis jetzt nichts endgültig entschieden. Zoey braucht Zeit, um sich zu sammeln und diese Zeit werden wir ihr geben."

Einige Sekunden sagte niemand etwas.

„Vielen Dank für eure Unterstützung", fühlte sich Zoey bemüßigt zu sagen, „ihr seid mir eine große Hilfe."

„Nun ist es aber gut", polterte Jürgen los. „Wie lange bist du noch in der Stadt und was sollen wir tun?"

Zoey atmete tief durch. „Du hast mit schon so viel geholfen. Danke für die Adresse des Lagers. Dort bringe ich die Sachen, die ich jetzt nicht brauche, unter. Einiges werde ich in mein Büro stellen. Das wird ein paar Tage dauern, spätestens übernächstes Wochenende sollte aber alles geschafft sein. Den Schlüssel für die Wohnung gebe ich in Leanders Kanzlei ab und Helga," sie merkte, wie ihr die Stimme zu entgleisen drohte und räusperte sich, „Helga kann sich den dort abholen. Oder ihr Anwalt."

„Helga?", fragte Rebecca.

„Das ist die Schwester von Leander."

„Alles klar", unterstützte Jürgen sie, „ich weiß Bescheid."

„Und was antworten wir, wenn jemand ausdrücklich nach dir fragt?"

Zoey nickte ihr bestätigend zu. „Ach, du sagst einfach, dass ich aus persönlichen Gründen nicht zu erreichen bin. Alle für mich wichtigen Menschen wissen, wie sie mit mir in Kontakt treten können, und die anderen muss ich nicht sprechen. Außerdem", sie bemühte sich zu lächeln, „es gibt sowieso momentan niemanden, der mich beruflich kontaktieren möchte. Du kennst das doch: Wenn man erst einmal weg vom Fenster ist, meldet sich kein neuer Kunde mehr."

„Also der Meinung bin ich überhaupt nicht", schaltete

sich Jürgen wieder in das Gespräch ein. „Es kommen natürlich Anfragen. Einige habe ich vertröstet, andere bearbeite ich. Hör bitte auf, dein Scheffel unters Licht zu stellen." Er lächelte ihr beruhigend zu. „Da fällt mir übrigens ein, eine Kundin wollte dich sprechen, um dir ihr Beileid persönlich auszudrücken. Weiß gar nicht, wie sie von Leanders Tod erfahren hat. Wir haben das überhaupt nicht kommuniziert. Moment mal, wie hieß sie noch … sie machte am Telefon einen sehr netten Eindruck …"

„Mona Lehmann", hörte sich Zoey sagen.

„Ja genau. Woher …"

„Sie hat mir einen Brief an meine Privatadresse geschickt." Privatadresse. Die würde sie ab nächste Woche nicht mehr haben. Ein komisches Gefühl beschlich sie. Zoey schüttelte den Kopf. Darüber konnte sie später nachdenken. Auf jeden Fall durfte sie den Nachsendeantrag nicht vergessen.

„Ich lasse mir die Post aus meiner alten Wohnung ins Büro schicken. Es wäre toll, wenn ihr mir alles nachsendet, die Adresse teile ich euch noch mit." Sie würde Marlenes Anschrift angeben.

„Woher wusste sie denn, wo du wohnst?" Rebecca meldete sich wieder zu Wort.

„Gute Frage", konterte Jürgen. Beide sahen sie gespannt an.

„Keine Ahnung, von mir jedenfalls nicht. Ist aber jetzt auch egal." Zoey legte die Hände um den lauwarmen Kaffeebecher. „Sie hat mich zum Essen eingeladen. Ihr wisst schon, das ist die Frau mit dem Home-Catering-Service. Sie kocht für ihre Gäste in deren Umgebung. Und kochen kann sie. Während unserer geschäftlichen

Besprechungen hat sie jedes Mal ein paar Leckereien mitgebracht, erinnert ihr euch?"

„Jetzt, wo du es sagst, ja." Jürgen lachte lauthals los. „Ich sage nur Lachsröllchen und Gemüsequiche. Wie konnte ich das vergessen? Warum hat sie mich nicht eingeladen?"

„Weil ich sie beraten habe", sagte Zoey, die das kurze Geplänkel genoss.

„Hört sich auf jeden Fall so an, als solltest du die Einladung annehmen", bemerkte Rebecca und sah sie auffordernd an.

„Mal sehen."

Eine Stunde später erinnerte sie ihr knurrender Magen an Monas Essenseinladung. Sie wartete in der Postfiliale am Dammtor, bis sie an die Reihe kam. Vielleicht sollte sie sich wirklich mit Mona treffen? Sie konnte schließlich nicht jeden Abend in der Wohnung sitzen und die gepackten Sachen anstarren. Abwechslung wäre nicht schlecht. Zoey Lieberman, es sieht so aus, als fändest du langsam wieder zurück ins Leben, flüsterte sie.

„Sind Sie schwerhörig?" Zoey schreckte auf und blickte in das Gesicht einer jungen Frau mit einem Nasenpiercing, die sie ungeduldig ansah. „Sie sind dran."

„Oh sorry", antwortete Zoey und eilte mit schnellen Schritten zum Schalter, wo sie dem Mitarbeiter ihren Nachsendeantrag in Auftrag gab.

In der Wohnung sah es nach Aufbruch aus. Zoey hatte diverse Kisten ins Wohnzimmer gestellt und angefangen, Bücher einzupacken. Zumindest die, von denen sie sich nicht zu trennen vermochte. Mit den anderen sollte

Helga machen, was sie wollte. Ihre Lieblingsbilder würde sie ebenfalls mitnehmen: Zwei Lithographien von Chagall und Picasso, außerdem ein paar bunte Acrylbilder von unbekannten Künstlern, die sie nach und nach auf Kunstmessen erworben hatte. Leander hatte sie immer ermuntert, dafür Geld auszugeben. *Vielleicht werden die Bilder einmal richtig wertvoll.* Die Meisterwerke gehörten alle Leander, teilweise waren sie schon seit langer Zeit in seinem Besitz. Zoey verfügte gar nicht über das nötige Geld für derartige Anschaffungen. Ihre Altersvorsorge bestand aus Lebens- und Rentenversicherungen und einem kleinen angesparten Aktiendepot. Damit konnte man keine großen Sprünge unternehmen. Ohne das Erbe von ihren Eltern sähe es noch düsterer aus. Sie würde bis zum siebzigsten Lebensjahr arbeiten müssen. Warum hatte sie so schlecht für sich gesorgt? Zoey seufzte und Marlene erschien vor ihrem inneren Auge. Die war finanziell abgesichert und brauchte sich über derartige Dinge nicht mehr das Gehirn zu zermartern. Sie schüttelte den Kopf und nahm sich vor, diese Gedanken zu verbannen. Positiv in die Zukunft schauen war die neue Devise. Schritt für Schritt.

Im Kühlschrank befand sich außer dem Rest der Penne und einem Stück Brie nichts. Mit dem Käse in der Hand schlurfte Zoey zur Küchentheke, wo sie unter einem Stapel von Unterlagen nach dem Brief von Mona suchte. Er fand sich zwischen den ungeöffneten Rechnungen, die an Leander gerichtet waren. Die würde sie für Helga dalassen. Zoey wählte die von Mona angegebene Telefonnummer, bevor sie es sich anders überlegen konnte.

Es klingelte ein paar Mal, bis ein Anrufbeantworter

ansprang. Zoey hasste diese Maschinen und sprach nur auf das Gerät, wenn es sich nicht vermeiden ließ. Unschlüssig hörte sie sich die kurze Ansage an. Los jetzt, machte sie sich Mut. „Äh, hier spricht Zoey Lieberman. Ich wollte mich … äh, bedanken für Ihren netten Brief. Und ich würde mich gern mit Ihnen treffen. … Ich melde mich noch einmal. Tschüss."

Geschafft. Oder auch nicht. Warum hatte sie keine Telefonnummer hinterlassen? Frustriert über sich, trat sie mit dem Fuß gegen eine mit Geschirr gefüllte Umzugskiste. Es schepperte lauthals und ihr kleiner Zeh fing an zu schmerzen. Super Aktion.

Sie bestellte eine Pizza beim Italiener zwei Straßen weiter. Das hatten Leander und sie häufig getan, wenn keiner Lust zum Kochen hatte.

Es duftete verführerisch nach Knoblauch, als sie den angelieferten Karton öffnete. Im Fernseher lief die Sendung ‚Die Bergretter'. Exakt die richtige leichte Kost für den heutigen Abend. Sie biss in das Pizzastück und genoss den würzigen Spinatgeschmack. Ihr Handy klingelte. Wer konnte das denn jetzt sein? Sie hatte keine Lust zu telefonieren, der Tag war anstrengend gewesen. Wolltest du nicht wieder zurück ins Leben finden? Vielleicht ist es Marlene? Ohne auf die Nummer zu achten, meldete sie sich.

„Zoey, hier ist Moritz. Ich hoffe, ich störe nicht."

Sie verschluckte sich und musste husten.

„Zoey, alles in Ordnung?"

„Ja … ich … warum rufst du an?"

„Ich habe von Marlene erfahren, dass du in der Stadt bist und wollte dich zum Essen einladen. Hast du Lust?"

Das konnte doch nicht wahr sein. Was wollte der Typ? Sich entschuldigen bestimmt nicht.

„Bist du noch dran oder sprichst du nicht mehr mit mir?"

„Beides."

„Ah, ich mag Frauen mit Humor. Wie wäre es mit morgen Abend? Wenn du mir deine Adresse verrätst, hole ich dich ab."

Zoey fühlte sich hin- und hergerissen. Er war ein guter Freund von Marlene. Vielleicht tat ihm sein Verhalten von neulich doch leid? Ihre Adresse wollte sie ihm aber nicht mitteilen,

„Zoey?"

„Wir treffen uns vor dem Le Méridien. Um halb acht, ich warte vor dem Eingang."

„Alles klar, ich mag auch Frauen mit konsequenten Vorgaben."

Meine Güte, der Typ war nicht auf den Mund gefallen. Na ja, ein Anwalt eben.

„Bis Morgen, tschüss." Zoey drückte den Anruf weg und wunderte sich über ihre Reaktion. Jetzt brauchte sie doch ein Glas Rotwein zur Pizza. Hatte sie sich nach diesem aufreibenden Tag auch verdient. Und wenn sie keine Lust hatte, konnte sie Moritz immer noch eine SMS schicken.

Die Bergretter seilten gerade unter äußerst widrigen Umständen Mutter und Tochter mit dem Hubschrauber ab, als sich ihr Handy erneut zu Wort meldete. Dieses Mal sah sie auf das Display. Unbekannte Nummer. Noch mehr Überraschungen am heutigen Abend?

„Hier spricht Zoey Lieberman."

„Guten Abend, Frau Lieberman. Wie schön, dass ich Sie erreiche. Mona Lehmann hier. Ich hoffe, ich störe Sie nicht."

Zoey schwieg, völlig geplättet. „Ach, Sie sind es, hallo. Nein, Sie stören nicht. Ich hatte auf Ihren AB gesprochen …"

„Ja", unterbrach sie Mona mit fester Stimme, „ich habe mich so gefreut, dass Sie sich gemeldet haben."

Zoey war gerührt von der Zuneigung, die aus den Worten von Mona strömte. Sie schluckte und antwortete: „Ich wollte mich für Ihren Brief bedanken. Und für Ihre Einladung."

„Die kommt von Herzen. Ich würde wirklich liebend gern für Sie kochen. Sie wissen doch, dass das meine große Leidenschaft ist. Ohne Sie wäre ich heute nicht da, wo ich jetzt bin. Sie haben mir so viel Mut gemacht und mich durch alle bürokratischen Hindernisse geschleust. Ganz abgesehen von der Hilfe bei dem technischen Kram."

Zoey wusste nicht, was sie sagen sollte.

„Mein Gott, ich bin eine blöde Kuh. Jetzt spreche ich die ganze Zeit von mir", redete Mona weiter. „Wie geht es Ihnen? Es tut mir unendlich leid, was mit Ihrem Lebensgefährten passiert ist. Kann ich irgendwie helfen?"

Einer Welle Müdigkeit schwappte über Zoey, sie schob den Karton mit der Pizza von sich weg.

„Vielen Dank für Ihr Angebot, aber ich komme zurecht."

„Ach bitte, machen Sie mir doch die Freude und lassen mich für Sie kochen. Wie wäre es Sonntag am späten Nachmittag?"

Mona ließ nicht locker. Verhungern würde sie bei den

Essenseinladungen jedenfalls nicht. So viel stand fest. Erst Matthias, dann Moritz und nun Mona. Eine interessante Alliteration. Außerdem war sie diejenige gewesen, die bei ihr angerufen hatte. Los jetzt, gib dir einen Schubs.

„Ich komme gern am Sonntag", antwortete sie langsam und versuchte, einen Hauch Begeisterung unterzubringen.

Mona schien ihr Zögern nicht bemerkt zu haben. „Wunderbar. Meine Adresse haben Sie ja, so gegen fünf Uhr? Gibt es etwas, was Sie nicht essen?"

„Fünf Uhr ist prima. Ich esse alles."

Erst viel später fiel Zoey ein, dass die Aussage nicht sehr höflich gegenüber einer Köchin gewesen war. Mona musste annehmen, dass es ihr egal sei, was sie in sich hineinstopfte. Sie nahm sich vor, sich dafür am Sonntag zu entschuldigen. Blieb noch die Frage zu klären: Woher hatte Mona ihre Telefonnummer?

9

Kurz vor halb acht. Regentropfen klatschten gegen die Fensterscheiben. Zoey wühlte sich durch die Klamottenhaufen. Irgendwo musste doch der dicke rote Schal geblieben sein? Die Sommersachen hatte sie in die Kartons verstaut, die zum Abholen im Flur standen. Auf dem Boden stapelten sich die Wintersachen. Der Kleiderschrank war leergeräumt. Sie hatte auch noch ihre Sachen sortiert und sich von vielem getrennt. Nachschub für die Altkleidersammlung. Am Montag würde das von Jürgen organisierte Transportunternehmen kommen. Der Großteil ihrer Sachen wäre dann im angemieteten Lager untergebracht. Erstaunlich, wie schnell man ein gemeinsames Leben abwickeln konnte. Die Bilder und ihre persönlichen Unterlagen, Fotoalben und Erinnerungsstücke an Leander würde sie in der nächsten Woche ins Büro bringen und sich bei der Gelegenheit von Rebecca und Jürgen verabschieden. Sie durfte nicht vergessen, für ihre Bürokollegen Weihnachtsgeschenke zu besorgen.

In den Golf passten die Wintersachen und der Wein. Frau musste schließlich Prioritäten setzen. Zoey Lieberman, redete sie laut mit sich, so langsam kommt dein Humor zurück.

Der Schal fand sich endlich unter ihrer dicken Winterjacke. Sie hatte sich für schwarze Jeans und lange Stiefel entschieden, zusammen mit einem violetten Rollkragen-pullover. Kajalstift und Lipgloss genügten. War schließlich kein Rendezvous, zu dem sie verabredet war.

Draußen war es ungemütlich und sie lief die wenigen Meter bis zum Hotel, wo sie sich unter das Vordach stellte, um auf Moritz zu warten. Die vorbeifahrenden Autos spritzten das Wasser aus den Pfützen hoch. Wie praktisch, dass sie ihre Stiefel angezogen hatte. Sie fröstelte und sah auf ihre Armbanduhr. Genau halb acht. Wenn der Typ jetzt nicht käme, würde sie in der Halle warten.

Wie auf das Stichwort hin näherte sich in diesem Moment von der Stadt her ein Auto, das die Geschwindigkeit verlangsamte und in die Zufahrt einbog. Zoey kannte sich mit Automarken nicht besonders aus, erinnerte sich aber daran, dass Moritz von einem Saab gesprochen hatte. Das könnte passen. Der Wagen hielt mit eingeschaltetem Blinker vor ihr. Der Fahrer war nicht zu erkennen. Die Tür öffnete sich und ein Mann hastete durch den heftigen Regen auf sie zu, Moritz. Er trug einen langen dunklen Mantel und blinzelte durch die regennasse Brille.

„Guten Abend, Zoey." Er gab ihr die Hand, die sie ergriff. Ein fester Händedruck, den sie erwiderte.

„Was für ein Mistwetter. Und ich habe auch noch meinen Schirm zu Hause gelassen. Komm, steig schnell ein, im Auto ist es warm."

Zoey hatte einen Regenschirm in ihrer Handtasche. Es lohnte sich aber nicht, ihn zu öffnen. Moritz hielt ihr die Autotür auf und sie beeilte sich, einzusteigen. Die wenigen Meter reichten, um Haare und Gesicht zu durchnässen.

Die Brille von Moritz war beschlagen, als er neben ihr Platz nahm. „Puh." Er trocknete die Gläser mit einem Taschentuch. „Da haben wir uns ja einen tollen Abend ausgesucht."

Zoey fiel in sein unbeschwertes Gelächter ein. Sie wischte sich vorsichtig mit einem Tempo über das Gesicht. „Typisches Hamburger Schmuddelwetter eben."

„Ich habe für uns einen Tisch bei einem gemütlichen Italiener bestellt", sagte Moritz und fuhr langsam los. „Ich hoffe, du magst die italienische Küche."

„Gibt es irgendjemanden, der kein Faible für die italienische Küche hat?"

„Stimmt auch wieder."

Beide schwiegen, während sie die Alster in Richtung Eppendorf umrundeten. Im Kreisel bog Moritz in den Eppendorfer Baum ab und hielt nach kurzer Zeit vor einem bunt beleuchteten Lokal an. „Hier ist es. Steig doch bitte aus, ich parke den Wagen und bin gleich wieder da."

Zoey holte ihren Schirm aus der Tasche und reichte ihn dem verblüfft aussehenden Mann. „Hier, damit du nicht nass wirst."

Sie öffnete die Autotür und rannte zum Eingang des Restaurants. Drinnen roch es verführerisch nach einer Mischung aus frischen Kräutern und warmen Brot. In dem kleinen Speiseraum waren wenige Holztische unregelmäßig verteilt, davon die Hälfte belegt. Auf den Tischen standen bunte Windlichter und in Glasvasen jeweils eine weiße Rose. Eher spartanisch und genau die Art von Restaurant, in der Zoey sich wohlfühlte. An der Wand hinter einer Theke aus hellem Holz war eine quadratische Schiefertafel montiert, auf der verschiedene Weine mit Kreide aufgeschrieben waren.

„Guten Abend. Darf ich Ihre Jacke nehmen?" Eine junge Frau mit dunklen Locken, bekleidet mit einer weißen Kochschürze, die ihr fast bis zu den Schuhen reichte, kam hinter dem Tresen hervor und nickte begrüßend mit dem Kopf.

„Danke." Zoey zog die Jacke aus und reichte sie der Frau zusammen mit dem Schal. „Mein Begleiter kommt gleich. Er hatte einen Tisch reserviert auf den Namen …?" Oh verdammt, sie hatte vergessen, wie Moritz mit Nachnamen hieß. Irgendein Tiername.

Die Bedienung ließ sich nichts anmerken und griff nach einem schwarzen Buch.

„Zwei Personen für halb acht auf den Namen Löwe."

„Ja genau, das sind wir."

Die junge Frau zeigte auf einen Zweiertisch am Fenster. „Das ist Ihr Tisch, nehmen Sie bitte Platz. Ich komme gleich."

Zoey nickte einem Pärchen am Nebentisch zu und setze sich so, dass sie die Tür im Blick hatte. Löwe, irgendwie passte der Name zu Moritz. Jedenfalls hatte er sich beim letzten Male so aufgeführt, wie der Herrscher über Marlenes Leben. Sie war gespannt, warum er sie heute eingeladen hatte. Wollte er überprüfen, ob sie sich von Marlene fernhielt?

„Möchten Sie schon etwas trinken?"

„Danke. Ich warte auf meinen Begleiter."

Passenderweise öffnete sich die Eingangstür und Moritz erschien, in der rechten Hand hielt er ihren pinkfarbenen Schirm. Die Kellnerin drehte sich um und eilte auf ihn zu. Zoey sah, dass sie ihn freudig begrüßte, ihm den Mantel abnahm und die Sachen zur Garderobe brachte.

„Danke für den Schirm. Das war sehr aufmerksam von dir. Ich musste ein paar Meter laufen und wäre ansonsten sicherlich klitschnass geworden. Draußen kübelt es immer noch wie aus Eimern."

Moritz holte aus seinem Sacco die Nickelbrille hervor und setzte sie auf.

„Das Teil beschlägt bei diesem Wetter immer sofort, sehr lästig. So, nun sehe ich dich auch viel besser." Er beugte sich zu ihr herunter und küsste sie ohne Vorwarnung auf die Wange. „Wir haben uns noch gar nicht richtig begrüßt." Er nahm ihr gegenüber Platz.

Zoey schwieg und spürte dem Kuss nach. Ein wenig unverschämt der Typ.

Moritz sprach unverdrossen weiter. „Was darf ich dir zu trinken bestellen? Wenn ich mich zutreffend erinnere, bevorzugst du Rotwein. Was dagegen, dass ich den Wein aussuche? Möchtest du einen Aperitif?"

„Nein danke. Ein Glas Rotwein ist okay."

Er winkte der Bedienung. „Ich hätte gern eine Flasche von eurem Chianti, den vom letzten Mal. Außerdem Mineralwasser." Die Frau lächelte ihn an und verschwand sofort wieder.

„Du bist öfter hier?"

„Ja, kann man so sagen. Das hier ist eines meiner Lieblingslokale. Es gibt keine endlose Speisekarte, sondern immer nur drei Hauptgerichte: eines mit Fleisch, eines mit Fisch und ein Vegetarisches. Wobei Fisch für mich auch vegetarisch ist, aber das sehen die Hardcore-Vegetarier sicher anders." Er schmunzelte.

„Na ja, ich glaube, am dogmatischsten sind die Veganer."

„Stimmt. Aus diesem Alter bin ich definitiv raus."

„Ich auch. Ich esse nicht viel Fleisch, aber ab und zu muss es einfach sein."

„Das sehe ich genauso."

Die Kellnerin kam mit den Getränken. Sie öffnete die Weinflasche und schenkte Moritz ein wenig Rotwein in sein Glas ein. Er bedankte sich und probierte.

„Ausgezeichnet." Die Frau füllte Zoeys Glas, bevor sie ihm nachgoss. „Giulia, darf ich dir Zoey Lieberman vorstellen?", sagte Moritz zu ihrer Überraschung. „Zoey, das ist Giulia, ihr gehört dieses wunderbare Restaurant."

„Herzlich willkommen noch einmal." Giulia strahlte sie an. „Wenn Sie wünschen, erzähle ich Ihnen, was wir heute auf der Karte stehen haben."

Zoey nickte und Giulia beschrieb ausführlich die Tagesgerichte. Moritz wählte das Fleischgericht, Piccata verde mit Fettuccine, und sie schloss sich ihm an. Als Vorspeise gab es wahlweise grünen Salat oder Vitello tonnato. Beide entschieden sich für die Salatvariante.

„Beim Essen harmonieren wir offenbar miteinander", sagte Moritz und prostete ihr zu. „Das ist doch ein positiver Anfang."

„Anfang wozu?" Zoey probierte den Wein, der ein angenehm fruchtiges Aroma hatte.

„Ich habe mir überlegt, wir könnten noch einmal von vorn starten. Ein Reset sozusagen. Unser letztes Treffen verlief nicht gerade harmonisch." Moritz sah sie an und Zoeys Blick wanderte zu ihren Händen.

„Stimmt."

„Wenn ich dich beleidigt habe, tut es mir leid. Das wollte ich auf keinen Fall. Ich fühle mich Marlene verpflichtet …"

„Das hast du bereits mehr als deutlich gemacht",

unterbrach sie ihn. „Und Marlene ist der Grund, warum ich heute hier bin. Ich mag sie sehr und da sie mit dir befreundet ist …"

„Wolltest du mir noch einmal eine Chance geben", unterbrach er sie. „Und ich habe mir eingebildet, dass du nur wegen meines unermesslichen Charmes hier bist."

„Genau genommen wegen der Einladung zum Essen", ging Zoey auf das Geplänkel ein. Sie trank einen weiteren Schluck Rotwein und entspannte sich. Giulia stellte Schälchen mit Oliven, Brot und zwei verschiedenen Dips auf den Tisch.

„Na, das ist doch ein Anfang", sagte Moritz und tunkte ein Stück Ciabatta in eine der Saucen.

„Macht Giulia hier alles allein?"

„Ihr Mann kocht und sie bedient die Gäste. Das Restaurant existiert seit ein paar Jahren und ich glaube, dass die beiden gut über die Runden kommen. Sie haben viele Stammgäste."

Zoey biss in eine Olive. „Leider gehört Kochen nicht zu meinen Stärken. Aber es ist toll, wenn man mit seinem Partner ein Geschäft aufbaut und harmonisch miteinander arbeitet. Das ist nicht immer einfach."

„Und man muss aufpassen, dass man nicht nur über den Job redet."

„Stimmt, das ist gefährlich. Ich kenne Ehen von Kunden, die daran zerbrochen sind. Trotzdem ist die Idee für viele verlockend."

„Klingt nicht so, als käme das für dich in Frage."

„Für mich?" Zoey sah ihn erstaunt an. Wollte er wissen, ob sie einen Freund hatte? Hatte Marlene ihm nichts erzählt? Nein, wahrscheinlich nicht.

„Ich bin derzeit solo", sagte sie.

„Ach sorry, ich wollte nicht indiskret sein."

Genau das war deine Absicht. Sie fühlte sich wie auf Wolken schwebend. Das lag bestimmt am Alkohol und der Tatsache, dass sie seit dem Frühstück außer einem Stück Käse nichts zu sich genommen hatte. Dieses ungesunde Essverhalten würde sie abstellen müssen.

„Und du?"

„Äh, was meinst du?"

„Bist du solo?" Hatte sie das wirklich gefragt? Das artete offenbar in einen Flirt aus. Mein Gott, wann hatte sie das letzte Mal mit einem Mann geflirtet?

Moritz zwinkerte ihr zu. „Ja, ich bin auch nicht in festen Händen. Ein Grund zum Anstoßen." Er hob das Glas und sie prosteten sich erneut zu. Seine blauen Augen strahlten sie an und Zoey musste sich zwingen, wegzusehen. Was sollte das hier werden?

Giulia kam mit den Salattellern an ihren Tisch und wünschte einen guten Appetit. Zoey widmete sich wortlos der Vorspeise. Bald hatte sie den Salat aufgegessen.

„Köstlich."

„Das ging aber fix. Da hatte jemand wirklich Hunger."

Zoey bemerkte, dass Moritz sie beobachtete. Sein Teller war noch zur Hälfte gefüllt.

„Ups, ja."

„Freut mich, dass es dir schmeckt. Ich mag Frauen, die gern essen."

„Mhm." Zoey war ihr Verhalten peinlich. Moritz hatte ihr Weinglas wieder gefüllt. Sie beschloss, das Thema zu wechseln.

„Auf was bist du spezialisiert?"

„Bitte?"

„Na, als Anwalt."

Moritz wirkte für einen Moment aus dem Konzept gebracht. „Ich bin Fachanwalt für Steuerrecht und internationales Wirtschaftsrecht."

„Oh", sagte sie zögernd. „Das klingt spannend. Was für Fälle bearbeitest du?"

„Willst du das wirklich wissen?" Moritz musterte sie belustigt.

„Klar, sonst hätte ich nicht gefragt."

„Also gut. Hier die Kurzfassung: Ich berate zusammen mit meinem Team Firmen, die im außereuropäischen Ausland Geschäfte machen möchten."

„Du bist bestimmt viel unterwegs."

„Früher ja, heute habe ich das drastisch reduziert. Das überlasse ich inzwischen meinen Mitarbeitern. Und du?"

„Ich?"

„Du arbeitest, wenn ich mich richtig erinnere, als Unternehmensberaterin. Da bist du doch auch viel auf Reisen, oder?"

„Momentan nicht so häufig", antwortete sie vorsichtig. „Ich durchlaufe gerade eine kreative Schaffenspause."

„Schön, wenn man sich das leisten kann. Deshalb suchst du auch eine neue Wohnung?"

„Wie bitte?" Zoey hatte vergessen, dass Marlene ihn auf die Wohnungsfrage angesprochen hatte. „Ja genau", stotterte sie.

„Wenn du es erlaubst, kann ich dir bestimmt helfen. Ich verfüge über viele Kontakte. Ich hatte es dir neulich bei Marlene bereits angeboten. Hast du dich inzwischen entschieden, in welchen Stadtteil du ziehen möchtest?"

Zoey schwitzte. Hoffentlich würde sie nicht rot werden. Dabei war es doch eigentlich egal, was Moritz dachte. „Ich kann es dir nicht sagen", fing sie an zu erklären. „Ich befinde mich in einem Umbruch und weiß noch nicht, wie es weitergehen wird."

„Die kreative Schaffenspause."

Zoey holte tief Luft. „Mein Lebensgefährte ist vor ein paar Monaten gestorben, und ich muss bis zum Ende des Jahres aus der Wohnung ausziehen."

„Oh, das tut mir leid." Moritz legte seine Gabel weg und sah sie mitfühlend an.

Damit konnte sie nicht umgehen, sie sprach schnell weiter. „Ich finde sicher etwas, ich muss nur …"

„Deshalb hat Marlene dir angeboten, dass du bei ihr einziehen kannst. Verstehe."

Zoey merkte, wie ihr Tränen in die Augen stiegen. Die hatten ihr gerade noch gefehlt. „Du begreifst überhaupt nichts", fauchte sie ihn an. „Marlene und ich mögen uns. Wenn ich alles mit der Wohnung hier geregelt habe, fahre ich zurück nach Sylt und ja, ich werde bis zum Ende des Jahres bei ihr wohnen." Sie wollte nach ihrem Wasserglas greifen, überlegte es sich wegen ihrer auf einmal zitternden Hände anders.

„Du läufst nicht sofort wieder weg und lässt mich mit dem Essen allein?", erwiderte Moritz mit trockener Stimme.

Zoey sah ihn fassungslos an. Konnte der Mann Gedanken lesen? Schließlich siegte ihr erwachsenes Ich. „Nein, die Absicht habe ich nicht, ich bin nämlich noch hungrig."

Moritz lachte laut auf. „Gut gekontert."

Giulia näherte sich geräuschlos und räumte die Teller ab. „Darf ich die Piccata gleich bringen oder möchten Sie ein paar Minuten warten?"

„Die Dame ist hungrig, eine Pause brauchen wir nicht." Er wandte sich Zoey zu: „Wenn du sofort nach dem Essen aufbrichst, täte es mir leid. Wenigstens verlässt du mich aber nicht mit leerem Magen."

„Das ist wirklich aufmerksam von dir."

Beide schwiegen sich an, bis Giulia mit dem Hauptgang erschien. Es duftete köstlich. Zoey probierte ein Stück von dem Kalbfleisch: Es war so zart, dass es auf der Zunge zerging. Zusammen mit dem Spinat und der Pasta eine grandiose Kombination. Schnell nahm sie einen weiteren Bissen zu sich.

„Schmeckt es dir?"

„Ja, sehr lecker." Sie war nicht gezwungen, den Mann wiedersehen, zum Essen würde sie aber jederzeit erneut hierherkommen. Apropos. „Wie heißt das Restaurant eigentlich?"

„Da Giulia. Nicht besonders originell der Name. Ich bin hocherfreut, dass du wieder mit mir sprichst. Ich hatte schon befürchtet, dass wir uns den Rest des Abends anschweigen würden. Wir versuchen, ein Thema zu finden, was keine Verbindung zu einer Wohnung, Marlene oder Sylt hat. Einverstanden?" Moritz sah sie mit seinen blauen Augen an und Zoey spürte ein kurzes Bedauern. Sollte der Rest des Abends mit Small Talk verbracht werden?

Moritz füllte ihr Rotweinglas auf und erzählte von einer seiner Geschäftsreisen, die ihn nach Buenos Aires geführt hatte. Er beschrieb die Stadt und ihre Bewohner so anschaulich, dass Zoey ihm gespannt zuhörte.

„Ich habe mich sogar am Tango versucht und einen Kurs gebucht", berichtete er.

„Tango", antwortete Zoey verträumt, „der Tanz würde

mich auch reizen. Leider hat sich bislang keine Gelegenheit dazu ergeben. Ist das nicht furchtbar schwer zu lernen?"

„In der Tat. Ich habe mich dämlich angestellt. Glücklicherweise kannte mich niemand", sagte er und lachte. „Ich liebe die Musik, die überall in der Stadt erschallt. In einigen Vierteln wird sogar auf der Straße getanzt." Sein Blick verlor sich und Zoey merkte ihm an, dass er in der Vergangenheit schwelgte.

„Es gibt hier in Hamburg auch Tangokurse. Wenn du Lust hast, können wir uns das zusammen ansehen. Allein habe ich mich bisher nicht getraut."

Hä? Was war das denn jetzt? Moritz wollte mit ihr einen Tangokurs absolvieren? Sie stotterte ein wenig: „Äh, mal sehen. Ich weiß ja gar nicht …"

„Okay", unterbrach er sie sofort, „tut mir leid. Verbotenes Terrain. Mit mir ist gerade die Leidenschaft für den Tango durchgegangen." Er drehte sich nach Giulia um, die hinter der Theke stand und wenige Augenblicke später den Tisch abräumte.

„Möchtest du eine Nachspeise?"

„Nein danke", antwortete Zoey, die enttäuscht war, dass er das Tangothema so schnell fallengelassen hatte.

„Vielleicht einen Kaffee? Oder einen Grappa? Oder beides?" Er lächelte sie an. Giulia stand neben ihrem Tisch und wartete.

„Einen Espresso für mich, danke."

Moritz bestellte sich auch einen und die Rechnung gleich mit.

Draußen nieselte es nur noch. „Wenn du einverstanden bist, gehe ich schnell das Auto holen, dauert nicht lange."

Zoey hatte keine Lust, allein vor dem Restaurant zu

warten. „Ein paar Schritte schaden mir nach diesem opulenten Mahl nicht." Sie spannte den Schirm auf. „Der reicht für uns beide."

„Wenn du erlaubst." Moritz nahm ihr den Schirm aus der Hand und hielt ihn über sie. Sie liefen eng nebeneinander durch den Regen den Eppendorfer Baum hoch, wo der Saab in einer Einfahrt vor einem anderen Fahrzeug geparkt stand.

„Wow, das ist wirklich gewagt. So etwas würde ich mich nie trauen." Zoey stieg ein und Moritz startete den Motor.

„Ich könnte dich in dem Eindruck lassen, dass ich ein mutiger Mann bin, der keine Angst vor Abschleppaktionen hat. Tatsache ist aber", er beugte sich zu Zoey, „dass ich den Besitzer des Wagens kenne und die Erlaubnis habe, mein Auto dort zu parken. Er weiß, wie er mich notfalls erreichen kann." Die Musikanlage erwachte zum Leben und aus den Lautsprechern ertönten leise Gitarrenklänge. Zoey lehnte sich im Sitz zurück und genoss die Fahrt. Viel zu schnell waren sie wieder vor dem Hotel an der Alster angekommen. Moritz hielt vor dem Eingang an und schaltete den Motor aus.

„Ich bedanke mich, dass du meine Einladung zum Essen angenommen hast", sagte er formell. „Ich habe verstanden, dass du nicht gedenkst, mir deinen Aufenthalt mitzuteilen. Ich versichere, dass ich nicht mit reinkomme. Soll ich dich nicht doch nach Hause fahren?"

„Ich habe zu danken. Das Essen war köstlich. Ich wohne nur ein paar Schritte von hier." Sie löste den Anschnallgurt und richtete sich auf. Moritz öffnete die Tür und eilte um den Wagen herum, um ihr beim Aussteigen zu helfen.

„Tschüss", sagte sie und streckte ihren Arm aus, um ihm die Hand zu schütteln. Moritz trat einen Schritt auf sie zu und schloss sie in seine Arme. „Zoey", murmelte er leise in ihr Ohr. „Ich möchte dich so gern küssen. Darf ich?"

Sie vermochte ihn nur schemenhaft zu erkennen. Regentropfen fielen auf ihr Gesicht. Wie in Trance näherte sie sich ihm. Zärtlich strich die Spitze seiner Zunge über ihre halb geöffneten Lippen. Er schmeckte nach Kaffee und Rotwein und sie öffnete ihren Mund weiter. Ein vertrautes Gefühl in ihrem Unterleib regte sich und für einen Augenblick schmiegte sie sich stärker an ihn. Ihre Münder verschmolzen ineinander. Sekunden vergingen, bis sie sich abrupt löste. Welcher Teufel hatte sie geritten? Ohne sich noch einmal umzusehen, tastete sie in ihrer Jacke nach dem Haustürschlüssel und lief, bevor sie es sich anders überlegen konnte.

10

Nach einer traumlosen Nacht sortierte sie am Samstag weiter Bücher. Außerdem hatte sie sich endlich bei Marlene gemeldet und mit ihr Pläne für die kommenden Wochen geschmiedet. Marlene hatte sie nur beiläufig gefragt, wie es mit dem Ausräumen liefe, so als ahnte sie, dass Zoey über das Thema nicht reden wollte. Zoey wiederum hatte den Abend mit Moritz nicht erwähnt. Sie war sich nicht klar darüber, was genau passiert war. Hatte sie den Eindruck vermittelt, als wäre sie auf ein Abenteuer aus? Abenteuer? Sie wusste doch gar nicht, wie das funktionierte. Sie hatte nie einen One-Night-Stand erlebt. Aber warum eigentlich nicht? Schließlich beabsichtigte sie, ein neues Leben anfangen. Und, so gestand sie sich ein, der Kuss hatte ihr gefallen. Sehr sogar.

Heute war Sonntag und sie überlegte, welches Gastgeschenk sie Mona mitbringen sollte. Wein? Warum nicht. Irgendwie musste der Kühlschrank geleert werden, schließlich konnte sie beim besten Willen nicht den gesamten Alkoholvorrat im Golf unterbringen. Jede Flasche, die Helga nicht in die Hände fiel, war eine gute Flasche. Sie durchforstete den Weinkühlschrank und entschied sich für drei Weißburgunder aus der Pfalz.

Pünktlich um fünf Uhr erreichte sie das Mehrfamilienhaus, in dem Mona wohnte, und drückte auf den Klingelknopf. Zoey erinnerte sich sofort wieder an die schlanke Dame mit den akkurat geschnittenen kurzen Haaren, die sie mit einem warmherzigen Lächeln begrüßte.

„Frau Lieberman, herzlich willkommen. Kommen Sie doch bitte herein."

Zoey gab Mona die Hand und folgte ihr in das Wohnzimmer, in dem auf einem runden Tisch für zwei Personen gedeckt war. Durch ein Fenster konnte man auf die Terrasse sehen: Eine mit Lichterketten behangene Tanne warf ein glitzerndes Licht in den Raum.

„Ist etwas früh für einen Weihnachtsbaum, aber ich brauche in der trüben Jahreszeit jede Menge Helligkeit." Mona lächelte und zündete Kerzen an, die in unterschiedlicher Höhe zwischen Tannenzweigen auf einer bunt bemalten Holzplatte standen. „Und ich halte mich nicht an die Regeln mit dem Adventskranz. Seit meine Tochter aus dem Haus ist, habe ich keinen mehr angeschafft und handhabe das lieber individuell."

Heute war der erste Advent. Das hatte Zoey völlig vergessen. Sie räusperte sich: „Mir ist komplett entfallen, dass die Adventszeit angefangen hat. Sie haben wirklich ein Händchen für Deko. Das sieht fabelhaft aus." Zur Bekräftigung deutete sie mit ihrer rechten Hand auf den Tisch, der mit farblich zu dem Holzteller passenden Sets, Servietten und Tellern eingedeckt war.

„Danke schön", sagte Mona, die sie lächelnd beobachtet hatte. „Das ist mein Tischschmuck für nicht so förmliche Weihnachtsessen. Ich habe Ihren Rat beherzigt und habe inzwischen eine Fotomappe, in der ich die verschiedenen

Dekos sammle, damit ich sie den Kunden zeigen kann."
Sie wies auf einen der Stühle. „Aber bitte, nehmen Sie
doch Platz. Was darf ich Ihnen anbieten? Ein Glas Sekt?
Oder haben Sie Lust, vorweg meinen selbst gemachten
Weihnachtspunsch zu probieren?"

Zoey fiel der Wein ein, den sie an der Garderobe hatte
stehen lassen. „Ach, ich habe Ihnen etwas mitgebracht.
Nicht für heute, aber …" Sie ging in den Flur und kam
mit den Flaschen zurück.

„Gleich drei Stück! Das wäre aber nicht nötig gewesen." Mona stellte den Weißburgunder auf den Tisch, wo
sie die Etiketten in Augenschein nahm. „Und auch noch
so exklusive Weine."

Zoey setzte sich. „Ich räume gerade meine Wohnung
aus und kann unmöglich alles mitnehmen. Machen Sie
sich bitte keine Gedanken. Bei Ihnen ist er in guten Händen."

„Dann sage ich danke." Sie nahm die Flaschen und
brachte sie in die Küche. Zoey war froh, dass Mona nicht
auf die Räumung der Wohnung eingegangen war. Kurze
Zeit später kam sie mit zwei bunten Bechern zurück, aus
denen es verlockend nach Nelken und Zimt roch.

„Bitte probieren Sie doch. Bin gespannt, ob er Ihnen
schmeckt. Sie sind sozusagen mein erstes Versuchskaninchen. Das ist ein Glühwein ohne Alkohol. Nur mit
Granatapfelsaft, Gewürzen und einem Hauch Orange."

Zoey nahm den Becher und probierte von dem würzigen Getränk. Eigentlich war sie überhaupt kein Glüh-
weinfan. Der hier schmeckte unerwartet fruchtig und
passte zur Jahreszeit.

„Ungewohnt. Aber lecker und adventlich."

„Super, das freut mich. Wenn Sie etwas anderes

trinken möchten, sagen Sie es bitte. Ich hole erst einmal Wasser und zum Hauptgang serviere ich Rotwein."

Zoey fühlte sich von Monas unkomplizierter Herzlichkeit umhüllt. Sie würde sich bestimmt auch hervorragend mit Marlene verstehen. Sie notierte sich im Kopf, Marlene von Mona zu erzählen und ein paar Flyer mit nach Sylt zu nehmen. Marlene kannte viele Leute in Hamburg, die es sich leisten konnten, Mona zu engagieren.

Mona kam mit einer gläsernen Platte aus der Küche, auf der Endiviensalat zusammen mit Walnüssen, Orangenscheiben und Gorgonzolakäse arrangiert war.

„Sie sind heute mein Versuchskaninchen", sagte sie und schmunzelte. „Das Rezept ist brandneu."

„Es sieht, zumindest optisch betrachtet, klasse aus."

„Ich hoffe, dass es auch schmeckt. Guten Appetit."

Zoey probierte den Salat und war von dem süß-herben Dressing begeistert. „Das ist sensationell", lobte sie die Köchin.

Auf Monas Gesicht erschien ein strahlendes Lächeln. „Wunderbar."

„Wie läuft denn Ihr Geschäft? Vermutlich können Sie sich vor Aufträgen gar nicht retten?"

„Bis zum Ende des Jahres bin ich ausgebucht", berichtete Mona und richtete sich auf. Sie fuhr sich mit einer Hand durch das Haar. „Dafür, dass ich mich erst im letzten Jahr getraut habe und noch nicht lange selbstständig bin, läuft es prima. Ich überlege inzwischen, von meinem Exmann keinen Unterhalt mehr zu fordern. Das habe ich auch Ihnen zu verdanken. Ihnen und meinen Freundinnen."

„Vor allem wohl Ihren außerordentlichen Kochkünsten." Zoey nahm sich ein weiteres Mal von dem Salat. In den letzten Tagen hatte sie es sich, was das Essen anging, wirklich ausgezeichnet gehen lassen. Vor ihrem inneren Auge tauchte das Bild vom „Da Giulia" auf und sie wischte es energisch weg. Jetzt bloß nicht an Moritz denken.

„Wenn Cecilia und Julia mich nicht motiviert hätten, würde ich vermutlich immer noch allein in meiner Wohnung sitzen und trauern. Oh Entschuldigung, so wollte ich es gar nicht gesagt haben." Ihr Gesicht lief feuerrot an.

„Alles in Ordnung", beruhigte Zoey. „Wie genau haben Ihre Freundinnen Sie denn ermuntert?"

„Äh …", stotterte Mona. „Ich weiß nicht, wer die Ältere von uns beiden ist, aber können wir uns vielleicht duzen?"

„Na klar."

Mona hob den Becher und stieß mit diesem an Zoeys Glühwein an. „Auf uns beide. Es kommt mir so vor, als würden wir uns ewig lange kennen. Ich hoffe, es geht dir ähnlich. Vor einem Jahr hätte ich mich nie getraut, dir das du anzubieten. Meine Freundin Cecilia würde sagen, dass das alles Karma ist, und Julia würde den Kopf schütteln und ihr einen Vogel zeigen." Sie schwieg.

„Das klingt nach richtig guten Freundinnen", sagte Zoey und hoffte, dass man ihr den Neid nicht anhörte, den sie auf einmal empfand. Solche Freundinnen hatte sie nicht. Sei ehrlich, du wolltest nie welche und die wenigen Bekannten, die du einst Freunde genannt hast, hast du durch deine abweisende Art nach Leanders Tod vertrieben.

„Ja. Die beiden sind so verschieden wie Tag und Nacht und kabbeln sich ständig. Nach meiner Scheidung haben sie mir als Erstes klargemacht, dass ich mir einen Sexpartner suchen muss. Kannst du dir das vorstellen? Dabei war Sex das, worauf ich es überhaupt nicht abgesehen hatte, ich kannte ja keinen anderen Mann als meinen Ex." Mona schüttelte den Kopf.

„Und?"

„Was und?"

„Hast du dir einen Sexpartner gesucht?"

„Nein, aber die beiden haben witzigerweise Partner gefunden, Julia zufällig und Cecilia über das Internet."

„Echt?" Zoey war gegen ihren Willen fasziniert. „Das hat wirklich funktioniert?"

„Ja. Ich war anfangs auch skeptisch, aber Cecilia ist mit ihrem Freund immer noch zusammen. Sie hatte sich sogar beurlauben lassen, um mit ihm in Nepal zu leben."

„Wow."

„Und Julia ist mit ihrem Matthias mehrere Monate durch Südamerika gereist. Obwohl sie vorher immer beteuert hat, dass sie als Geschäftsfrau ihren Laden nicht allein lassen könne. Sie besitzt einen Kosmetiksalon im Eppendorfer Baum. Vielleicht kennst du ihn sogar?"

„Bestimmt nicht, ich war in meinem ganzen Leben noch nie in einem", antwortete Zoey abgelenkt. Irgendetwas, was Mona gerade gesagt hatte, arbeitete in ihr. Julia und … Südamerika. Matthias, das war es. „Deshalb hattest du meine Adresse …", brach es aus ihr hervor. „Du kennst Matthias."

„Ja klar", Mona wirkte überrascht. „Ich dachte, du wüsstest das."

„Nein, woher denn?"

„Ach, das habe ich irgendwie angenommen … Ich hoffe, du glaubst jetzt nicht, dass ich dich stalke oder so."

„Nö. Matthias war …", Zoey bekam auf einmal keine Luft und räusperte sich, „ein Freund von Leander, meinem verstorbenen Lebensgefährten. Die beiden kannten sich seit der Schulzeit. Ich war mit ihm essen, er war lange Zeit im Ausland …"

„Weil er mit meiner Freundin Julia durch die Pampa gereist ist", vervollständigte Mona ihren Satz.

„Die Welt ist so klein …"

„Über Matthias bin ich übrigens damals zu dir gekommen. Julia hatte ihm von meinem Gründungsvorhaben erzählt und er hatte dich als Beraterin empfohlen."

„Das wusste ich gar nicht."

„Jedenfalls haben wir uns seit der Rückkehr der beiden aus Südamerika getroffen und da hat er von dem Tod deines Lebensgefährten erzählt." Mona saß bewegungslos in ihrem Stuhl und sah an Zoey vorbei. „Deshalb habe ich dich angeschrieben. Lars ist natürlich nicht gestorben, insofern kann man die Situation überhaupt nicht vergleichen, aber ich weiß noch genau, wie es sich anfühlt, wenn man von einem auf den anderen Tag plötzlich ganz allein dasteht."

Zoeys Gedanken rasten. Sie sprach das Erste aus, was ihr in den Sinn kam: „Die Trennung von einem Partner ist emotional durchaus vergleichbar mit dem Tod von nahen Angehörigen. Das habe ich in einer psychologischen Zeitschrift gelesen."

„Ich hoffe, du bist nicht sauer."

„Warum sollte ich sauer sein? Ich habe mich über deinen Brief gefreut, obwohl … vor ein paar Wochen hätte ich ihn unbeantwortet in den Papierkorb geworfen. Seit Sylt hat sich etwas bei mir verändert. Äh, ich bin vor Kurzem von der Insel zurückgekommen und will so schnell wie möglich zurück. Dort habe ich mich endlich wieder lebendig gefühlt. Es sieht so aus", sie versuchte ein Grinsen, „als ginge es aufwärts mit mir."

„Oh, das klingt positiv und ich wünsche dir von ganzem Herzen, dass es so bleibt."

„Wie ist es dir denn ergangen? Mit Männern, meine ich?" Kaum zu fassen, dass sie das wirklich gefragt hatte. Vielleicht war in dem Weihnachtspunsch doch Alkohol?

Mona lächelte verschmitzt. „Das verlangt auf jeden Fall nach einem Glas Rotwein und dem Hauptgang. Gib mir ein paar Minütchen, ich bin umgehend wieder zurück." Sie fing an, die Salatteller zusammenzustellen.

„Ich helfe dir." Zoey war aufgesprungen, bevor Mona protestieren konnte. Sie nahm die Platte und folgte ihr in die Küche. Dort sah es so ähnlich aus wie bei Marlene, stellte sie mit einem ersten Rundblick fest. Überall standen Flaschen mit Öl und Essig herum, auf der Fensterbank Töpfe in verschiedenen Farben mit frischen Kräutern. Sie entdeckte ein Regal, überladen mit Kochbüchern. Dagegen wirkte ihre Küche wie ein steriles Operationsfeld.

„Stell die Platte bitte einfach irgendwo ab. Der Raum ist immer vollgestopft, weil ich keinen anderen Platz für meine ganzen Kochutensilien habe. Wenn das mit den Aufträgen so weitergeht, muss ich mir einen kleinen Lagerraum mieten." Mona strahlte fröhliche Geschäftigkeit aus: Sie holte aus einem an den Kühlschrank angelehnten Weinregal eine Flasche Rotwein hervor, die sie Zoey in die Hand drückte. „Bitte öffne die doch, den Korkenzieher findest du in der Schublade." Sie zeigte auf eine im Küchentisch leicht geöffnete Lade. „Und gieß uns ein, damit er ein wenig atmen kann. Ich brate nur die

Gnocchi an. Es gibt Entenbrustfilets mit Gnocchi, in Salbeibutter zusammen mit Mangold gekocht. Ich hoffe, du isst Fleisch."

Zoey kramte in der Schublade nach dem Korkenzieher. „Aber ja, das hört sich lecker an."

„Cecilia ist überzeugte Vegetarierin und versucht seit unzähligen Zeiten, mich zu bekehren. Sie hat mit allen Argumenten recht, aber trotzdem. Bei mir kann man jetzt neben vegetarischen Gerichten auch vegane Speisen bestellen."

„Man muss eben als Geschäftsfrau mit der Zeit gehen", sagte Zoey. „Obwohl ich, ehrlich gesagt, diesen ganzen Hype um vegane Speisen nicht verstehe. Dafür bin ich wohl zu alt."

„Wir sind für nichts zu alt, außer für schlechten Wein und langweilige Männer." Mona kicherte und gab neben Olivenöl eine Scheibe Butter in die Pfanne. „Der Spruch kommt übrigens von meiner Freundin Julia. Sie bezieht das insbesondere auf das Sexleben."

Zoey kicherte ebenfalls. Mona war so unbeschwert, es war schwer, sich in ihrer Gegenwart nicht zu entspannen. Sie beobachtete, wie sie aus einer abgedeckten Schüssel Gnocchi in die Pfanne legte und diese nach mehrmaligem Wenden mit Streifen von Salbei würzte. Ein verlockender Duft strömte durch die Küche. Zoey lief das Wasser im Munde zusammen. Ein paar solcher Essenseinladungen und sie hätte ihr altes Gewicht schnell wieder erreicht. Mona öffnete den Ofen und holte eine Auflaufform mit der Entenbrust heraus. In einer weiteren Schüssel lag grün aussehendes Gemüse, das war vermutlich der Mangold. Zoey hatte noch nie welchen gegessen, sie würde den in rohem Zustand gar nicht erkennen.

Als das Essen auf dem Tisch stand, prosteten sie sich erneut zu. Zoey genoss die Unbeschwertheit. Wieso hatte sie in der Vergangenheit so einen großen Bogen um Frauen gemacht?

„Glaube bloß nicht, dass ich immer so freimütig über Sex und Männer gesprochen habe. Das musste ich nach meiner Trennung erst mühsam lernen. Julia und Cecilia haben mich so lange gepiesackt, bis ich mir nicht mehr blöd und peinlich neben den beiden vorkam."

Zoey redete nicht gern über Sex. Sie gehörte zu den Frauen, die bestimmte Wörter, zum Beispiel das f…-Wort, nicht aussprechen konnte. „Was ist denn nun mit Männern? Erzähl doch mal. Hast du auch jemanden kennengelernt?"

Ein Leuchten glitt über das Gesicht von Mona. „Ja, das habe ich tatsächlich. Glaube mir, nie hätte ich gedacht, dass ich nach Lars noch einmal einen anderen Mann anschauen, geschweige denn anfassen würde." Sie glückste und ihr Gesicht rötete sich.

„Okay. Wie heißt er und was macht er?" Zoey tunkte einen Gnocchi in die Buttersauce und schob ihn in den Mund. Köstlich.

„Sein Name ist Tobias, er ist Buchhändler. Ich habe ihn am Flughafen kennengelernt, als ich für Cecilia ein Buch kaufte. Sie flog damals nach Kathmandu", fügte sie erklärend hinzu. „Wir haben es zunächst ganz langsam angehen lassen. Tobias ist auch geschieden und hat eine Tochter, genau wie ich. Nach der vierten Verabredung haben mir meine beiden Freundinnen die Hölle heiß gemacht."

„Warum?"

„Weil ich Ihnen gestehen musste, dass außer einem Gute-Nacht-Kuss nichts passiert war."

„Also wirklich. Das ist doch kein bisschen schlimm." Zoey schüttelte den Kopf.

„Nein, aber die Kopfwäsche war richtig, denn dadurch war ich gezwungen, mir darüber klar zu werden, was ich mir wünschte. Ich musste mich endgültig von Lars verabschieden, beziehungsweise von meiner bisherigen Vorstellung vom Dasein. Das hat mir geholfen und heute führe ich ein anderes Leben." Sie strahlte Zoey an.

„Ich bin mir nicht sicher, ob ich dazu schon bereit bin."

„Aber du hast die ersten Schritte doch unternommen", sagte Mona. Zoey sah sie fragend an.

„Du hast meinen Brief gelesen, bist hier und fährst zurück nach Sylt. Das ist eine Veränderung, oder?"

11

Mit Mühe und Not erreichte sie den Autozug um drei. Der Bahnbeamte schaltete die Ampel extra für sie noch einmal auf Grün und gab ihr durch ein Handzeichen zu verstehen, dass sie Gas geben sollte. Als sie ihren Golf auf dem Zug langsam über die einzelnen Waggons rollen ließ, überfiel sie ein Gefühl von Abenteuerlust gepaart mit Aufregung. Sie hatte es geschafft. Die Wohnung war geräumt, den Schlüssel hatte sie für Helga im Büro abgegeben. Auf eine Nachricht an sie hatte Zoey verzichtet. Außer Beschimpfungen wäre nichts dabei herausgekommen. Ihr Golf war vollgestopft mit Klamotten, Büchern und Weinflaschen. Mehr brauchte sie nicht. Sie fühlte sich so frei wie lange nicht mehr.

Kaum hatte sie hinter einem Audi geparkt und die Handbremse gezogen, setzte sich der Zug in Bewegung. Beim Passieren des Bahnhofs „Klanxbüll" ertappte Zoey sich dabei, wie sie nach dem dortigen Parkplatz Ausschau hielt. Moritz hatte sich nicht mehr gemeldet. Sie war sich nicht sicher, ob sie sich darüber freute oder ärgerte. Letztendlich hatte sie ihn durch ihr Verhalten abgeschreckt und würde damit leben müssen.

Ihr Herz hüpfte vor Aufregung, als der Hindenburgdamm in Sicht kam. Schafe, die von Weitem wie dicke

Wollknäuel aussahen, grasten auf den Deichen, Möwen jagten nach der Suche auf Nahrung über das Watt. Trotz der Kälte ließ sie die Scheibe hinunter und atmete die einzigartige salzwürzige Nordseeluft ein. Zoey Lieberman, jetzt übertreibst du wirklich. Sie schloss das Fenster und wickelte ihren Schal enger um den Hals. Im Autoradio erklang zum gefühlt tausendsten Male „Last Christmas" und Zoey schaltete es entnervt aus. Denk lieber darüber nach, was du zukünftig unternehmen wirst, fing sie erneut an, sich unter Druck zu setzen. Dabei hatte sie sich doch geschworen, bis zum Ende des Jahres keine Pläne zu verfolgen und alles auf sich zukommen zu lassen. Jetzt verdirb dir nicht deine Rückkehr. Andere Menschen erleben ein Sabbatjahr und reisen um die Welt. Du hast bisher immer nur gearbeitet. Was hatte Mona gesagt? *Ich habe eine Liste erstellt und aufgeschrieben, was ich am liebsten unternehme.* Genau das würde sie versuchen. Aber nicht heute und morgen auch nicht. Schluss.

Der Autozug hatte inzwischen die Insel erreicht. Die Bahnhöfe Morsum und Keitum zogen an ihr vorüber und es dauerte nur wenige Minuten, bis der Zug in Westerland zum Stehen kam. Sie ließ den Motor an und fuhr den anderen Fahrzeugen langsam hinterher, bis sie auf die Umgehungsstraße nach Wenningstedt abbog. Es dämmerte, als sie die Straße erreichte, in der Marlenes Haus stand.

Sie stieg aus und streckte sich nach der langen Fahrt. Ein scharfer Seewind blies ihr um die Nase. Aus den Fenstern des Reetdachhauses leuchtete es einladend, Marlene hatte einen Weihnachtskranz aus Tannenzweigen mit roten Kugeln an die blaue Haustür gehangen. War es wirklich richtig, zu Marlene zu ziehen? Was, wenn sie ihren Entschluss inzwischen bereute?

Die Haustür öffnete sich und eine goldbraune Fellkugel schoss durch das offene Gartentürchen auf sie zu. Der Retriever sprang ohne Vorwarnung an ihr hoch und begrüßte sie so stürmisch, dass sie fast gestürzt wäre.

„Hallo Mäxchen", rief sie und schupste ihn zu Boden. „Ich freue mich auch, dich zu sehen." Der Hund wedelte und hüpfte um sie herum. Zoey griff nach ihrer Handtasche und holte eine Tüte mit Hundeleckerlis hervor, die sie extra für ihn in einer Tierhandlung besorgt hatte. „Aber nur eins, sonst wird dein Frauchen böse."

„Warum sollte ich böse sein?", rief Marlene, die sich einen voluminösen hellblauen Schal übergeworfen hatte und in dicken Fellstiefeln auf sie zu stapfte. Sie breitete ihre Arme aus: „Zoey, ich bin so glücklich, dass du da bist."

Zoeys Befürchtungen lösten sich in Luft auf. Sie umarmte Marlene fest. Sie hatte sich nicht verändert.

„Komm, wir bringen schnell deine Sachen ins Haus, der Tee wartet auf dich. Zur Feier des Tages habe ich Plätzchen gebacken."

„Der Kofferraum ist voller Wein, wir werden nicht verdursten. Ansonsten Winterklamotten und meine Lieblingsbücher."

„Eine exzellente Auswahl", lobte Marlene sie und nahm die voll bepackten Reisetaschen, während Zoey aus dem Kofferraum die ersten Weinkisten herausholte. Der Hund hatte sich immer noch nicht beruhigt und rannte zwischen ihr und seinem Frauchen hin und her.

„Max, jetzt reicht es. Ich weiß ja, dass wir heute nicht

lange draußen waren", sagte Marlene. „Aber ich musste unbedingt mein neues Bild fertigstellen."

„Ich werde nachher mit ihm eine Runde drehen. Nach der Autofahrt brauche ich ein wenig Bewegung."

„Aber erst der Tee."

Zoey folgte Marlene in den Flur und von dort in das Gästezimmer. Marlene hatte das schmale Bett frisch bezogen und Handtücher herausgelegt. Auf einem weißen Holztisch hatte sie eine rosafarbene Rose in einer dunkelblauen Vase dekoriert.

„Du bist ein Schatz", sagte Zoey und umarmte sie noch einmal. Marlene stellte die Taschen auf den Boden vor das Bett.

„Ja, bin ich." Sie fing an zu kichern. „Ich habe sogar den Schrank leer geräumt und meinen Klamottenbestand auf die Hälfte reduziert. Kaum zu glauben, was sich alles in den Jahren so ansammelt."

„Wem sagst du das. Ich habe in Hamburg genau das Gleiche durchlitten."

Sie liefen erneut zum Wagen. Max, der draußen geblieben war, folgte ihnen bellend.

„Der Hund will spielen", rief Zoey, die sich immer mehr fühlte, als wäre sie angekommen.

„Ja klar."

Zusammen leerten sie den Golf und stapelten Wein und Bücher im Flur.

In der Küche wartete die weiß-blaue Teekanne auf einem passenden Stövchen, außerdem ein Teller mit Keksen.

„Am Ende des Jahres sehe ich aus wie ein Tönnchen", sagte Zoey und nahm sich einen Schokoladenkeks, bevor sie sich und Marlene Tee eingoss.

„Es gibt deutlich Schlimmeres", antwortete Marlene und griff ebenfalls nach einem Keks.

Einträchtig saßen sie sich am Küchentisch gegenüber, Max lag zu Zoeys Füßen.

„Ich bin happy, dass du da bist, und es bleibt bei dem, was ich gesagt habe. Du bist mein Gast und kannst tun und lassen, was du willst. Will sagen", Marlene runzelte die Stirn, „keiner ist verpflichtet, den anderen zu unterhalten oder irgendwelche Dinge zu unternehmen, die ihm widerstreben. Außer zu putzen, den Hund auszuführen, Müll rauszutragen …"

„Ich mache alles, wenn ich dafür nicht kochen muss."

„Die Küche aufräumen?"

„Aber klar."

Marlene schwenkte den Teebecher: „Wir werden hervorragend miteinander auskommen."

Am nächsten Morgen brauchte Zoey einen Augenblick, bis sie sich orientiert hatte. Über dem Bett hing ein Bild mit dem rot-weißen Leuchtturm von Hörnum. Gar nicht ihre Farben, dachte sie schmunzelnd, als sie aufstand und sich räkelte. Der Radiowecker zeigte neun Uhr. Schon so spät. Bestimmt war Marlene längst auf. Kein Stress. Ich kann tun und lassen, was ich möchte.

Sie schlurfte in die Küche, dort war niemand zu sehen. Auf dem Tisch wartete eine Kanne Tee auf sie, warmgehalten durch das Stövchen. Daneben lehnte ein Zettel: *Guten Morgen, habe für dich Tee gekocht. Lass es ruhig angehen.*

Das war lieb. Was sollte sie mit den vor ihr liegenden

Stunden anfangen? Zunächst ein Besuch am Meer, entschied sie sich. Alles Weitere wird sich finden.

Die nächsten Tage verliefen ruhig und schnell hatte sich Zoey an einen Rhythmus gewöhnt. Marlene führte morgens früh Max aus und arbeitete ein paar Stunden im Atelier. Zoey blieb länger im Bett und nahm den Hund nach einem ausgiebigen Frühstück auf ihre ausgedehnten Strandspaziergänge mit. Erst hatte sie Angst, ihn ohne Leine laufen zu lassen. Marlene hatte sie beruhigt. *Mäxchen läuft nicht weg. Wenn er hinter den Möwen herjagt und es dir unheimlich wird, musst du nur energisch rufen. Er kommt dann schon.* Tatsächlich schien der Hund ihre anfängliche Unsicherheit zu spüren und benahm sich mustergültig. Er lief nur wenige Meter vor ihr und kam immer sofort, wenn sie es ihm befahl. Als sie sich aneinander gewöhnt hatten, wagte er sich weiter vor und am dritten Tage rannte er unter lautem Bellen den Möwen hinterher. Zoey rief ihn erst zurück, als er sich in die Wellen stürzte. Der Hund gehorchte, schüttelte sich vor ihr das Wasser aus dem Fell und sah sie mit seinen braunen Hundeaugen treuherzig an. *Siehst du, du kannst mir vertrauen.* Zoey gab ihm ein Hundeleckerli und ließ ihn ohne Ängste gewähren.

Freitag früh weckte sie eine SMS: „Hoffe du erholst dich. Ruf mich bitte an, es gibt Neuigkeiten." Die Nachricht kam von Markus, einem Kanzleikollegen von Leander. Das bedeutete nichts Gutes, Helga würde sich gemeldet haben. Genervt trottete sie in die Küche und setzte Wasser für Tee auf. Erst einmal in Ruhe frühstücken. Im Aufschieben von eigenen Angelegenheiten war sie herausragend.

„Moin, meine Liebe. Bist du aus dem Bett gefallen? Genug geschlafen?" Marlene sah durch die Tür und strahlte sie an. Max schlängelte sich an ihr vorbei und kam schwanzwedelnd auf Zoey zu. Sie kraulte ihn am unteren Rücken und er wedelte heftiger.

„Ich schlafe hier wie ein Stein."

„Das ist die frische Nordseeluft." Marlene hatte ihr Haar hochgesteckt und trug ihren blauen langen Malerkittel über einer Jeans. Sie schritt mit forschen Schritten zur Kaffeemaschine und stellte einen Becher unter den Ausguss. Wenige Sekunden später duftete es in der Küche nach frischem Kaffee.

„Legst du eine Pause ein? Normalerweise arbeitest du doch mindestens bis mittags."

„Ich möchte etwas mit dir besprechen."

Noch mehr Neuigkeiten am frühen Morgen. „Hoffentlich was Angenehmes. Vor dem Frühstück vertrage ich nichts Schwieriges."

„Es geht um Weihnachten. Du hast es vermutlich verdrängt, aber in drei Wochen ist es so weit. Wie jedes Jahr kommt das Fest schneller als erwartet." Marlene feixte. „Ich wollte mit dir die Gästeliste abstimmen und klären, was wir kochen sollen."

„Ich kenne doch niemanden und kochen kann ich auch nicht. Es reicht nur für die niederen Hilfsarbeiten."

„Die Zubereitung erledige ich. Gibt es denn niemanden, den du gern dabeihättest?" Sie sah Zoey durchdringend an. „Das kann ich mir gar nicht vorstellen. Sylt ist doch für deine Freunde nicht aus der Welt und Platz zum Übernachten findet sich immer irgendwo."

Zoey füllte das heiße Wasser durch ein Sieb in die Kanne und beobachtete angestrengt, wie die Teeblätter aufquollen. Sie dachte fieberhaft nach. „Nö, niemanden. Mach dir keine Gedanken, das ist okay."

„Und was ist mit Mona?"

„Mona?" Zoey hatte Marlene von dem Besuch bei Mona erzählt und ihr ein paar Flyer mitgebracht. Marlene war entzückt, eine Köchin vermitteln zu können, und hatte einige Exemplare per Post an Bekannte nach Hamburg versandt.

„Ja, warum nicht? Ihr habt euch doch auf den ersten Blick verstanden."

„Stimmt, sie ist ein Schatz, genau wie du", sagte Zoey. „Aber sie hat eine Familie und Freunde in Hamburg. Warum sollte sie die Weihnachtstage hier verbringen?"

„Warum nicht?", grummelte Marlene.

„Wie viele Leute lädst du denn jedes Jahr so ein?", fragte sie, um Marlene abzulenken. Sie musterte sie einen Augenblick mit einem nachsichtigen Lächeln und Zoey war klar, dass sie durchschaut worden war.

„So etwa zwanzig. Es lässt sich vorher nie genau sagen, wie viele kommen. Deshalb bereite ich ein Buffet vor. Das, was übrig bleibt, essen wir an den Feiertagen auf."

„Das klingt nach einer Menge Arbeit."

„Ich richte das gern aus. Du wirst sehen, das wird ein umwerfendes Fest. Heute Abend besprechen wir, was wir alles einkaufen müssen. Zu zweit geht es schneller." Sie zwinkerte Zoey zu und verschwand mit dem Kaffeebecher in der Hand. Max war bei ihr geblieben und wedelte aufmunternd.

„Du willst nur, dass ich dir von meinem Frühstück etwas abgebe. Vergiss es." Zoey genoss den heißen Ostfriesentee und gähnte. Der Retriever schien sie verstanden zu haben: Er drehte sich mehrfach, bevor er sich mit einem Aufseufzen vor dem Kachelofen niederließ.

Wahrscheinlich war jetzt der richtige Zeitpunkt, um in der Kanzlei bei Markus anzurufen. Erledige es, damit du es hinter dir hast. Sie wählte die ihr bekannte Nummer und hoffte, dass nicht die ehemals persönliche Mitarbeiterin von Leander den Anruf annehmen würde. Mathilde war ein herzensguter Mensch und hatte sie einige Male versucht zu kontaktieren. Auf der Beerdigung war Zoey nicht in der Verfassung gewesen, mit ihr zu sprechen. Die ganze Veranstaltung war an ihr vorbeigerauscht. Sie hatte kurz mit ihr telefoniert, die unvermeidlichen Beileidsworte angenommen und sich für ihren einfühlsamen Brief bedankt. Sie würde nicht umhinkommen, sich auf jeden Fall bei ihr zu melden. Aber bitte nicht heute.

„Anwaltskanzlei Müller, Lehmann und Sturm, guten Tag. Sie sprechen mit Frau Schneider, wie kann ich Ihnen weiterhelfen?"

Zoey lief es immer kalt den Rücken herunter, wenn sie den Namen ihres Lebensgefährten hörte. Natürlich konnte das Anwaltsbüro ihn nicht auslöschen, das hätte sie auch nicht gewollt. Leander Sturm würde noch lange Zeit auf dem Briefbogen, Kanzleischild und am Telefon genannt werden. Sie atmete tief durch und räusperte sich. Mathilde war nicht am Apparat. „Hallo Frau Schneider, hier spricht Zoey Lieberman. Würden Sie mich bitte mit Herrn Müller verbinden? Er bat um meinen Rückruf."

Sie wurde sofort durchgestellt.

„Hallo Zoey", ertönte die kräftige Stimme von Markus durch den Äther. „Gut, dass du gleich zurückrufst. Es gibt Ärger."

„Lass mich raten: Der Anwalt von Helga hat sich gemeldet."

„Genau. Sie war in der Wohnung und bemängelt, dass angeblich viele Sachen fehlen, die Leander gehört haben sollen."

Zoey spürte ihre Wut wie einen Feuerball in ihrem Inneren. „Wie kann sie es wagen, das zu behaupten. Sie und Leander hatten seit Jahren keinen Kontakt mehr."

„Es kommt noch schlimmer: Sie will oder hat dich bereits bei der Polizei angezeigt. Ich kenne den Kollegen, der sie vertritt. Er hat mich angerufen, um mir das mitzuteilen. Da er keine Strafsachen macht, hat er seine Mandantin darüber belehrt, dass sie die Anzeige erstatten kann."

Zoey erstarrte. Diese blöde Kuh. Helga lebte zusammen mit Mann und Kindern in einer gigantischen Altbauvilla an der Elbchaussee. Sie hatte weiß Gott Geld genug. Zoey hatte sie am Anfang ihrer Beziehung zu Leander ein paar Mal auf Familienfeiern getroffen, damals lebte die Mutter der beiden noch. Nach deren Tode kam es zum Streit, es hatte irgendetwas mit der Erbschaft zu tun. Sie hatte sich aus der Auseinandersetzung herausgehalten. Was trieb das Weib bloß an? Geld konnte es nicht sein.

„Zoey, bist du noch dran?"

„Ja. Entschuldigung. Ich verstehe nicht, wie sie auf die Idee kommt, dass ich Leanders Sachen aus der Wohnung genommen habe. Ich meine, der Anwalt wird ihr doch gesagt haben, dass sie das beweisen muss oder so …"

„Sie hat angeblich Zeugen dafür, dass du Kisten Wein aus dem Gebäude geschleppt hast und dass ein

Möbelwagen da war. Zoey …", sagte Markus mit eindringlicher Stimme.

„Ja?"

„Falls du Sachen von Leander aus der Wohnung genommen hast, will ich das gar nicht wissen. Dir ist sicher bekannt, dass Anwälte nicht lügen dürfen, und ich kann dich nicht vertreten …"

„Mach dir keine Sorgen", fiel sie ihm ins Wort. „Es ist noch Wein in der Wohnung und ich habe nur meine eigenen Sachen mitgenommen. Oder will die Schnepfe etwa behaupten, dass ich nur mit einem Koffer voll Klamotten gekommen bin und jetzt wieder mit demselben Koffer verschwinden soll?"

„Reg dich bitte nicht auf, ich kümmere mich. Übrigens hat der Kollege mir auch erzählt, dass Helga einen Privatdetektiv engagieren will."

Zoey verengte ihre Augen und dachte scharf nach. „Was soll der denn herausfinden?"

„Ob Leander Konten hatte, die nicht entdeckt worden sind, ob du Bezugsberechtigte einer Lebensversicherung geworden bist und so weiter."

„Du redest von Schwarzgeldkonten?"

„Helga scheint davon auszugehen."

„Sie schließt von sich auf andere. Leander hatte mit Sicherheit keine Schwarzgeldkonten und leider bin ich auch nicht Bezugsberechtigte von irgendetwas." Zoey musste schlucken. Leander hatte kein Testament hinterlassen. Aber sei ehrlich, du hast auch nichts verfasst. Aber ich habe auch nichts zu vererben, argumentierte sie zum tausendsten Male.

„Mir ist das bekannt. Leander war ein äußerst korrekter Mensch. Warum er das mit dem Testament vergessen hat, wird mir für immer ein Rätsel sein. Natürlich hat er gedacht, dass ihm noch jede Menge Zeit bleibt. Wie wir alle. Na ja. Helga setzt unserem Büro übrigens auch ziemlich zu, glücklicherweise haben wir das Prozedere nach dem Tod eines Partners im Sozietätsvertrag geregelt. Sie erhält als Erbin eine festgelegte Summe, das war es."

„Markus?"

„Ja?"

„Bitte kümmere dich weiter um alles, du besitzt mein volles Vertrauen. Ich habe keine Nerven für die Sache. Ich glaube, wenn mir Helga jetzt begegnet, bringe ich sie um."

„Na klar, Zoey, dafür bin ich doch da. Das bin ich auch Leander schuldig. Ich wollte dir nur den neuesten Stand mitteilen. Solltest du eine Vorladung der Polizei erhalten, ruf mich an. Ich vertrete dich und du darfst da auf keinen Fall allein hingehen."

„Alles klar." Zoeys Stimme klang fester, als sie sich fühlte. Polizei. Das hatte ihr gerade noch gefehlt.

„Und lass es dir weiter gutgehen. Wo bist du eigentlich? Hast du inzwischen eine neue Wohnung?"

„Äh … das ist eine längere Geschichte. Ich bin auf Sylt, du kannst mich aber immer über mein Handy erreichen."

„Okay. Tschüss, ich muss leider auflegen, habe ein Gespräch auf der anderen Leitung."

Luft. Sie brauchte dringend frische Luft. Der Appetit war ihr gründlich vergangen. Ohne sich um das Frühstücksgeschirr zu kümmern, eilte sie in den Flur und zog sich Jacke, Schal und Schuhe an. Zoey öffnete die Haustür, es war bewölkt und kalt. Bevor sie die Tür wieder zuziehen konnte, zwängte sich Max dazwischen. In der Schnauze trug er seine Hundeleine. Die ließ er zu ihren Füßen fallen und wedelte mit dem Schwanz. Zoey stiegen Tränen in die Augen. „Ach, Mäxchen", rief sie und beugte sich zu ihm hinunter. „Entschuldige bitte. Natürlich kommst du mit." Sie streichelte ihn und spürte, wie sich ihr Herzschlag langsam beruhigte. „Wir beide drehen erst einmal eine Runde um den Dorfteich."

Draußen war es nebelig und feucht. Schnell lief sie in Richtung Dorfkern an der Bäckerei vorbei. Der Hund schien zu merken, dass er Zoey nicht aufhalten sollte, und blieb nicht wie üblich stehen, um zu schnüffeln. Als sie die Hauptstraße überquert hatten und in den Fußweg zum Dorfteich einbogen, zog er an der Leine. „Du hast es auf die Enten abgesehen, ich weiß."

Die Oberfläche des Sees war leicht angefroren. Am Uferrand gab es eine eisfreie Stelle, an der sich ein paar Wasservögel versammelt hatten. Zu gern wäre Max zwischen das Federvieh gestoben, um die Tiere aufzumischen.

„Vergiss es, Hund." Zoey packte ihn am Halsband und schlich langsam an den tierischen Verlockungen vorbei. Nach ein paar Metern lockerte sie den Griff und ließ Max mehr Spielraum. „Wir können nicht immer das tun, was wir möchten. Das gilt auch für dich."

Eine ältere Dame kam ihr entgegen, dick eingepackt, und grüßte sie mit Kopfnicken. Zoey kam sich blöd vor, die Frau hatte sicher gehört, was sie zu Max gesagt hatte. Sie beschleunigte ihre Schritte, Max fing neben ihr an zu traben. Sie geriet außer Atem und verlangsamte die Geschwindigkeit wieder. Kondition hast du auch nicht mehr, Zoey Lieberman, etwas sportliche Betätigung würde dir nicht schaden. Sie musste über sich lachen und merkte, wie sich der Knoten in ihrem Magen langsam löste. Max stupste sie mit seiner feuchten Hundeschnauze auffordernd an, ihm hatte das Tempo gefallen. „Du willst nur einen neuen Versuch bei den Enten starten", neckte sie ihn und merkte auf einmal, dass sie Hunger hatte. Kein Wunder, außer dem Tee hatte sie bis jetzt nichts zu sich genommen. „Komm, wir machen uns auf den Heimweg und wenn du brav bist, überlasse ich dir ein Stück von den Croissants, die ich mir gleich kaufen werde." Inzwischen hatten sie den Teich fast umrundet. Warum rege ich mich nur so über Helga auf? Die kann mir doch eigentlich völlig egal sein. Letztlich dreht es sich nur um Geld und wenn sie klagen will, werde ich es nicht verhindern können. Tief in ihrem Innersten war Zoey klar, dass Helga nicht das Problem war. Sie musste darüber hinwegkommen, dass Leander nicht mehr da war. Er hatte sie verlassen und er hatte nicht für sie gesorgt. Das war es, was sie so verdammt wütend machte. So wütend, dass sie nicht um ihren Mann trauern konnte. Hatte er sie überhaupt geliebt?

„Schluss jetzt", befahl sie sich mit lauter Stimme. Der Hund hob den Kopf und sah sie mit seinen braunen Knopfaugen an. „Ja, du hast recht, Mäxchen, ich bin ein Idiot. Wir gehen nach Hause und fangen mit dem Tag noch einmal von vorn an."

12

Weihnachten näherte sich mit rasanter Geschwindigkeit. Marlene hatte ihre Stunden im Atelier verkürzt und verbrachte viel Zeit in der Küche, wo sie diverse Leckereien fabrizierte. Zoey fühlte sich in ein anderes Leben versetzt. Von ihrem Lieblingsplatz neben dem Ofen beobachtete sie, wie ihre Freundin Plätzchen buk, Pesto mit diversen Kräutern herstellte, Öle und Essigsorten kreierte und alles liebevoll in verschiedene Glasbehältnisse umfüllte. Zoey hatte nie Geschenke selbst produziert. Die hatte sie in den vergangenen Jahren immer in größter Hektik kurz vor den Feiertagen gekauft. Hier, in der gemütlichen Küche mit dem bullernden Ofen, konnte sie stundenlang dabei zusehen, wie Marlene herumwerkelte und selbstgemalte bunte Etiketten auf Plätzchendosen klebte. Das Gefühl, zu viele, nicht zu schaffende Herausforderungen zu haben, war verschwunden. Die Zeit lief auf einmal anders ab. Nur eine diffuse Angst, nicht zu wissen, wie es im nächsten Jahr weitergehen würde, schreckte sie ab und zu auf. Was hatte Mona gesagt? Sie sollte aufschreiben, welche Fähigkeiten sie besaß. Kochen und backen gehörte nicht dazu. Sie riss sich gewaltsam aus diesen Überlegungen und nahm den Duft nach frischem Gebäck wahr.

„Du ziehst genauso ein Gesicht wie Max, wenn ich

mit dem Futternapf komme", sagte Marlene und stellte einen Teller mit himmlisch duftenden Walnusskeksen, die sie aus dem Ofen geholte hatte, auf den Tisch.

„Ich betrachte das als Kompliment. Es stimmt ja auch. Du mästest mich jeden Tag mit neuen Köstlichkeiten und ich habe sicher ein paar Kilo zugenommen." Sie lachte und nahm sich einen der warmen Kekse. „So stelle ich mir das Paradies vor."

„Wir sind im Paradies, wenn wir es zulassen. Hör auf eine alte Dame." Marlene brach ein Stück von einem der Kekse ab und probierte. Sie setzte sich neben Zoey.

„Wenn es nur so wäre."

„Es ist so einfach. Vertrau mir und viel wichtiger: Vertrau dir."

„Ich kann nur mit Sicherheit sagen, was ich nicht will."

„Das ist doch ein Anfang. Die meisten Menschen machen sich gar keine Gedanken darüber, wie sie leben wollen."

Zoey wusste, dass Marlene recht hatte. Und doch. Es war so unendlich schwierig, weiterzuleben und sich von alten Mustern zu trennen.

„‚Kommt Zeit, kommt Rat', hat meine Großmutter immer gesagt. Setz dich nicht unter Druck, es wird etwas passieren."

Zoey rückte an Marlene heran und umarmte sie unbeholfen. Sie atmete das herbe Parfüm der Freundin ein. „Ich finde nicht die richtigen Worte, aber …"

„Nur keine Sentimentalitäten", unterbrach Marlene sie und stand wieder auf. „Es gibt noch Heerscharen von Keksen, die darauf warten gebacken zu werden." Sie gab Zoey einen leichten Klaps auf die Schulter und machte sich daran, die Plätzchen in eine Dose mit Weihnachtsmotiven zu verstauen.

Das Telefon klingelte und Max knurrte leise. „Der Hund mag keine Klingelgeräusche, so viel ist klar." Marlene eilte in den Flur.

Zoey hörte, wie sie sich mit fröhlicher Stimme meldete, und wenige Sekunden später einen spitzen Aufschrei. Das klang nach etwas Ernsthaftem. Es dauerte nicht lange, da kam Marlene wieder. Ihre Lockenpracht stand wirr vom Kopf ab und sie war blass. Zoeys Herz schlug vor Aufregung stärker.

„Was ist passiert?", zwang sie sich, mit ruhiger Stimme zu fragen.

„Das war Arno", brach es aus Marlene hervor. „Seine Frau Paulina ist von der Leiter gefallen und hat sich den Fuß gebrochen. Irgendetwas Kompliziertes. Sie liegt mit Gehirnerschütterung im Krankenhaus. Nichts Lebensbedrohendes, aber sie wird in diesem Jahr nicht mehr arbeiten können. Das ist für die beiden eine Katastrophe, jetzt vor Weihnachten." Marlene rang die Hände und lief in der Küche auf und ab. Max war aufgesprungen und sprang um sie herum. „Aus, Mäxchen, ich muss nachdenken."

Das hörte sich für Zoey nicht so katastrophal an. „Äh … was macht sie denn? Beruflich, meine ich."

„Sie ist die Inhaberin einer kleinen Buchhandlung in Westerland. ‚Paulinas Bücher', vielleicht kennst du den Laden. Er liegt etwas versteckt in einer Seitenstraße. Neben Büchern verkauft sie auch Tee, Postkarten und Souvenirs. Ein gemütlicher Kramladen. Zwei meiner Bilder hängen dort zum Verkauf. Arno ist pensioniert, aber die beiden können von seiner Rente nicht leben und sind auf die Einnahmen aus dem Laden angewiesen. Wenn ihnen nicht das Haus gehören würde, in dem sich das Geschäft befindet, wären sie längst pleite. Ach Gott." Marlene blieb in der Mitte der Küche stehen und wirkte so verzweifelt, dass Zoey sie am liebsten in die Arme genommen hätte.

„Das ist wirklich bitter. Schließlich ist das Weihnachtsgeschäft oft die größte Einnahmequelle im Jahr."

„Ganz genau. Natürlich lebt sie auch vom Sommertourismus, aber …"

„Verstehe. Und es gibt niemand, der einspringen könnte? Was ist mit ihrem Mann?"

„Arno ist ein Gentleman, ein herzensguter Mensch. Aber er kann sich gesundheitsbedingt nicht so lange auf den Beinen halten und läuft nur mit Mühe. Du wirst ihn kennenlernen, er und seine Frau kommen immer Heiligabend zu mir. Oh Gott, vielleicht ist Paulina gezwungen, im Krankenhaus zu bleiben, und darf nicht mitfeiern." Marlene fing erneut an, in der Küche umherzulaufen.

Zoey sprang auf und stoppte Marlene. Sie hatte sie noch nie so außer Fassung gesehen. „Jetzt setz dich und trink einen Tee. Uns fällt sicher etwas ein, wie wir deiner Freundin helfen können."

Marlene warf ihr ein entschuldigendes Lächeln zu und ließ sich von Zoey zur Küchenbank führen. Max legte den Kopf auf den Schoß seines Frauchens. Er schien instinktiv zu spüren, dass etwas nicht in Ordnung war. Geistesabwesend streichelte Marlene ihn. Zoey goss ihr Tee ein und schob den Becher der Freundin zu.

„Los, trink was."

Gehorsam griff Marlene nach dem Getränk. „Entschuldige, dass ich so außer mir bin, aber die beiden haben in der Vergangenheit so viel Unglück durchlitten. Und jetzt das." Sie legte ihre Hände um den Teebecher, wie um sich zu wärmen. Zoey schwieg. Marlene würde weiterreden, wenn sie so weit war.

„Paulina kenne ich, seitdem ich auf der Welt bin. Unsere Eltern waren befreundet. Arno ist nicht von der Insel, er kam als junger Student in den Sommerferien nach Sylt und hat sich in sie verliebt. Sie haben geheiratet und sind später in die Nähe von Frankfurt gezogen, wo er für eine große ausländische Bank gearbeitet hat. Sie bekamen eine Tochter, Charlotte." Marlene stockte und räusperte sich. „Schon vor dem Finanzcrash verlor er seinen Job und den überwiegenden Teil der Betriebsrente, soviel ich weiß. Er spricht nicht darüber. Gott sei Dank hat Paulina das Haus hier von ihren Eltern geerbt und überredete ihn, nach Sylt zu ziehen. Arno litt schwer unter Depressionen und es hat lange gedauert, bis er wieder etwas Lebensmut bekam. Hinzukommt, dass er an MS erkrankt ist und sich nur mit Einschränkungen bewegen kann. Er soll sich schonen und nicht aufregen. Paulina hat das Geschäft eröffnet, weil sie eine Beschäftigung brauchte. Sie ist ein paar Jahre jünger als Arno, der auf die achtzig zugeht. Inzwischen ist sie froh, dass sie den Laden hat. Sie ist enorm aufgeblüht, veranstaltet Lesungen und ist früher sogar zu Buchmessen gefahren. Abgesehen davon benötigen sie das Geld. Aus der Frankfurter Zeit gibt es Schulden, die zurückgezahlt werden müssen."

„Und die Tochter", unterbrach Zoey, „kann die nicht einspringen?"

Marlene schluckte und Zoey bemerkte mit Schrecken, dass sie noch eine Spur blasser wurde. „Charlotte lebt nicht mehr. Sie starb vor ein paar Jahren bei einem Autounfall."

„Oh mein Gott, wie furchtbar."

„Ja."

Zoey hielt es nicht mehr auf ihrem Platz. Sie erhob sich und ging zum Fenster. Es schneite ganz leicht. Perfektes Winterwetter.

„Möglicherweise kann ich helfen", hörte sie sich zu ihrer eigenen Überraschung sagen.

„Du?"

„Na ja, ich verstehe etwas von Büchern, zumindest lese ich viel und glaube, dass ich mich auskenne. Ich habe zwar noch nie verkauft und kann nicht mit einer elektronischen Kasse umgehen, aber so schwer wird das sicher nicht sein." Kaum waren die Worte raus, hätte sie sie am liebsten zurückgenommen. Wie sollte das funktionieren?

Marlene sah für einen Augenblick verdutzt aus, bevor sich ein leises Lächeln in ihrem Gesicht ausbreitete. „Das ist die perfekte Lösung. Warum bin ich nicht selbst darauf gekommen?" Marlene klatschte in die Hände.

„Glaubst du wirklich? Vielleicht wollen sie gar nicht, dass eine fremde Frau im Laden steht. Und ich bin natürlich auch keine Verkäuferin …" Zoey war mulmig zumute.

„Das ist eine fantastische Idee", unterbrach Marlene sie und sprang auf. „Ich ruf gleich bei Arno an und frage, wann es günstig ist, zu Paulina ins Krankenhaus zu kommen." Bevor Zoey etwas erwidern konnte, war sie verschwunden. Zoey spürte, wie sich ihr Magen leicht zusammenzog. Wie sollte sie allein in einer Buchhandlung arbeiten? Ein wenig Magensäure wanderte durch die Speiseröhre und hinterließ einen bitteren Geschmack in ihrem Mund. Sie atmete einmal tief durch: Vermutlich würde diese Paulina das Ansinnen als komplett verrückt zurückweisen. Zoey griff nach einem der Walnusskekse und tunkte ihn geistesabwesend in den Teebecher. Von Marlene war nichts zu hören, sie schien zu flüstern. Kurz bevor der Keks sich komplett im Tee aufgelöst hatte, stopfte sie ihn in den Mund und schluckte die aufgequollene Masse herunter. Vielleicht beruhigte das ihren revoltierenden Magen. Außerdem: Sie konnte immer noch Nein sagen, oder?

Zoey Lieberman, du bist so ein Feigling, sprach sie leise mit sich selbst. Marlene hat dich hier aufgenommen und es wäre doch das Mindeste, wenn du ihren Freunden hilfst, so wie sie dir geholfen hat. In zwei Wochen ist Weihnachten, in drei das Jahr zu Ende. Was soll Schlimmes passieren? Schließlich brauchst du weder zu kochen noch zu backen.

Nach einer gefühlten Ewigkeit stürmte Marlene in die Küche, jetzt strahlte sie erleichtert, die Blässe war verschwunden. „Wir treffen uns in einer Stunde mit Arno im Laden und fahren zusammen ins Krankenhaus. Du hast die Möglichkeit, dir gleich alles anzusehen, natürlich brauchst du auch die Schlüssel für den Fall, dass er morgen nicht da ist."

„Er ist bereit, einer wildfremden Frau die Ladenschlüssel auszuhändigen?"

„Sicher, wie soll es sonst funktionieren?" Marlene sah sie verwundert an. „Außerdem bist du nicht wildfremd. Du bist meine Freundin, das ist genug."

„Oh". Jetzt wusste Zoey nicht mehr, was sie sagen sollte. Sie blickte an sich herunter. „Äh, ich ziehe mir etwas anderes an."

„Wieso?"

„Na ja. Findest du nicht, dass ich ein wenig, äh, robust gekleidet bin." Zoey trug, wie fast jeden Tag, Jeans und ihren dicken schwarzen Rollkragenpullover.

„Wir begeben uns nicht zu einer Modenschau und das ist kein Bewerbungsgespräch. Wenn du morgen im Laden arbeitest, ist es dir vermutlich in diesen Klamotten zu warm, aber meinetwegen brauchst du dich nicht umzuziehen. Arno und Paulina werden sofort erkennen, dass du die Richtige bist, egal was du anhast."

Zoeys Gelassenheit kehrte ein Stück weit zurück und sie musste sich zwingen, nicht loszuprusten. Sie salutierte und rief laut. „Jawohl, Marlene."

„Genauso hatte ich es mir vorgestellt", antwortete Marlene und schubste sie leicht an.

Eine Stunde später stiegen sie aus Zoeys Golf. Sie hatten einen Parkplatz vor dem Haus gefunden, in dem sich die Buchhandlung befand. ‚Paulinas Bücherstube' stand mit weißen Lettern oben auf dem Schaufenster, welches fast die gesamte Front einnahm. Im Laden brannte ein schwaches Licht und als sie sich der Eingangstür näherten, bemerkte Zoey, dass auf der Scheibe eine helle Pappe befestigt war. „Wegen eines Unfalls vorübergehend geschlossen" hatte jemand mit einem Filzstift in ungelenken Buchstaben geschrieben.

Marlene klingelte und es dauerte eine Weile, bis ein alter Mann die Tür öffnete. Er war weißhaarig und trug eine dunkle Brille mit dicken Gläsern, die die Hälfte des

Gesichts einnahm. Zoey sah ihm die Erschöpfung an, als er ein Lächeln versuchte.

„Immer hinein in die gute Stube", begrüßte er sie. Marlene umarmte ihn sofort. Zoey, die neben ihr in den Laden getreten war, sah sich vorsichtig um. Der Verkaufsraum war nicht geräumig und wirkte auf den ersten Blick vollgestopft. Auf einem langen Tisch in der Mitte stapelten sich Bücher, davor standen nicht ausgepackte Kisten. An den Wänden waren weiße Regale befestigt, in denen neben Büchern, Teedosen, Sylter Bonbons, Magnetleuchttürme und andere Souvenirs nebeneinander lagen. Ein System war auf Anhieb nicht zu erkennen. Das Ganze erweckte bei ihr einen ungeordneten, trotzdem aber anheimelnden Eindruck. In einer Ecke stand ein alter Ohrensessel, auf dem Kinderbücher abgelegt waren.

„Guten Abend, Sie müssen Zoey sein." Der Mann hielt ihr seine Hand hin, die ein wenig zitterte. „Ich bin Arno Hansen und kann gar nicht richtig zum Ausdruck bringen, wie froh ich bin, dass Sie da sind." Zoey erwiderte den unerwartet kräftigen Druck. Sie wusste nicht so recht, was sie antworten sollte und lächelte Arno an. Marlene sprang ihr zu Hilfe.

„Wie ich schon am Telefon sagte: Zoey ist Unternehmensberaterin in Hamburg und gönnt sich bei mir eine kleine Auszeit auf Sylt."

„Und da wollen Sie sich gleich wieder in die Arbeit stürzen?", fragte Arno mit zweifelnder Stimme.

Zoey räusperte sich. „Ich habe Zeit und wenn Sie Unterstützung benötigen … Das Jahr ist ja bald zu Ende."

„Hilfe können wir auf jeden Fall gebrauchen", sagte Arno. „Es liegt mir fern, Ihre Motivation zu hinterfragen …" Er räusperte sich und holte aus einer seiner

Hosentaschen ein weißes Stofftaschentuch, mit dem er sich etwas umständlich die Nase putze.

„Das ist okay", beschwichtigte Zoey ihn. „Marlene hat mir mit ihrer Freundschaft in den letzten Wochen unendlich geholfen und wenn ich mich revanchieren kann …", sie unterbrach sich. „Vielleicht zeigen Sie mir erst einmal den Laden."

„Genau", sagte Marlene mit abschließendem Tonfall. „Und dann fahren wir zu Pauline."

Arno öffnete seine Arme. „Schauen Sie sich in Ruhe um. Ich schalte das Hauptlicht ein, dann können Sie besser sehen." Er schlurfte in gebeugter Haltung in den hinteren Teil des Ladens und wenige Sekunden später war der Verkaufsraum in Helligkeit getaucht.

„Wow", staunte Zoey. „So viele Bücher auf so wenig Fläche."

Es stimmte. Wohin man sah, in jedem Winkel des Raumes stapelten sich Bücher. Zoey umrundete vorsichtig die Pakete und warf einen Blick auf diverse Taschenbücher, die auf dem Tisch in der Mitte lagen. Die üblichen Bestseller, die man in allen Buchhandlungen fand. Daneben gab es Paperbacks mit blauen Meerbildern und Strandszenen: Unterhaltungsromane, die auf der Insel spielten. Vor dem Tisch waren auf zwei Hockern Bildbände mit Fotos von Sylt abgelegt. Langsam wanderte sie zu dem an der Längsseite stehenden Bücherregal. Hier gab es, alphabetisch geordnet, die Belletristik-Abteilung. Rechts davon in einem Regalbrett Krimis und Thriller, darunter Ratgeber und Reiseliteratur. Sie schritt um den Tisch herum und nahm die ausgestellten Bücher im Schaufenster in Augenschein. Der neue Thriller von Fitzek war dort genauso zu finden wie der aktuelle

Roman von Charlotte Link. Dazwischen lagen, scheinbar wahllos, verschiedene Teedosen einer bekannten Sylter Teemarke, außerdem Süßigkeiten und Andenken. Alles in allem eine bunte Mischung. Sie erkannte zwei Bilder von Marlene auf der linken Seite, darunter ein weißgestrichenes altes Holzregal, in dem sich weitere Teedosen stapelten. Eine moderne Kasse stand auf einem antiken Weißholzsekretär, dahinter führte ein schmaler Gang in die Wohnräume des Ehepaars.

Trotz des überfüllten Raums fühlte sich Zoey sofort wohl. Es herrschte eine heimelige Atmosphäre, die zum Verweilen einlud. Die Unternehmensberaterin in ihr hätte die Inhaberin darauf hingewiesen, dass ein nicht eindeutiges Sortiment aus verkaufstaktischen Argumenten heraus nicht immer förderlich war. Egal. Sie würde ausnahmsweise nicht auf ihren Verstand, sondern auf ihr Herz hören. Im Übrigen war sie nicht als Beraterin, sondern als unbezahlte Aushilfe engagiert worden.

Zoey war so tief in Gedanken versunken, dass ihr erst nach ein paar Minuten auffiel, dass niemand etwas sagte. Sie wandte den Blick von der modernen Kasse ab. Zwei Augenpaare musterten sie gespannt. Marlene hatte ihre Hand unter den Arm von Arno gelegt, so als wollte sie ihn stützen.

„Ich …", ihre Stimme versagte und sie hustete. „Sorry. Es ist grandios, ich meine, äh …"

„Du machst es", sagte Marlene enthusiastisch.

„Ja klar." Zoeys Stimme klang fest und energisch.

„Sind Sie sich sicher? Wir sind nicht in der Lage, ein hohes Gehalt zu zahlen." Arno sah sie mit weit aufgerissenen Augen an.

„Ich brauche kein Geld. Ich helfe gern. Man muss mir nur die Kasse erklären." Etwas ehrfurchtsvoll musterte Zoey das schwarzgraue Teil. Daneben lag ein EC-Karten-lesegerät. „Mit elektronischen Geräten habe ich es nicht so." *Du bist die Frau fürs Schöngeistige, um alles Technische kümmere ich mich.* Sie versuchte zu lächeln. „Aber so schwer wird das ja nicht sein."

Arno hatte Marlenes Hand abgeschüttelt und kam mit hinkendem Schritt auf sie zu. Er blieb vor ihr stehen und sie konnte in sein von tiefen Falten durchzogenes Gesicht eintauchen. Grünblaue Augen betrachteten sie durch die Brille. Sie ließ diese Begutachtung über sich ergehen und war sich seiner Präsenz bewusst. Was würde er sagen? Für einen kurzen Moment kam sie sich wie in einer Prüfung vor. Eine erneute Unsicherheit schlich sich heran und sie zwang sich, den Blick zu erwidern. Nach einer gefühlten Ewigkeit hielt er ihr die Hand zum zweiten Mal hin.

„Auf gute Zusammenarbeit."

„Danke."

Marlene klatschte in die Hände. „Wunderbar. Lasst uns ins Krankenhaus zu Paulina fahren und ihr die Nachricht verkünden. Es wird ihr gleich viel besser gehen, wenn sie weiß, dass Zoey sich um den Laden kümmert."

„Vielleicht ist sie gar nicht einverstanden?", schoss es aus Zoey heraus.

„Machen Sie sich darüber keine Sorgen. Meine Frau wird, genau wie ich, erkennen, dass Sie die Richtige für uns sind." Arno lächelte ihr beruhigend zu, bevor er sich abwandte, um das Licht herunterzuschalten.

Auf dem kurzen Weg zum Krankenhaus sang Marlene

fröhlich einen alten Beatles Song mit, der im Radio lief. Zoey versuchte, sich vorzustellen, wie sie morgen Bücher verkaufen würde. Hoffentlich kamen nicht so viele Kunden. Stopp, unterbrach sie ihre eigenen Gedanken. Es geht nicht um dich, sondern um die Freunde von Marlene, die in Not sind. Es müssen zahlreiche Käufer kommen, damit der Laden läuft. Sie seufzte und ärgerte sich gleichzeitig über ihre abstrusen Ideen.

„Alles okay bei dir?" Marlene hatte ihr Auto neben Arnos in die Jahre gekommenem Volvo auf dem Parkplatz des Krankenhauses abgestellt.

„Alles bestens", antwortete Zoey mit betont gelassener Stimme. Sie folgten Arno in das Inselkrankenhaus und standen nach kurzer Zeit vor dem Zimmer der Patientin. Zoey zupfte Marlene am Ärmel, damit diese stehen blieb. „Äh, findest du nicht, dass ich zunächst einmal draußen warten sollte. Ich meine …"

„Nur keine Scheu, junge Dame", sagte Arno und öffnete die Tür einen kleinen Spalt. „Ich habe Paulina vorhin vorgewarnt."

„Aber da wussten Sie doch noch gar nicht, ob es mit mir klappen würde."

„Ich hatte gleich ein hervorragendes Gefühl, als mich Marlene zurückrief. Sie ist eine ausgezeichnete Menschenfängerin." Er stieß die Tür ganz auf und trat ein.

Im Krankenzimmer standen zwei Betten, von denen nur das am Fenster belegt war. Eine Frau mit kurzen grauen Haaren in einem pinkfarbenen Jogginganzug saß aufrecht gegen ein Kissen gelehnt. Sie hatte eine pinkfarbene Lesebrille auf der Nasenspitze, vor sich einen dicken Wälzer.

„Paulina", schimpfte ihr Mann sofort los und humpelte

langsam auf sie zu. „Du darfst doch nicht lesen, du hast eine Gehirnerschütterung und musst dich schonen." Als Arno seine Frau erreicht hatte, gab er ihr einen liebevollen Kuss auf die Wange und nahm ihr gleichzeitig mit einer erstaunlich schnellen Bewegung das Buch aus der Hand und legte es in das Fach des Nachttisches.

„Hallo Marlene", begrüßte Paulina ihre Freundin und schob die Brille nach oben über ihre Haare. Marlene beugte sich zu ihr und umarmte sie vorsichtig.

„Wie du hörst, bin ich bereits entmündigt. Ich habe keine Kopfschmerzen und langweile mich. Und das", sie klopfte auf das bis zum Knie eingegipste rechte Bein, „tut auch nicht mehr weh. Vielleicht werde ich morgen wieder entlassen."

„Kommt überhaupt nicht in Frage", polterte Arno. „Und woher hast du das Buch? Ich kann mich nicht daran erinnern, dass ich dir das mitgebracht habe."

„Ach, du alter Brummbär", schalt Paulina ihn lächelnd. „Den Roman hat mir die Schwester aus der Krankenhausbibliothek geholt. Ich hatte sie um einen dicken Liebesschmöker gebeten."

„Was machst du nur für Sachen", sagte Marlene und bedeutete Zoey, die an der Tür stehen geblieben war und alles mit einer Mischung aus Belustigung und Wehmut beobachtet hatte, näherzutreten. „Das ist meine Freundin Zoey aus Hamburg. Sie hat angeboten, sich bis zum neuen Jahr um deinen Laden zu kümmern."

„Hallo Zoey. Sind Sie sicher, dass Sie sich das zumuten möchten? Wir können nicht so viel zahlen", sagte Paulina und Zoey bemerkte, dass trotz der Lässigkeit, mit der sie sprach, die Angst im Hintergrund lauerte. Das machte ihr Mut.

150

„Das Gleiche hat Ihr Mann mir gesagt. Ich bin gerade in einer Phase meines Lebens, in der ich nicht weiß, wie es weitergehen wird. Marlene hat mich aufgenommen", sie warf ihr einen warmen Blick zu, bevor sie weitersprach. „Wenn ich helfen darf, gebe ich etwas zurück. Das klingt vielleicht merkwürdig, aber …"

„Also für mich hört sich das überhaupt nicht merkwürdig an", entgegnete Marlene und drückte Zoeys Hand.

„Für mich auch nicht", antwortete Paulina und ein leises Lächeln umspielte ihre feinen Gesichtszüge. „Kommen Sie doch ein wenig näher, Kindchen, damit ich Sie besser sehen kann."

„Paulina ist kurzsichtig und zu eitel, um immer ihre Gleitsichtbrille zu tragen."

Zoey trat an das Krankenbett. Paulina deutete auf ihr Bett und Zoey setzte sich vorsichtig auf den Rand. Es war ihr unangenehm, so dicht bei ihr zu sitzen. Schließlich hatten sich erst vor wenigen Minuten kennengelernt. Paulina duftete nach einem etwas zu süßlichen Parfum und musterte sie schweigend wie zuvor ihr Mann.

Arno hatte sich auf einen Besucherstuhl gesetzt und beobachtete sie, ohne das Wort zu ergreifen. Wieder kam Zoey sich wie im Examen vor.

„Sie schickt der Himmel", sprach Paulina nach einer gefühlten Ewigkeit und Zoey bemerkte, dass ihr eine Träne über die Wange lief. Spontan beugte sie sich vor und umarmte Paulina.

„Nicht der Himmel, sondern Marlene." Alle lachten.

„Nachdem die Formalitäten geklärt sind, schlage ich vor, dass wir beiden Hübschen euch allein lassen und nach Hause fahren. Zoey hat morgen ihren ersten

Arbeitstag und sollte sich mental vorbereiten." Marlene prustete und Zoey erhob sich von der Bettkante.

„Ich habe gar nicht gefragt, wann der Laden öffnet."

„Paulina schließt das Geschäft immer um zehn Uhr auf, Schluss ist gegen halb sieben, je nachdem, was los ist", meldete sich Arno zu Wort.

„Natürlich gibt es eine Mittagspause, meine Liebe, und es steht Ihnen frei, früher zu schließen. Hauptsache, das Geschäft ist nicht den ganzen Tag unbesetzt. Für eine Stunde kann Arno zur Not helfen, nicht wahr?"

„Sie hat nach den regulären Öffnungszeiten gefragt", brummte der so Angesprochene.

„Ich komme morgen so gegen halb zehn, damit Sie mir das Notwendigste erklären können. Vor allem, wie die Kasse funktioniert", beeilte sich Zoey zu sagen.

„Ach, das haben Sie schnell raus", antworte Paulina und warf ihrem Mann einen der Blicke zu, den nur der Partner einer langjährigen Beziehung zu deuten vermag. Auf Zoey wirkte es so, als würde sie ihn zurechtweisen. „Außerdem bin ich bald wieder draußen und kann helfen."

„Nur über meine Leiche", sagte Arno in erregtem Tonfall. „Du bleibst im Bett, und wenn ich dich festbinden muss."

„Zoey, es wird Zeit für uns. Wir müssen los", verkündete Marlene mit fester Stimme und zwinkerte ihr zu. „Max wartet bestimmt schon."

13

Als Zoey am nächsten Morgen in ihre Jacke schlüpfte, saß Max im Flur, die Leine in der Schnauze. Er sah sie durch seine braunen Hundeaugen so Mitleid erheischend an, als wäre er seit Tagen nicht mehr an der frischen Luft gewesen.

„Du musst heute mit deinem Frauchen vorliebnehmen. Wir drehen erst am Sonntag wieder eine große Runde, tut mir leid."

Marlene kam langsam die Treppe herunter, auf ihrem Malerkittel prangten ein paar blaue Farbkleckse. „Toi, toi, toi für deinen ersten Tag. Es wird schon schiefgehen." Max hatte bei ihrem Anblick die Leine fallen gelassen und wedelte freudig. Sie streichelte den Retriever.

„Herr Hund, wir haben heute früh bereits eine Runde gedreht." Sie tauschte mit Zoey einen Blick aus und grinste. „Du hast ihn mit den langen Spaziergängen verwöhnt." Marlene hob die Leine hoch und hängte sie zurück an die Garderobe. „Jetzt musst du dich wieder mit meiner Gesellschaft zufriedengeben. Zoey kommt erst heute Abend und wird vermutlich so kaputt sein, dass sie im Sessel zusammenbrechen wird." Sie zwinkerte ihr zu. „Ich koche uns etwas Leckeres. Und lass dich nicht von Arno gängeln. Er ist ein herzensguter Mensch, aber …"

„Er ist ein Mann", unterbrach Zoey die Freundin, „und ich mache mich nicht beliebt, wenn ich gleich am ersten Tag zu spät komme." Sie warf Marlene einen Luftkuss zu und verließ eilig das Haus.

Auf der kurzen Strecke nach Westerland sang sie lauthals einen Song im Radio mit. Sie fühlte sich ein wenig wie ein Kind am ersten Schultag nach den Sommerferien. Vor ihrem inneren Auge erschien das Bild von Moritz. Sein Vorwurf, dass sie nur bei Marlene schmarotzen würde, traf nicht mehr zu. War das wichtig für sie? Seit dem Abend in Hamburg, wo er sie geküsst hatte, hatte sie nichts von ihm gehört, gestand sie sich mit einem leisen Unbehagen ein. Wieso musste sie überhaupt an ihn denken?

Die Tür zur Buchhandlung war weit geöffnet, von Arno keine Spur. Zoey stand für einen Augenblick unschlüssig im Eingang, bevor sie in das Geschäft trat. „Guten Morgen", rief sie. „Arno, sind Sie da?"

Sie hörte ein lautes Scheppern, gefolgt von einem unterdrückten Fluchen. Schnell stellte sie ihren Rucksack neben dem Büchertisch ab und begab sich auf die Suche nach der Ursache. Vom Gang hinter dem Verkaufsraum zweigten Türen ab. In der Mitte führte eine Holzwendeltreppe zum oberen Stock des Hauses. Auf der dritten Stufe saß Arno. Vor ihm auf dem Boden lag ein Tablett, auf dem eine Teekanne aus Glas gestanden hatte. Becher und Kanne waren zerbrochen und eine Pfütze breitete sich aus.

„Kann ich helfen?" Zoey eilte auf Arno zu und half ihm vorsichtig aufzustehen.

154

„Ich bin ausgerutscht, das ist alles." Etwas unwirsch schob er Zoeys Arm von sich und wollte sich bücken.

„Ach bitte. Ich hebe das auf. Zeigen Sie mir doch, wo die Küche ist." Bevor Arno widersprechen konnte, hatte sie schnell mit einer Hand die Scherben zusammengelesen. Arno, der eine dunkle Strickjacke über einem aus der Hose ragenden weißen Hemd trug, drehte sich wortlos um und schlurfte in seinen braunen Filzpantoffeln mühsam zu einem Raum, dessen Tür hinter der Treppe offenstand. Zoey folgte ihm, in den Händen die Scherben. Er führte sie in eine geräumige Küche. Genau wie in Marlenes Haus stand hier ein Kachelofen. Unter der Spüle fand sie den Mülleimer. Suchend sah sie sich nach einem Feudel um. Arno hatte sich angestrengt atmend auf einen der Stühle gesetzt. Jetzt wirkte er eher kleinlaut.

„Entschuldigen Sie bitte mein dämliches Verhalten. Was müssen Sie nur von mir denken? Ach, ich habe sie noch nicht einmal ordentlich begrüßt."

Zoey, die sich inzwischen gefragt hatte, ob die ganze Hilfsaktion nicht eine blöde Schnapsidee gewesen war, atmete ihrerseits tief durch. Als sie den hilflosen Ausdruck in Arno Gesicht bemerkte, siegte ihr Mitgefühl.

„Ich doch auch nicht. Also noch einmal von vorn: guten Morgen. Wenn Sie mir erklären, wo ich einen Lappen zum Aufwischen finde, beseitige ich schnell die Pfütze und setze Wasser auf. Wie aufmerksam von Ihnen, dass Sie mir einen Tee anbieten wollten."

„Na, Humor haben Sie wenigstens", sagte Arno und verzog sein Gesicht zu einem verhaltenen Lächeln. Er deutete auf eine Tür in der Wand. „Dahinter ist eine Kammer, dort finden Sie alles Notwendige."

Der kleine Raum war tadellos aufgeräumt, auf dem Boden fand sie neben einem Staubsauger Feudel und einen Eimer. Zoey füllte ihn mit heißem Wasser, bevor sie, mit einem Lappen bewaffnet, im Flur die Schweinerei beseitigte. Sie erinnerte sich daran, dass die Ladentür geöffnet war, und beeilte sich, sie zu schließen.

Zurück in der Küche war Arno dabei, einen Wasserkessel zu füllen. Auf der Holzanrichte stand eine bunte, getöpferte Teekanne, daneben zwei passende Becher.

„Glücklicherweise haben wir genug Geschirr. Ich unternehme einen neuen Versuch." Er hatte offenbar seine gute Laune wiedergefunden.

„Wunderbar. Ich habe die Ladentür geschlossen, nachher kommt noch etwas weg."

„Ach ja, das ist mir völlig entfallen. Ich wollte frische Luft hereinlassen." Arno versuchte ungelenk, mit einem Löffel aus einer Teedose die Blätter in ein Teesieb zu füllen. „Brauchen Sie Kandis?"

„Ja bitte. Wenn Sie mir erklären, wo ich den finde, kümmere ich mich."

„Kommt gar nicht in Frage. Das ist meine Aufgabe, ich rufe Sie, wenn der Tee fertig ist. Gehen Sie in den Laden und richten Sie sich ein."

Zoey, die insgeheim froh war, ihn allein zu lassen, trottete zurück in den Verkaufsraum. Sie beschloss, die Kisten in den Flur zu schieben, auf dem Boden standen sie nur im Weg. Beim Versuch, eines der Pakete hochzuheben, scheiterte sie. Zu schwer. Okay, dann würde sie die eben an Ort und Stelle öffnen. In der ersten der beiden Schubladen unter der Kasse fand sie eine Schere in einem Haufen von Werbekugelschreibern, ungespitzten

Bleistiften, Heftklammern, Visitenkarten und einer Rolle Weihnachtspapier. Wie erwartet, waren alle Kartons mit Büchern gefüllt. Gab es überhaupt noch Platz? Sie würde Paulina oder Arno fragen. Vorerst schob sie die Pakete hinter die Kasse an die Rückwand.

Sie richtete Bücherstapel und verschaffte sich einen Überblick über das Sortiment. Der Tee war in Dosen abgefüllt und somit verkaufsfertig, genauso wie die in durchsichtigen Tüten eingepackten Bonbons. Das erleichterte die Arbeit.

Es quietschte und sie zuckte zusammen. Arno schlurfte mit schweren Schritten, beide Hände um die Griffe des Rollators gekrallt, durch die Tür. Teekanne und Becher waren auf einem Tablett positioniert, das auf der Sitzfläche der Gehhilfe bedenklich wackelte. Er wirkte aufs Äußerste konzentriert und Zoey traute sich nicht, ihm zu helfen.

„Ich schaffe das allein", brummte er, so als hätte er ihre Gedanken gelesen. „Holen Sie einen Stuhl aus der Küche."

Zoey beeilte sich, seinem Wunsch nachzukommen. Als sie mit einem schweren Holzstuhl zurückkehrte, stand das Tablett neben der Kasse auf dem Sekretär.

„Setzen Sie sich und trinken Sie in Ruhe einen Tee. Noch ist kein Kunde in Sicht." Arno hatte sich an seinen Rollator gelehnt.

„Äh, ich dachte, Sie wollten …"

„Nein, ich bin noch in der Lage zu stehen", unterbrach er sie.

„Den Rollator habe ich gestern gar nicht gesehen."

„Ich verwende ihn nicht so oft. Eine Anschaffung

meiner Frau. Wenigstens kann man das Teil als Transportmittel nutzen." Er schnäuzte sich mit einem Stofftaschentuch, das er aus seiner Hosentasche gefischt hatte, und gab dem Gerät einen kleinen Stoß.

„Verstehe." Zoey nippte an ihrem Tee und entschied, das Thema erst einmal ruhen zu lassen. „Die Bücher in den Kartons hier, wo sollen die hin?"

„Mich dürfen Sie das nicht fragen. Machen Sie, wie Sie denken. Paulina ist diejenige, die sich hier auskennt. Ich kann mit Mühe und Not die Kasse bedienen, mehr nicht."

Zoey fragte sich, wie Arno seine Zeit verbrachte, während Paulina im Laden stand.

„Sie überlegen jetzt, was der alte Zausel den ganzen Tag über so treibt", las Arno erneut ihre Gedanken.

Sie nickte.

„Früher bin ich häufig am Strand gewandert und habe die Vögel beobachtet, das schaffe ich nicht mehr. Mir bleibt nur der Garten." Er zuckte mit den Schultern. „Also verbringe ich meine Tage damit, den Haushalt zu schmeißen, in der Regel nicht so schwungvoll wie eben." Er grinste verschmitzt. „Ich schreibe Artikel zu aktuellen Finanzthemen und lese viele Stunden. Das ist ein Hobby, was ich mit meiner Frau teile. Wobei ich nur Fachbücher studiere, mit Romanen kann ich nichts anfangen."

Zoey war geplättet, das hatte sie nicht erwartet. „Für welche Magazine schreiben Sie denn?"

„Hauptsächlich für ein paar Nischenblogs. Schauen Sie nicht so verwundert. Ich bin zwar alt, aber noch nicht senil. Und E-Mails verfassen kann ich auch."

Zoey spürte, wie sie errötete. „Entschuldigung, das war blöd von mir."

„Ja. Ich zeige Ihnen jetzt die Kasse."

Nach ein paar Minuten hatte Zoey die wichtigsten Funktionen begriffen, Arno konnte anschaulich erklären. Sie einigten sich darauf, dass sie alle Verkäufe zusätzlich auf einem Block notieren würde. „Nicht, dass es viele geben wird", sagte Arno und schob sich die Brille zurecht.

„Warum nicht?"

„Sehen Sie sich doch um. Die meisten Menschen kaufen nicht mehr vor Ort. Im Urlaub findet man es attraktiv, an Läden vorbei zu flanieren und ein paar Souvenirs zu erwerben. Alles andere wird im Internet bestellt. Und die Menschen wundern sich, dass es immer weniger Einzelhandelsgeschäfte gibt. So ist das heute. Sie als Unternehmensberaterin wissen doch, wovon ich rede."

Zoey schwieg und dachte einen Augenblick nach. „Aber Sie erwirtschaften Gewinne, oder?"

„Am Ende des Monats bleibt etwas übrig. Geld, auf das wir dringend angewiesen sind. Das hat Marlene bestimmt erzählt, ist schließlich kein Geheimnis. Paulina kümmert sich um die Buchhaltung. Ein Gewinn im betriebswirtschaftlichen Sinne ist es aber nicht, wenn man Paulina einen angemessenen Unternehmerlohn zubilligen würde. Sie darf nicht ausfallen, weil wir uns keine Aushilfe leisten können. Das würde das Ende des Ladens bedeuten. Ich würde mich freuen, wenn meine Frau nicht mehr arbeiten müsste. Ohne die Buchhandlung wäre sie aber nicht glücklich. So sieht es aus." Seine Stirn legte sich in tiefe Falten.

„Mhm." Zoey fiel keine Erwiderung ein. Sie wurde einer Antwort enthoben, da das Glockenspiel über der

Eingangstür läutete. Ihr erster Kunde war da. Genau genommen eine potentielle Kundin. „Moin", begrüßte sie die ältere Dame, die in einen Sylter Friesennerz gehüllt war und auf dem Kopf eine dicke graue Strickmütze trug.

„Moin. Ist Paulina nicht da?"

„Ach, du bist es, Hermine", sagte Arno und richtete sich auf. „Ich habe dich so schnell gar nicht erkannt." Er ging ein paar vorsichtige Schritte auf die Frau zu und gab ihr die Hand.

„Moin, Arno. Das ist aber eine Überraschung, dich sieht man normalerweise nie hier. Ist was mit Paulina?"

„Sie ist gestern gestürzt und liegt im Krankenhaus. Es ist Gott sei Dank nicht so dramatisch, wie es sich anhört. Ihr Unterschenkel ist gebrochen. Sie wird sicher im Laufe der Woche entlassen werden. Wenn es nach ihr ginge, wäre sie bereits wieder draußen."

„Das klingt nach Paulina. Die Ärmste", sagte die Frau und kuckte Zoey auffordernd an. „Und Sie sind …"

„Ich bin die Aushilfe", beeilte sich Zoey zu sagen und kam damit Arno zuvor.

„Oh", antwortete die Frau und musterte sie abschätzend von oben bis unten. „Haben wir uns schon einmal gesehen?"

„Ich glaube nicht, ich komme aus Hamburg."

„Können wir dir helfen?", mischte sich Arno ein. Zoey hatte den Eindruck, dass er die Dame nicht mochte und sie schnell loswerden wollte.

„Äh … nein danke. Ich komme nochmal wieder, wenn Paulina da ist."

„Wenn Sie ein Buch oder Geschenk suchen, kann ich sicher helfen."

„Nein danke, so eilig ist es nicht." Die Frau drehte sich um und verschwand hastig nach draußen.

Zoey war enttäuscht. Sie hätte gern etwas verkauft.

„Machen Sie sich keine Gedanken", sagte Arno.

Der Mann verstand offenbar genau, was in Zoeys Gehirn ablief. Oder sah man ihr alles deutlich im Gesicht an? *Ich kann in dir lesen, wie in einem Buch.*

„Das ist die größte Klatschtante der Insel. Die hat hier noch nie Geld gelassen. Sie kommt fast jede Woche, um mit Paulina Tee zu trinken und Neuigkeiten zu erfahren. Leider ist meine Frau zu gutmütig. Ich hätte die Dame längst hochkant hinausgeschmissen." Arno wankte zu seinem Rollator zurück und schleppte sich auf ihn gestützt an Zoey vorbei. „Ich überlasse Sie jetzt Ihrem Schicksal und fahre ins Krankenhaus. Die Schlüssel zum Laden liegen auf dem Küchentisch. Wenn Sie Mittagspause machen, schließen Sie bitte vorn ab. Ich gehe hinten raus. Sollten Sie von Langeweile übermannt werden, lesen Sie einfach. Auswahl gibt es genügend." Er feixte und Zoey merkte, dass er das Geplänkel genoss.

„Grüßen Sie Paulina und gute Besserung."

14

Max rannte ihr freudig wedelnd entgegen, als sie die Haustür öffnete. Zoey beugte sich zu ihm hinab, um ihn an seiner Lieblingsstelle zu streicheln, und spürte dabei einen schmerzhaften Stich in ihrem unteren Rücken. Zu viel gestanden heute. Es war definitiv Zeit, ihr Sportprogramm wieder aufzunehmen. Gab es ein Fitnessstudio auf der Insel? Bestimmt, sie hatte bisher nicht darauf geachtet. Es roch verführerisch nach gebratenem Fleisch und Zoey merkte auf einmal, wie hungrig sie war. Zur Mittagszeit war sie zur Strandpromenade gegangen. Auf dem Weg hatte sie sich an einem Fischstand ein Krabbenbrötchen gekauft. Arno hatte ihr nachmittags Tee gekocht und ein paar Kekse dazu gestellt. Vermutlich auf Geheiß von Paulina. Die erholte sich laut Arno und brannte darauf, entlassen zu werden. Er hatte auf die ihm eigene, fürsorglich raue Art kommentiert, dass seine Frau so lange im Krankenhaus bleiben würde, wie die Ärzte es für erforderlich hielten.

„Hervorragendes Timing. Das Essen ist fertig", tönte Marlenes Stimme aus der Küche. Zoey hängte ihre Jacke am Garderobenhaken auf und zog mit schwerfälligen Bewegungen ihre Stiefel aus. Lange her, dass sie einen ganzen Tag mit Absätzen unterwegs war.

„Ich komme sofort", antwortete sie. „Wasche mir nur die Hände". Sie warf Marlene, die am Herd stand und in einem großen Topf rührte, im Vorübergehen eine Kusshand zu und eilte ins Badezimmer, wo sie sich bei laufendem Wasser wusch.

„Na, wie war es?" Marlene, die eine bunt geblümte Schürze trug, stellte einen Topf mit Gulasch auf einen Untersetzer mitten auf den Tisch und fing an, Kartoffel-püree auf zwei Teller zu verteilen. „Aber setz dich doch erst einmal, du siehst müde aus."

Zoey ließ sich auf die Bank fallen und streckte die Beine aus. „Es ist ungewohnt, wieder einen ganzen Tag konzentriert zu arbeiten", antwortete sie und gab eine Kelle mit Gulasch über das Püree. „Marlene, du bist ein Engel. Ich habe so einen Hunger."

„Ich dachte mir, dass du nichts Richtiges gegessen hast."

„Ein Fischbrötchen und Kekse. Und jede Menge Tee."

„Ich lasse dich in Ruhe essen, aber dann musst du mir alles berichten."

Ein paar Minuten vergingen schweigend. Zoey genoss die warme Mahlzeit und überlegte, welche Einzelheiten vom heutigen Tage sie preisgeben durfte. Sie entschloss sich zur absoluten Offenheit. Marlene war mit Paulina und Arno befreundet. Beide brauchten dringend Hilfe und Freunde waren dazu da, sich in schwierigen Zeiten zu unterstützen. So viel hatte sie inzwischen gelernt.

„Ich habe heute fünf Weihnachtskarten, zehn Taschen-bücher und zwei Teedosen verkauft an genau vier Kun-den", sagte sie mit bewusst neutraler Stimme und schob den geleerten Teller zur Seite. „Gelangweilt habe ich mich nicht, weil viele Freunde und Bekannte von Paulina vorbeigekommen sind. Die waren ausnahmslos entsetzt, dass sie im Krankenhaus ist. So in erster Linie", sagte Zoey und sah Marlene ins Gesicht. „Als sie hörten, dass Paulina bald entlassen wird, haben fast alle zum Ausdruck gebracht, dass sie vor Weihnachten erneut vorbeikommen würden. Selbst gebackene Kekse und Weihnachtspunsch von Paulina gehören für sie offenbar zur Adventszeit."

Marlene zog die Brauen hoch und hielt dem Blick von Zoey stand. „Dagegen ist doch nichts einzuwenden, oder?"

„Fragst du mich jetzt als Freundin oder als Geschäftsfrau?"

„Wenn du so ernst bist, als Geschäftsfrau. Es läuft also nicht gut."

„Nein. Ich wundere mich, dass Paulina Bücher bestellen konnte."

„Oh je. Irgendwie habe ich so etwas vermutet."

Zoey griff ihr Wasserglas und hielt es mit beiden Händen umklammert. „Es ist noch schlimmer. Ich habe bei der Suche nach Geschenkband im Sekretär in einer Schublade jede Menge Briefumschläge mit Rechnungen und Mahnungen gefunden. Alles ungeordnet und nicht bearbeitet. Die Schreiben wurden geöffnet und wieder in den Umschlag gestopft. Auch Briefe vom Finanzamt. Ich habe mir nur die beiden jüngsten angesehen. Es steht Umsatzsteuer in Höhe von über tausend Euro aus, außerdem hat sie seit zwei Jahren keine Einkommensteuerererklärung mehr angefertigt. Die Einkünfte für 2016 wurden daher geschätzt und es müssen sofort mehrere tausend Euro an Einkommensteuer gezahlt werden. Zusammen über fünftausend."

„Ach du lieber Himmel." Marlenes Augen verdunkelten sich. „Ich, ich verstehe das nicht. Ich meine … Arno kennt sich doch mit diesen Dingen aus …" Sie stockte und sah Zoey hilflos an. Ihre Hände zitterten. Max, der erneut sein Empfinden für Stimmungen bewies, sprang auf und setzte sich vor sein Frauchen. Geistesabwesend strich ihm Marlene über den Kopf. „Das können sie im Leben nicht bezahlen. Oh Gott, das Finanzamt wird pfänden, vor Weihnachten …"

„Das wohl eher nicht. Aber vermutlich im neuen Jahr." Zoey erhob sich langsam. Sie war auf der einen Seite erleichtert, dass sie ihrer Freundin die schlechten Nachrichten überbracht hatte, auf der anderen Seite tat es ihr in der Seele weh, sie so zu sehen. „Ich glaube, du brauchst einen Schnaps. Sonst kippst du mir noch um. Steht die Brandyflasche im Wohnzimmer?"

Ohne auf eine Antwort zu warten, eilte sie ins Wohnzimmer und fand die Flasche neben dem Kamin im Regal. Sie atmete einmal tief durch. Der erste Schritt war geschafft. Irgendwie musste es eine Lösung geben.

Bewaffnet mit dem hochprozentigen Getränk ging sie langsam zurück in die Küche, Marlene saß immer noch in derselben Position, in der Zoey sie verlassen hatte. Auch Max hatte sich nicht von der Stelle gerührt. Zoey holte einen Cognacschwenker aus einem der Hängeschränke und goss Marlene das Glas voll.

„Hier trink das. Du siehst wie ein Geist aus."

Marlene nippte an dem Glas und musterte Zoey. „Du willst keinen?"

„Nein, wenn ich arbeite, trinke ich keinen Alkohol."

„Da spricht die Unternehmensberaterin." Marlene führte das Glas zum Mund. Etwas Farbe kehrte in ihr Gesicht zurück.

„Du denkst, dass Arno nichts von den Briefen weiß?"

„Ja. Er hat mir heute erzählt, dass er Blogartikel zu Finanzthemen verfasst und sich um den Haushalt kümmert. Ich hatte den Eindruck, dass er an allem, was den Laden betrifft, nicht wirklich interessiert ist."

„Das würde passen", sagte Marlene nachdenklich. „Ihm ist es sowieso ein Dorn im Auge, dass Paulina arbeitet. Mir ist klar, dass das schizophren klingt. Er fühlt sich schuldig, weil er nicht genügend für das Alter vorgesorgt hat und Paulina hinzuverdienen muss. Andererseits kann er nicht aus der Männerrolle des Beschützers und Ernährers hinaus. Sehr schwierig. Abgesehen davon, dass Paulina den Laden liebt und mit Leib und Seele Buchhändlerin ist."

„Mhm."

„Ich möchte den beiden helfen. Aber wie?" Marlene schob das Glas von sich weg und stellte die Teller zusammen.

Zoey legte ihre Hand auf Marlenes und stoppte sie. „Lass uns zusammen überlegen. Ich kenne die beiden erst kurze Zeit, will aber auch nicht, dass der Laden pleitegeht. Die Atmosphäre ist heimelig, ich habe mich dort sofort wohlgefühlt. Die Menschen mögen doch solche Lädchen."

„Arno muss es erfahren."

„Ja."

„Ich muss es ihm sagen."

„Ja."

„Oder soll ich zuerst mit Paulina sprechen?" Marlene rang die Hände und sprang auf. Fast wäre sie mit Max kollidiert, der gerade noch zur Seite springen konnte. Sie nahm Teller und Besteck und räumte sie geräuschvoll in die Spüle, bevor sie Wasser darüber laufen ließ. Mit einer

Bürste bearbeitete sie das Geschirr. Zoey musste sich das Grinsen verkneifen. Das war typisch Marlene. In Krisenmomenten konnte sie nicht anders, als die Hände zu benutzen, die Spülmaschine wäre nicht das Richtige gewesen.

„Komm morgen Vormittag mit und rede zuerst mit Arno. Der wird sauer sein, weil ich in die Briefe gesehen habe. Vielleicht ist er auch so wütend, dass er mich sofort hinauswirft. Ich würde es ihm nicht verübeln. Aber ich konnte in dem Moment nicht aus meiner Haut, will sagen, ich vermochte das nicht zu ignorieren. Ich hoffe, du verstehst das."

Marlene erstarrte einen kurzen Augenblick in ihrer Bewegung, bevor sie sich langsam umdrehte, die Spülbürste in der Hand. „Ich mache dir doch keinen Vorwurf. Im Gegenteil. Ich bin heilfroh, dass du die Briefe gefunden hast, genau das werde ich auch Arno sagen. So wie ich meine Freundin Paulina kenne, war das von ihr beabsichtigt. Sonst hätte sie niemals zugestimmt, dass du dort hilfst. Ich mache mir nur Sorgen, wie die beiden das hinbekommen sollen."

„Danke. Ich kam mir zwischenzeitlich wie eine miese Schnüfflerin vor. Wir müssen uns zusammen überlegen, wie wir vorgehen. Vorher brauchen wir die kompletten Informationen zur Lage. Das ist wirklich harter Tobak. Viele Menschen stecken in so einer Situation den Kopf in den Sand und bewegen sich nicht. Hoffentlich unterstützt uns Arno dabei. Sonst haben wir schon verloren, bevor wir überhaupt begonnen haben."

15

Das Frühstück verlief schweigend. Außer den mahlenden Geräuschen von Max, der sich schwanzwedelnd über seinen Futternapf hermachte, war kaum etwas zu hören. Zoey war früh aufgestanden und hatte mit Max eine Morgenrunde um den Dorfteich absolviert, um ihre Gedanken zu ordnen. Auf dem Rückweg hatte sie beim Bäcker frische Croissants besorgt. Der Tag würde nicht einfach werden, da konnten ein paar Leckereien nicht schaden. Marlene hatte die buttrigen Teilchen kommentarlos aus der Tüte gefischt und in ihren Milchkaffee getunkt. Ihre Locken trug sie zusammengeknotet hinter dem Kopf, unter ihren Augen hatten sich dunkle Ringe gebildet. Viel geschlafen hatte sie offenbar nicht.

Auch Zoeys Nacht war nicht die beste gewesen. Das erste Mal seit Langem, dass sie sich nicht um sich oder den Tod von Leander gegrämt hatte. Das Bild von Arno war aufgetaucht, der sie durch seine dunkle Brille fragend angesehen hatte. Arno, der sich um Paulina sorgte, die im Krankenhaus lag, und der Zoey Tee kochte und versuchte, mit der Verantwortung und dem Rollator zurechtzukommen. Worauf hatte sie sich da eingelassen?

Marlene und Zoey hatten überlegt, zuerst mit Arno zu sprechen, bevor der Laden öffnete. Marlene wollte ihm allein die schlechte Nachricht überbringen, aber das hatte Zoey ihr ausgeredet. *Kommt gar nicht in Frage. Ich habe die Rechnungen gefunden, ich will dabei sein.*

Es hatte in der Nacht geschneit. Der Wagen rutschte leicht weg, als Zoey ihn vor dem Laden einparkte. Zoey rieb sich mit den Fingern ihre Augen. Eine nervöse Angewohnheit von ihr. Marlene strich ihr behutsam über die Wange. „Ach, du Liebe, in was habe ich dich da bloß hineingezogen? Da kommst du auf die Insel zur Erholung, und um wieder nach vorn zu sehen und …"

„Hör auf", sagte Zoey. „Ohne dich wäre ich nicht hier, das stimmt. Ohne dich säße ich wahrscheinlich in irgendeinem miesen Zimmer in Hamburg und würde mir die Augen ausheulen oder, noch schlimmer, mir vor Einsamkeit eine Flasche Rotwein nach der anderen reinziehen."

„Du hast recht. Zu zweit trinken ist auf jeden Fall besser." Marlene stupste sie in die Seite. „Wo ist bloß mein Optimismus geblieben? Komm, wir rocken das jetzt." Sie schnallte sich ab und stieg aus. Zoey folgte ihr langsam.

Zoey legte ihre Jacke ab und schaltete das Hauptlicht ein. Marlene, die hinter ihr in den Verkaufsraum getreten war, wandte sich in Richtung der privaten Räumlichkeiten.

„Arno, bist du da? Ich bin es, Marlene. Komm bitte herunter, ich muss mit dir reden."

Zoey und Marlene sahen sich an, während sie lauschten. Von Arno war nichts zu hören.

„Komm, ich koche uns einen Tee", sagte Zoey, die von Minute zu Minute nervöser wurde. Es war eben doch ein Unterschied, ob man mit professioneller Distanz einen

Auftrag bearbeitete oder ob man gefühlsmäßig eingebunden war. Und genau das war sie hier: Sie kannte Arno zwar erst wenige Tage. Trotzdem war er ihr mit seiner schroffen Art ans Herz gewachsen. Das hier würde für ihn nicht leicht werden.

„Ich habe keinen Appetit auf Tee", sagte Marlene und verzog ihr Gesicht. „Außerdem bin ich mir nicht sicher, ob wir einfach so in die Wohnung eindringen sollten."

„Arno hat mir gestern erlaubt, die Küche zu benutzen. Vielleicht ist er dort und hat uns nur nicht gehört. Ich gehe nachsehen."

Zoey warf Marlene einen, wie sie hoffte, aufmunternden Blick zu. Im Haus war es still. Wahrscheinlich war Arno heute früh ins Krankenhaus aufgebrochen. Oder ihm war etwas passiert und er lag oben in seinem Schlafzimmer und brauchte Hilfe.

Zoey, du bist eine alte Unke und nimmst immer zuerst das Schlimmste an. Er ist vermutlich unter der Dusche. Aber es ist doch gleich zehn Uhr?

Sie öffnete vorsichtig die Küchentür, drinnen war es dunkel. Als sie den Lichtschalter betätigte, sah sie, dass Arno bereits gefrühstückt hatte. Auf dem Abtropfbrett neben der Spüle stapelten sich Becher, Teller und Besteck.

Zurück im Laden wartete Marlene immer noch an der Stelle, wo Zoey sie verlassen hatte. „Und, hast du ihn gesehen?", fragte sie mit aufgerissenen Augen.

„Nö", antwortete Zoey. „Er ist wahrscheinlich ins Krankenhaus gefahren."

„So ein Mist. Gerade hatte ich all meinen Mut zusammengekratzt und jetzt …"

Es läutete und sie standen für einen kurzen Moment stocksteif da, als Arno durch die Ladentür trat, in der

Hand eine Tüte vom Bäcker. Den Rollator hatte er draußen abgestellt.

„Guten Morgen, das ist ja eine Überraschung. Marlene, was verschafft mir die Ehre?" Er nickte Zoey kurz zu und küsste Marlene auf beide Wangen.

„Gibt es ein Problem? Oder wolltest du dich vergewissern, dass ich deine Freundin anständig behandle?" Er blickte fragend zwischen ihnen hin und her.

Marlene räusperte sich. Zoey konnte sehen, dass sie blass aussah. Sie trat einen Schritt näher an sie heran.

„Arno, wir müssen dringend miteinander reden", sagte Marlene mit heiserer Stimme.

„Wieso? Ist etwas passiert? Geht es Paulina schlechter?" Er schwankte leicht und Zoey stürzte auf ihn zu, um ihn zu stützen. Unwirsch schob er ihre Hand zurück.

„Nein, nein", beeilte sich Marlene zu sagen. „Es hat nichts mit Paulina zu tun, oder zumindest nicht direkt. Können wir uns in der Küche hinsetzen?"

Arnos Schultern sackten zusammen, sein gesamter Körper schien auf einmal an Spannung verloren zu haben. „Sicher, ich koche uns einen Tee. Zoey, würden Sie den Laden abschließen, Sie wollen doch vermutlich dabei sein."

Zoey tat, wie ihr geheißen, und folgte den beiden. Arno dachte bestimmt, dass sie den Job in der Buchhandlung wieder quittieren wollte. Der Ärmste. Gleich würde eine Welt für ihn zusammenbrechen.

In der Küche deutete Arno stumm auf die Bank und schlurfte zum Herd, auf dem ein verbeulter Wasserkessel stand.

„Lassen Sie mich das doch bitte tun", sagte Zoey. Er wies sie mit einer abweisenden Handbewegung zurück.

„Los, redet schon, ich höre zu."

„Ich …", begann Zoey, aber Marlene unterbrach sie.

„Setzt dich, Zoey, das ist meine Aufgabe", sagte sie in unerwartet festem Kommandoton. Arno schien erstaunt zu sein, er drehte sich kurz um und warf ihr einen verwunderten Blick zu.

„Auch du solltest lieber Platz nehmen", fuhr sie fort. „Um das Teewasser können wir uns später kümmern. Abgesehen davon habe ich keine Lust auf Tee."

Zoey fühlte sich hin- und hergerissen. Auf der einen Seite bewunderte sie Marlene für ihre Zielstrebigkeit, auf der anderen Seite war ihr die unhöfliche Erwiderung der Freundin peinlich.

Arno ließ den Wasserkessel auf der Herdplatte stehen und schleppte sich zum Küchentisch. Er zog einen Stuhl unter dem Tisch hervor und stüze sich an der Platte ab, bevor er sich schwerfällig fallen ließ. „Ihr macht es aber verdammt spannend", grummelte er. „Lasst mal hören."

Marlene drehte ihren Stuhl so, dass sie ihm vis-à-vis gegenübersaß. „Zoey hat gestern beim Suchen nach Geschenkpapier im Laden jede Menge Rechnungen gefunden", begann sie ohne jede weitere Einleitung.

Zoey beobachtete, wie sich der Mund des alten Mannes zum Protest öffnete.

„Lass mich bitte erst ausreden", sagte Marlene und fuchtelte mit beiden Händen in der Luft. „Es fällt mir nicht leicht, dir das zu sagen."

„Sie hat in Paulinas Unterlagen geschnüffelt", stieß Arno hervor.

„Ich …", setze Zoey an, wurde aber augenblicklich gestoppt.

„Sie hat nicht ‚geschnüffelt'. Ich vertraue Zoey und

172

außerdem, was hätte sie davon? Ich war diejenige, die sie auf die Idee gebracht hat, euch zu helfen. Vergiss das bitte nicht. Also: Sie hat zahlreiche Briefe mit offensichtlich nicht bezahlten Rechnungen gefunden, darunter auch mehrere Schreiben vom Finanzamt. Wusstest du, dass Paulina seit Monaten keine Steuern mehr gezahlt hat? Das Finanzamt droht mit Pfändung!"

Oh mein Gott, dachte Zoey. Das war wirklich direkt. Arno sah aus, als würde ihn gleich der Schlag treffen, kalkweiß und seine Hände zitterten heftig. Zoey sprang auf, holte ein Glas aus dem Küchenschrank und füllte es mit kaltem Wasser. „Bitte, trinken Sie einen Schluck auf diesen Schreck. Nicht, dass Sie hier umfallen." Sie reichte ihm das Glas. Laut schluckend stürzte er das Nass herunter.

Marlene hatte sich nicht bewegt, sie fixierte immer noch Arno. Zoey bewunderst ihre Chuzpe. Ein paar quälende Momente sprach niemand.

„Deshalb hat Paulina mir verboten, mich um die finanziellen Dinge zu kümmern", erwiderte er schließlich mit stockender Stimme. „Sie hat mir immer wieder versichert, dass alles in bester Ordnung sei. Ich bin ein Idiot." Arno schüttelte langsam den Kopf. Er stützte beide Ellenbogen auf den Tisch und verbarg sein Gesicht hinter den Händen. Zoey wäre am liebsten zu ihm hingegangen, um ihn zu trösten.

„Wie hoch sind die Beträge, die wir an das Finanzamt zahlen müssen?"

„Ein paar tausend Euro", sagte Zoey. „Man kann versuchen, eine Stundung zu erreichen. Nur die Umsatzsteuer muss sofort bezahlt werden. Aber ich habe natürlich nicht alle Umschläge gesehen."

„Natürlich nicht", sagte Arno.

„Hören Sie …" Zoey verschränkte ihre Hände unterm Tisch. „Ich habe nicht geschnüffelt, das dürfen Sie mir ruhig glauben. Ich brauchte etwas aus der Schublade und mir fiel die Post praktisch entgegen. Paulina muss geahnt haben, dass ich die Briefe finde. Ich …"

„Schon gut." Arno wedelte mit der rechten Hand. „Da Sie offenbar besser Bescheid über die finanzielle Situation in diesem Hause wissen als ich, schlage ich vor, dass Sie die Unterlagen holen, damit ich sie sichten kann."

Zoey war froh, der angespannten Atmosphäre zu entfliehen. Hastig stand sie auf und eilte in den Laden, wo sie die Schublade aus dem Sekretär zog und auf den Boden legte. Sie hob das Teil unter ihren rechten Arm und brachte es in die Küche, wo Marlene und Arno sich wortlos gegenübersaßen.

„Hier sind die Rechnungen, die ich gesehen habe", sagte sie und stellte die Schublade auf den Tisch. Schon auf den ersten Blick war erkennbar, dass in ihr Dutzende von Geschäftsbriefen lagen.

„Ach du lieber Himmel", stöhnte Arno laut auf und sackte noch mehr in sich zusammen.

„Ich schlage vor, dass wir zusammen die Unterlagen durchgehen und Zoey den Laden öffnet." Marlene stand auf und legte Arno ihre Hand auf die Schulter.

„Ja klar, ich …", stammelte Zoey und verlies nach einem kurzen Blick auf Arno, der das Gesicht erneut in den Händen verborgen hatte, zum zweiten Male die Küche.

Im Laden angekommen, atmete sie mehrfach tief ein und aus und ließ die letzten Minuten Revue passieren. Puh.

Marlene hatte das großartig gehändelt. Nicht um den heißen Brei herumgeredet, sondern zielstrebig und ohne Federlesens alles auf den Punkt gebracht. Ihr Blick glitt über die Bücher auf dem Verkaufstisch. Wie viele davon musste sie an den Kunden bringen, damit zumindest die laufende Umsatzsteuer gezahlt werden konnte? Klar war, dass Paulina Insolvenz anmelden würde, wenn nicht ein Wunder geschah.

Und Wunder gab es in der Regel nicht.

Die Ladentür öffnete sich. Der erste Kunde war eine ältere Dame, die Präsente für ihre Enkel benötigte. Zoey führte sie zu dem Ohrensessel und ließ sie dort allein nach passenden Geschenken suchen. Mit Kinderbüchern kannte sie sich nicht aus.

Die nächsten Stunden vergingen relativ schnell. Die Dame kaufte zwei Bücher, die Zoey in Weihnachtspapier einpackte. Ihr folgten einige Frauen, jeweils auf der Suche nach Geschenken zum Weihnachtsfest. Zoey verkaufte das neue Buch von Charlotte Link und Nordseekrimis von Ulrike Busch. Die hatte sie in den letzten Wochen gelesen, wenn sie nachts keinen Schlaf fand. Das aktuelle Werk von Meg Wolitzer empfahl sie einer Kundin, die ein ,lesenswertes Frauenbuch' für ihre beste Freundin suchte. Jedenfalls war heute mehr los als gestern. Aus dem hinteren Teil des Hauses hörte sie nichts. Ob Marlene und Arno inzwischen den Schuldenstand zusammengerechnet hatten? Hoffentlich war genügend Geld da, um wenigstens die Umsatzsteuer zahlen zu können. Vielleicht hatte Paulina nur nicht die Zeit gefunden, um alle Rechnungen zu begleichen.

Jetzt rede dir bloß keinen Blödsinn ein, Zoey Lieberman, du deutest die Anzeichen zutreffend. Der Inhalt der Schublade wirkte so, als hätte jemand komplett den Überblick verloren. Damit kennst du dich doch aus.

Kurz vor der Mittagspause hielt Zoey es nicht mehr aus. Warum kam Marlene nicht, um ihr das Ergebnis mitzuteilen? Hatten die beiden sie komplett vergessen? Sie überlegte, ob sie von sich aus nachfragen sollte, entschied sich aber dagegen. Ihre Anwesenheit würde die alten Freunde nur hemmen, zumindest Arno. Nun gut. Sie würde sich eine Kleinigkeit beim Fischhändler in der Strandstraße besorgen. Als sie darüber nachdachte, wie sie möglichst geräuschlos ihre Jacke aus dem Flur holen konnte, erschien Marlene im Türrahmen, den Autoschlüssel in der Hand. Ihre Haare hatten sich teilweise aus dem Knoten gelöst, Locken hingen ihr wirr im Gesicht herum. Sie erweckte einen erschöpften Eindruck.

„Ach du Ärmste, du hast bestimmt gedacht, dass wir dich vergessen haben", sagte sie. Ein müdes Lächeln stahl sich in ihr Gesicht.

„Nein, nein." Zoeys Herz fing an zu klopfen, gleichzeitig freute sie sich über die Anteilnahme der Freundin.

„Wie weit seid ihr?"

„Wir haben alle Briefe geöffnet und gerechnet. Gott sei Dank sind teilweise nur geringe Beträge offen, der größte Posten ist das Finanzamt. Insgesamt knapp achttausend Euro. Das klingt erst einmal nicht nach einer großen Summe, wenn man aber gar keine Rücklagen hat …", ihre Stimme verlor sich und sie hustete leise.

„Hoffentlich fliegen nicht an anderen Orten noch unbezahlte Rechnungen herum."

„Das haben Arno und ich uns auch gefragt. Er hat im Wohnzimmer und in der Küche alles auf den Kopf gestellt, aber nichts gefunden. Paulina hat die Sachen im Laden gebunkert, vermutlich weil sie genau wusste, dass Arno da nicht drangeht." Sie seufzte.

„Und jetzt?"

„Ich bin ratlos. Arno ist am Boden zerstört."

„Er wird doch nicht mit Paulina streiten?"

„Nein, nein, das glaube ich nicht. Es ist, weil Paulina ihm nichts erzählt hat, weil sie ihn schützen wollte. Er kommt sich so nutzlos vor."

„Oh", sagte Zoey und runzelte die Stirn. „Das kann ich nachvollziehen. Es ist schwierig, wenn man dem eigenen Partner nicht vertraut."

Marlene warf Zoey einen scharfen Blick zu, schwieg aber.

„Ich denke, dass Paulina wollte, dass alles auf den Tisch kommt. Deshalb war sie mit mir als Aushilfe einverstanden. Sie muss gewusst haben, was passieren wird, als du mich vorgeschlagen hast."

„Ja, daran habe ich auch schon gedacht."

Zoey entschied sich dazu, das Thema zu wechseln. „Ich wollte mir gerade etwas zum Essen holen. Soll ich dir ein Fischbrötchen mitbringen?"

„Nein danke. Ich fahre nach Hause und schmiere mir dort ein Brot, mein Hunger ist eher gering. Außerdem muss Max raus."

„Stimmt." Den hatte Zoey total vergessen.

„Ich hole dich heute Abend hier ab, so kurz nach halb sieben."

„Okay. Äh, was ist mit Arno? Ich meine …" Zoey wusste nicht, wie sie es ausdrücken sollte.

„Arno braucht jetzt Zeit mit sich allein. Er wird nachher zu Paulina ins Krankenhaus fahren und mit ihr reden. Dann wird man sehen. Klar ist jedenfalls, dass sie das Geld nicht aufbringen können, außer sie verkaufen das Haus hier."

„Das kommt gar nicht in Frage", hörte sich Zoey sagen.

„Du hast recht, aber es wird keinen anderen Ausweg geben. Ich wäre in der Lage, ihnen das Geld zu leihen, sie würden es von mir jedoch nicht annehmen. Zumal klar ist, dass sie es nie zurückzahlen könnten. Wovon denn? Den Laden werden sie aufgeben müssen. Ach, ich weiß es auch nicht", sagte Marlene in einem genervten Tonfall, „ich muss nachdenken und brauche frische Luft. Wir sehen uns heute Abend." Sie gab Zoey im Vorübergehen einen leichten Klaps auf die Schulter und verschwand durch die Ladentür. Zoey beobachtete, wie sie in den Golf stieg und davonfuhr. Sie schlich mit leisen Schritten, bemüht so wenig Lärm wie möglich zu verursachen, in den Flur, um ihre Jacke zu holen. Der Appetit aufs Mittagessen war ihr vergangen, sie brauchte dringend Meerblick.

16

Arno blieb für den Rest des Tages unsichtbar und Zoey war dankbar dafür. Sie hätte nicht gewusst, wie sie ihm gegenübertreten sollte. Die Nachmittagsstunden waren mit Arbeit gefüllt. Das näher rückende Weihnachtsfest lockte die Menschen in den Laden, um Buchgeschenke zu erwerben. Ein paar Einheimische erkundigten sich nach Paulina, Zoey gab ihnen vage Auskünfte hinsichtlich Befinden und Rückkehr, sie verwies in allem auf Arno. Die Zahl der Touristen, die über die Feiertage und den Jahreswechsel auf die Insel gekommen waren, schien sich erhöht zu haben. Bei ihrem kurzen Ausflug auf die Kurpromenade kam es ihr vor, als seien mehr Menschen unterwegs. Einige der Gäste entdeckten die Buchhandlung und erwarben die obligatorischen Inselromane und Tee. Am Ende des Tages hatte Zoey einen Umsatz von über fünfhundert Euro erzielt. Besser als nichts.

Marlene holte sie pünktlich mit ihrem Auto ab, Max wartete im Kofferraum und begrüßte sie mit einem leisen Winseln.

„Wir waren am Strand, haben einen langen Spaziergang unternommen. Ich bin nicht zum Kochen gekommen, daher habe ich zwei Pizzen bestellt. Ist das okay für dich?"

„Natürlich." Zoey merkte Marlene an, dass sie immer noch tief in Gedanken versunken war. Sie hielten an einem italienischen Restaurant in Westerland und Zoey holte die beiden Pizzen ab. In Wenningstedt angekommen, schaltete Marlene den Ofen an.

„Ich erwärme die Teile kurz, kalte Pizza kann ich nicht leiden. In ein paar Minuten können wir essen."

Am Tisch erzählte Zoey von ihrem Tag in der Buchhandlung, beide vermieden es, über Paulina und Arno zu reden.

Marlene übernahm kommentarlos den Abwasch und scheuchte Zoey aus der Küche. „Für dich ist ein großer Umschlag aus Hamburg gekommen. Ich habe den auf deinen Nachttisch gelegt."

Zoey begriff, dass Marlene allein sein wollte, und machte sich auf den Weg in ihr Zimmer, um nachzusehen. Absender war ihre Unternehmensberatung, es handelte sich um die nachgesendete Post der letzten Tage. Unschlüssig betrachtete sie den Brief, vermutlich war nichts Erfreuliches drin. Egal, öffne das Teil. Heute war sowieso kein guter Tag, auf ein paar weitere schlechte Nachrichten kam es nicht mehr an.

Sie schlitzte den Umschlag mit den Fingernägeln auf, ein paar Briefe purzelten aufs Bett. Als Erstes fiel ihr ein Geschäftsbrief mit dem Anwaltslogo von Leanders Kanzlei auf. Das sah nach einem neuen Angriff von Helga aus. Sie schob das Teil lustlos zur Seite. Neben Werbesendungen und Rechnungen waren zwei handgeschriebene Briefe dabei. Der eine war von Mona, die andere Handschrift kannte sie nicht. Kein Absender. Sie legte alle drei vor sich und überlegte, mit welchem sie anfangen sollte. Monas Brief zum Schluss, da konnte sie nichts falsch machen. Los jetzt Zoey, öffne den Anwaltsbrief. Sie riss den Umschlag auf, drei Blätter flogen in den Schoß. Hastig sah sie die Seiten durch. Es handelte sich um die Weiterleitung eines Schreibens von Markus an den Anwalt von Helga. Nichts wirklich Schlimmes außer der Tatsache, dass es sie wieder an die noch nicht abgeschlossene Sache erinnerte. Markus schrieb, dass alle Vorwürfe zurückgewiesen werden und dass seine Mandantin, also Zoey, einer Klage gelassen entgegensehe. Gelassen. Na ja, typisches Anwaltslatein. Ein Gerichtsverfahren war so ungefähr das Letzte, worauf Zoey abzielte. Sie musste einfach hoffen, dass Helga ebenso wenig Lust wie sie auf eine juristische Auseinandersetzung wegen ein paar Flaschen Wein und Möbelstücken hatte. Es sollte ihr reichen, dass sie Leanders gesamtes Geldvermögen, die Wohnung an der Alster, den Audi und seinen Firmenanteil geerbt hatte. Aber wie so oft betraf es gar nicht das Geld, sondern die Aufarbeitung einer lang zurückliegenden Streitigkeit, an der Zoey gar keinen Anteil hatte. Sie seufzte und stopfte den Brief wieder in den Umschlag zurück. Markus würde die Sache für sie schon durchkämpfen. Eine andere Überlegung erlaubte sie sich nicht.

Jetzt zum nächsten Schriftstück. Sie öffnete den Brief vorsichtig, ein einzelnes Blatt, erneut ein gedruckter Anwaltsbriefkopf. Löwe und Partner, darunter viele Namen, die fast die gesamte rechte Spalte des Bogens einnahmen. Beeindruckend.

Liebe Zoey,
ich möchte dich gern wiedersehen. Unser Abend in

Hamburg war ein besonderes Erlebnis für mich. Marlene hat mich zu ihrer Weihnachtsparty auf die Insel eingeladen, ich habe bereits ein Zimmer in Wenningstedt reserviert. Ich komme nur, wenn du nichts dagegen hast, begebe mich also in deine Hände.
Über eine Nachricht würde ich mich freuen. Lass es dir gutgehen.
Dein Moritz

Moritz hatte mit ausladender Schrift in schwarzer Tinte geschrieben. Sie las den Text ein weiteres Mal. Was hatte das zu bedeuten? In deine Hände begeben, was dachte sich der Typ eigentlich? War das eine neue Form der Anmache? Und wenn sie ihm eine Abfuhr erteilte und er tatsächlich nicht kommen würde, was wäre mit Marlene? Schließlich waren die beiden befreundet. Im Grunde genommen war das ein mieser Erpressungsversuch. Zoey zerknüllte das Blatt Papier und warf den Ball zurück aufs Bett. Männer. Blieb noch das Schreiben von Mona. Der Brief duftete leicht nach Lavendel. Zoey war erstaunt, dass Mona parfümierte Umschläge benutzte.

Meine liebe Zoey,
tausend Dank, dass du deiner Sylter Freundin die Flyer gegeben hast, es haben sich bereits Bekannte von ihr bei mir gemeldet. Daher kenne ich auch deine jetzige Adresse, ich stalke also weiter. :-)
Mir hat unser sonntägliches Treffen so viel Freude bereitet. Wenn du magst, sollten wir das wiederholen, sobald du zurück in Hamburg bist, aber vielleicht passiert das in absehbarer Zeit gar nicht und du bleibst auf Sylt? Ich komme dich auf jeden Fall besuchen.

Ich wünsche dir, dass du langsam in ein neues Leben findest und offen bist für alles, was dir auf diesem Weg begegnet. Ich spreche aus Erfahrung, auch wenn ich die Jüngere von uns beiden bin.
Lass uns bitte einander nicht aus den Augen verlieren.
Deine Mona

P.S: Wundere dich nicht über den merkwürdigen Geruch. Das Briefpapier habe ich vor Urzeiten geschenkt bekommen – das einzige, das ich besitze. Ansonsten geht heutzutage ja alles nur per E-Mail. :-)

Zoey musste kichern, gleichzeitig stiegen ihr Tränen in die Augen. Mona war wirklich ein Schätzchen, sie wollte sie auf jeden Fall wieder treffen. Gedankenverloren nahm sie den Brief und ging langsam zurück in die Küche, um sich einen Kräutertee zu kochen. Mona und Marlene, zwei Frauen, denen sie ihr Herz geöffnet hatte. Nie hätte sie gedacht, dass sie nach dem Tode von Leander intensive Beziehungen zu Frauen eingehen würde. Und Moritz? Wieso regte sie sich über den Typen so auf? Sie wischte diesen Gedanken sofort zur Seite. Für Moritz würde sie sich eine passende Erwiderung ausdenken, und zwar per E-Mail.

Marlene war nicht in der Küche. Zoey bereitete eine Kanne Kräutertee zu, mit der sie sich auf die Suche nach ihr begab. Im Wohnzimmer war sie nicht, blieb nur das Atelier. Mit dem Tee und zwei Bechern bewaffnet, stieg sie über die schmale Treppe in den oberen Stock und öffnete vorsichtig die nur angelehnte Tür. Marlene stand mit dem Rücken zu ihr am Fenster. Zoey stellte die

Sachen auf dem Boden ab und machte zögerlich ein paar Schritte auf sie zu, weil sie sich nicht umgedreht hatte.

„Möchtest du reden? Ich habe uns einen Tee gekocht. Wenn du nicht sprechen willst, auch okay, aber trink wenigstens einen Becher."

Marlene wandte sich langsam um, ein feines Lächeln glitt über ihr müdes Gesicht. „Tee als Allheilmittel, du bist lieb, danke. Ich will heute Abend nicht von Arno und Paulina reden, lass uns über andere Dinge nachdenken."

„Äh, über was genau?"

„In elf Tage ist Heiligabend. Ich frage noch einmal, ob ich nicht jemanden für dich einladen soll."

Zoey schüttelte leicht den Kopf und überlegte, ob sie Marlene von den Briefen erzählen sollte.

„Nö, möchte ich nicht, obwohl …"

„Obwohl?"

„Mona hat sich für meine Empfehlung dir gegenüber bedankt. Offenbar hat sich jemand von deinen Bekannten bei ihr gemeldet, sie ist total happy darüber. Mona ist wirklich eine ganz Liebe. Du würdest sie sofort mögen."

Im Atelier war es um diese Uhrzeit nicht warm und Zoey fröstelte ein wenig. Sie goss sich von dem Tee ein und trank einen Schluck.

„Ich würde mich freuen, Mona zu treffen, aber …"

„Aber?"

„Es ist doch viel zu kurzfristig. Außerdem hat sie eine Tochter und einen Freund. Und sie wird Aufträge haben. Hoffentlich." Zoey merkte, dass das nicht überzeugend klang. „Also …"

„Ich rufe sie morgen früh an und frage sie. Mehr als

Nein sagen kann sie nicht." Marlene unterbrach sie. „Ich wusste gar nicht, dass du so eine Bedenkenträgerin bist." Sie verfiel in ein lautes Lachen.

„Ich auch nicht." Zoey fiel befreit in das Gelächter ein. Zum ersten Mal an diesem Tag fühlte sie sich gelöst und entspannt.

„Komm, lass uns ins Wohnzimmer wechseln und den Kamin anzünden. Hier ist es zu kühl."

Als sie vor dem lustig flackernden Feuer saßen, fiel Zoey der Brief von Moritz wieder ein. Da Marlene nicht erwähnt hatte, dass er zu der Weihnachtsparty eingeladen war, würde sie von sich aus nicht die Sprache auf ihn bringen.

„Hat es eigentlich nach dem Tode von deinem Mann jemand neuen gegeben?" Marlene schwieg und sah weiter ins Feuer. Hoffentlich war sie nicht beleidigt.

„Nein, den gab es nicht", antwortete sie mit trockener Stimme.

„Ich wollte nicht indiskret sein."

„Klar wolltest du und das ist auch völlig in Ordnung. Ich habe eine erfüllende Ehe mit Klaus geführt und mir ist bis heute nie der Gedanke gekommen, einen anderen Mann in mein Leben zu lassen, obwohl mir der fehlt." Sie kicherte und Zoey fiel ein Stein vom Herzen.

„Mona hat mir erzählt, dass ihre Freundinnen sie nach der Scheidung aufgefordert haben, ihr Sexleben aufzufrischen.

„Und? Hat es geklappt?"

„Nicht sofort, witzigerweise haben ihre beiden Freundinnen zuerst Männer kennen- und lieben gelernt. Bei ihr hat es etwas gedauert, inzwischen ist sie aber wieder liiert. Sie musste das mit dem Sex und dem ganzen Drumherum erst neu lernen."

„Ich denke nicht, dass frau das verlernt. Man kommt allerhöchstens etwas aus der Übung. Ich hatte zwar einige eindeutige Angebote, aber es war keiner dabei, für den sich die Anstrengung gelohnt hätte."

„Was meinst du mit Anstrengung?"

„Na, du weißt doch, wie Männer sind. Die wenigsten sind im Stande, ihr Leben zu verändern, und haben die Idee, dass du dich ihren Wünschen unterwirfst. Dazu bin ich nicht mehr bereit. Und bloße Sexabenteuer gibt es in meinem Alter nicht am laufenden Band."

„Du sprichst von One-Night-Stands."

„Ja, genau. Nach dem Tode von Klaus habe ich von drei Männern hier auf der Insel Avancen erhalten. Alles liebenswerte Kerle, letztlich suchten sie aber ein Weibchen, das ihnen den Haushalt führt und die Einsamkeit vertreibt."

„Ehrlich?" Darüber hatte Zoey noch nie nachgedacht.

„Äh, und wenn ein Mann nur Sex will und sonst nichts?"

„Wenn er attraktiv und nicht blöd ist, würde ich ihn inzwischen nicht mehr von der Bettkante schubsen. Bisher war aber keiner dabei, der in diese Kategorie gepasst hätte." Marlene rührte in ihrem Tee und es hörte sich für Zoey so an, als würde sie den Umstand bedauern. Sie überlegte, ob für sie so ein Sexabenteuer in Frage käme. Allein, dass sie über so etwas nachdachte, signalisierte, dass es nicht völlig abwegig war.

„Du sinnierst darüber, ob das für dich eine Option wäre." Marlene wandte den Blick vom Feuer ab und sah sie unvermittelt an. „Das zeigt, dass du auf dem Weg der Heilung bist."

„Glaubst du?" Zoey war etwas unwohl. Sie und ein Sexabenteuer mit einem unbekannten Mann. Sie schmunzelte.

„Verrate mir, was dich zum Lachen gebracht hat", sagte Marlene. „Ich brauche dringend Aufheiterung."

„Bei mir kam die Frage auf, ob ich mir Sex mit einem Unbekannten vorstellen könnte", dozierte Zoey mit bewusst trockenem Tonfall. „Es fiel mir ein, dass es in jedem Fall zunächst ein mir nicht bekannter Mann wäre, wie sollte es sonst funktionieren. Die Kerle, die ich kenne, kämen dafür nicht in Frage." Sie kicherte und Marlene stimmte in ihr Gelächter ein. Beide stießen mit ihren Teebechern an.

„Auf die unbekannten Männer."

17

Am nächsten Morgen trommelten Regentropfen auf die Fensterscheiben. Zoey zog die dicke Daunendecke über ihren Kopf, sie hatte keine Lust, aufzustehen. Ein kurzer Blick auf ihr Handy verriet, dass es erst acht war, sie konnte noch ein wenig liegenbleiben. Max hatte bei diesem Wetter bestimmt auch nicht das Verlangen nach einer ausgedehnten Hunderunde. Am Wochenende musste sie unbedingt einen längeren Strandspaziergang mit ihm unternehmen. Von Vorteil für sie und das Tier. Heute war Freitag, samstags hatte die Buchhandlung nur bis zum frühen Nachmittag geöffnet. Ob das angesichts des nahen Weihnachtsfestes taktisch klug war, stand auf einem anderen Blatt, darüber wollte Zoey nicht nachdenken. Es war belastend genug zu spekulieren, wie Arno sich nach dem Gespräch mit seiner Frau ihr gegenüber verhalten würde. Vielleicht hatte sie bereits keinen Job mehr und wusste es nur nicht. Sie gestand sich ein, dass ihr das nicht gefallen würde. Überhaupt nicht.

Unten war niemand, Marlene schien noch zu schlafen, was ungewöhnlich war. Zoey ließ Max in den Garten, er stand nach wenigen Minuten wieder in der Tür.

„Kein Wetter für dich", sagte Zoey und strich über sein nasses Fell. „Für mich auch nicht." In der Küche war es kalt und sie beeilte sich, Teewasser aufzusetzen. Als es kochte, schlurfte Marlene herein, dick eingemummelt in einen Bademantel, an den Füßen Socken und Filzpantoffeln.

„Moin. So ein Schietwetter draußen. Danke, dass du Max rausgelassen hast. Normalerweise gehe ich morgens immer eine kleine Runde mit ihm, aber heute …" Das Regengeräusch hatte sich verstärkt, es goss in Strömen.

„Kein Tag für einen Strandspaziergang. Ob es ein erfolgreicher Tag in der Buchhandlung wird, wird sich zeigen." Marlene zog den Bademantel über der Brust zusammen und setzte sich an den Tisch, auf den Zoey Tee, Brot und Marmelade gestellt hatte. „Machst du mir bitte einen Kaffee?"

„Na klar." Zoey schaltete die Maschine an, die mit einem mahlenden Geräusch zum Leben erwachte. „Keine ruhige Nacht verbracht?"

„Nö. Ich lag stundenlang wach und habe Pläne gewälzt. Leider ohne Erfolg. Mir fällt einfach nichts ein, womit ich Arno und Paulina helfen kann. Ich kann schließlich nicht mal eben so ihre Steuerschuld bezahlen."

„Theoretisch schon, aber …"

„Vergiss es, dazu sind sie viel zu stolz."

„Außerdem würde es das Problem nur kurzfristig lösen." Zoeys Nacht war besser verlaufen. Sie hatte überlegt, was es für Möglichkeiten gäbe, war darüber aber eingeschlafen und erst am frühen Morgen erwacht. Sie war erleichtert, dass Marlene über die Schwierigkeiten des Ehepaars redete. Das Aussprechen von Dingen führte häufig zu Lösungen, jedenfalls nach ihrer beruflichen Erfahrung. Bei anderen kannst du überblicken, was hilft. Bei dir klappt das nicht in diesem Maße.

„Um herauszufinden, ob sich das Geschäft lohnt, müsste man die Zahlen kennen", murmelte sie.

„Ich glaube, dass es sich nicht rentiert, so wie der Laden derzeit geführt wird. Dafür brauche ich keine Zahlen", sagte Marlene und seufzte.

„Vermutlich hast du recht. Ich verstehe nichts vom Buchhandel, es wäre erforderlich, mich einzuarbeiten. Nach alldem, was mir aus den Medien bekannt ist, haben die Inhaber geführten Buchhandlungen zu kämpfen. Amazon lässt grüßen." Zoey bestrich eine Scheibe Schwarzbrot mit Butter und einem Klecks Erdbeermarmelade und biss hinein. Aber das hier war eine Touristeninsel und Touristen kauften im Urlaub oft Sachen ein, die sie zu Hause nie erworben hätten. Galt das auch für Bücher?

„Man kann bei Paulina Tee, Bonbons und Andenken erstehen. Mitbringsel aus Sylt. Außerdem bestellen Touristen in ihrem Urlaub nicht im Onlinehandel."

„Stimmt. Den Gedanken hatte ich auch."

„Die Lage ist zwar nicht so toll, aber es gibt schlechtere. Und sie müssen keine Miete zahlen."

„Hhm. Ich habe ein bisschen Muffensausen, was Arno gleich sagen wird. Hoffentlich schmeißen sie nicht alles hin und schließen sofort", sprach Zoey ihre Befürchtungen aus.

Marlene sah sie forschend an. „Dir gefällt der Laden."

„Ja. Und ich habe das Bedürfnis, den beiden zu helfen."

„Kommt Zeit, kommt Rat, hat meine Mutter immer gesagt."

„Nur, dass wir keine Zeit haben. Bis Anfang nächsten Jahres benötigen Paulina und Arno einen Plan. Und das Geld", fügte Zoey trübsinnig hinzu.

Marlene klatschte in die Hände. „Uns wird etwas

einfallen, es muss einfach. Du solltest den Laden auf jeden Fall bis Weihnachten offenhalten."

„Sowieso. Da muss Geld fließen." Zoey sah auf ihre Armbanduhr und erhob sich. „Ich gehe ins Bad und mache mich auf den Weg. Wenn es Neuigkeiten gibt, melde ich mich. Ansonsten bis heute Abend."

Auf dem Weg nach Westerland, sie konnte wegen des heftigen Regens nur langsam fahren, fiel ihr der Brief von Moritz wieder ein. Sie nahm sich vor, ihm eine kurze Mail an sein Büro zu senden. Er hatte ihr auf Büropapier geschrieben, seine Privatadresse kannte sie nicht. Wenn die Sekretärin mitlas, war das sein Problem.

Zoey parkte den Golf auf ihrem bevorzugten Parkplatz vor der Buchhandlung. Der Laden war nicht beleuchtet. Vom Auto aus sah sie, dass in der Eingangstür ein Blatt Papier hing. Das verhieß nichts Gutes. Egal. Sie hatte die Schlüssel zum Geschäft und konnte sich hineinlassen und öffnen. Wenn Arno das anders sah, hätte er sich melden müssen.

Mit eingezogenem Kopf, die Haare unter ihrem Schal verborgen, lief sie zum Eingang und schloss auf. Zunächst schaltete sie das Licht an, bevor sie die nasse Jacke an die Garderobe im Flur hängte. In der unteren Etage war es dunkel. „Arno, ich bin da. Guten Morgen", rief sie in Richtung Küche, erhielt aber keine Antwort. Ihr fiel der Zettel erneut ins Auge, sie riss das mit Tesafilm befestigte Blatt mit einem kräftigen Ruck herunter. *Der Laden bleibt bis auf Weiteres geschlossen*, stand dort in der etwas krakeligen, Zoey inzwischen bekannten Schrift von Arno zu lesen. So ein Mist.

„Arno", rief sie laut, „ich bin es, Zoey. Sind Sie da?" Keine Reaktion.

War er beleidigt oder tatsächlich nicht da? Sie wanderte durch den Verkaufsraum und richtete die Bücherstapel ordentlich aus. Im Schaufenster hatte sich Staub angesammelt. Zoey beschloss, den Wedel aus der Kammer zu holen und ihm damit zu Leibe zu rücken. Bei der Gelegenheit konnte sie die Auslage neu gestalten. Der Regen klatschte an die Scheibe: Nur wetterfeste Kunden würden heute den Weg in den Laden finden.

Als sie fertig war, lagen die Kinderbücher nicht mehr in dem Ohrensessel, sondern zum Teil im Schaufenster, daneben sogenannte Weihnachtsbücher: alles Geschichten, die um Weihnachten herum spielten. Die Bände waren in den Kartons gewesen, die Paulina bestellt und nicht mehr hatte auspacken können. Von Arno immer noch keine Spur. Vielleicht war er im Krankenhaus bei seiner Frau.

Das Glockenspiel kündigte die ersten Kunden des Tages an. Mann und Frau, auf dem Kopf voluminöse dunkle identische Regenhüte.

„Guten Tag", sagte die Dame und nahm ihre Kopfbedeckung ab. „Schönes Schietwetter heute, aber man kann nicht den ganzen Tag in der Wohnung hocken, nicht wahr? Also habe ich zu meinem Mann gesagt, Erich, habe ich gesagt, lass uns ein paar Bücher für die Enkel zu Weihnachten kaufen. Die wollen zwar am liebsten am Computer spielen, aber immer auf den Bildschirm starren, das ist …"

„Isolde", ihr Begleiter unterbrach sie. „Du lässt die

arme Frau gar nicht zu Wort kommen." Er lächelte Zoey entschuldigend an.

„Wie alt sind Ihre Enkel denn?"

„Von sechs bis siebzehn ist jede Altersstufe vertreten", sagte die Frau, die es ihrem Mann nicht übel zu nehmen schien, so rüde gestoppt worden zu sein. Sie strahlte Zoey an. „Wir haben acht Enkel, müssen Sie wissen. Vier Mädchen und vier Jungen."

„Oh."

„Jedes Enkelkind erhält zu Weihnachten ein Buch von uns. Aus Prinzip."

Zoey führte die beiden zu den Kinderbüchern und schwor sich, sich umgehend intensiv mit dieser Abteilung zu beschäftigen. „Leider kenne ich mich mit Kinderbüchern so gar nicht aus", sagte sie. „Ich vertrete die Dame, der der Laden hier gehört …"

„Kein Problem, nicht wahr, Erich?" Beifall heischend kuckte die Frau in Richtung ihres Mannes. „Ich weiß genau, was ich haben will."

„Äh, das ist wunderbar."

Nach einer halben Stunde verlies das Ehepaar Paulinas Bücherstube mit zehn Büchern. Zwei davon waren Krimis für Erich, der Rest separat in Weihnachtspapier verpackte Hardcover, der Name des jeweiligen Enkels sorgfältig auf jedem Paket verzeichnet. Zoey war schweißgebadet, als sie wieder allein war, und schwor sich, Verkäufern in der Vorweihnachtszeit mit erhöhter Hochachtung zu begegnen. Aber immerhin: Mehr als zweihundert Euro in der Kasse und es war erst elf Uhr. Zoey hatte keine Ahnung, wie viel Umsatz erzielt werden musste, damit sich das Ganze rentierte. Sie würde sich in die Branche einarbeiten müssen. Wozu das denn?, ertönte ihre innere Stimme. Der Laden wird sowieso schließen. Sie schob den Gedanken beiseite und ging in die Küche, um Tee zu kochen. Von Arno war weit und breit nichts zu sehen.

Bis zur Mittagszeit tauchte nur ein Kunde auf, ein Mann, der für seine Frau einen Frauenkrimi suchte. Zoey verkaufte ihm den neuen Nele Neuhaus und hoffte, dass sie die richtige Wahl getroffen hatte. Langsam verstand sie, dass es einen riesigen Unterschied machte, Bücher zu lesen oder sie an den Mann zu bringen. Am besten war es, wenn man die Vorlieben der Kunden kannte. Das galt für alle Geschäftszweige. Draußen schüttete es, heute war einer der Tage, an dem es nicht richtig hell wurde. Da Arno sich nicht sehen ließ, blieb ihr nichts anderes übrig, als zu Paulina ins Krankenhaus zu fahren. Zoey würde ihr versichern, dass sie nicht im Traum die Absicht gehabt hatte, in ihren Sachen zu wühlen, und sie würde ihr ihre Hilfe anbieten. Vielleicht fiel ihnen eine Lösung ein. Das war ein Plan. Zoey merkte, wie eine Welle von Zuversicht sie flutete. Ihr Magen knurrte, er war inzwischen wieder an regelmäßige Mahlzeiten gewöhnt. Eventuell konnte sie einen Happen in der Krankenhauscafeteria essen.

Da sie vergessen hatte, auf welcher Station Paulina lag, musste sie sich zunächst am Empfang erkundigen. Eine ältere Frau in Schwesterntracht wies ihr den Weg. Vor der Tür zum Zimmer angekommen, zögerte Zoey einen Moment. Ob das wirklich ein guter Einfall war? Hatte sie sich doch zu sehr in Interna eingemischt und würde gleich die Quittung dafür erhalten? Los, Zoey, feuerte sie sich an. Wenn du nicht mit Paulina sprichst, wirst du nie erfahren, wie sie über die Sache denkt.

Sie öffnete vorsichtig die Tür. Wie beim letzten Mal befanden sich zwei Betten im Raum, eines davon nach wie vor unbenutzt. Im hinteren lag eine Gestalt unter einer Decke, von Weitem wirkte es so, als würde sie schlafen. Ein benutztes Tablett mit den Resten des Mittagessens stand auf dem Nachtisch. Okay, blöder Zeitpunkt, dachte Zoey und trat den Rückzug an.

„Bist du das, Arno?", ertönte aus dem Bett die Stimme von Paulina.

„Nein, ich bin es, Zoey. Zoey Lieberman." Sie wechselte unschlüssig von einem Fuß auf den anderen.

Paulina richtete sich schwerfällig im Bett auf, mit einer schnellen Handbewegung stellte sie die Rückenlehne hoch. „Zoey, Kindchen, ich bin so froh, Sie zu sehen. Kommen Sie doch bitte näher."

Zoey tat, wie ihr geheißen, und griff nach einem der Stühle, die zwischen den beiden Betten standen. Dieses Mal würde sie sich nicht auf die Bettkante setzen.

Paulina trug ihren pinkfarbenen Jogginganzug, sah aber im Gegensatz zu der Begegnung vor ein paar Tagen erschöpft aus. Unter ihren Augen schimmerten dicke Augenringe, auch sie hatte vergangene Nacht offenbar nur wenig Schlaf bekommen.

„Ich bin hier, um mich zu entschuldigen", sagte Zoey und rückte den Stuhl an die Seite des Betts. „Ich hätte die an Sie gerichteten Briefe nicht lesen dürfen. Das war unverzeihlich. Außerdem habe ich es Marlene erzählt. Das …"

„Hören Sie sofort auf." Paulina schob die Bettdecke ein Stück hoch und setzte sich aufrechter hin. Ihr Gesicht war bleich und sie wirkte angespannt. „Sie trifft keine Schuld. Das habe ich mir ganz allein eingebrockt." Tränen kullerten aus ihren Augen.

Ach, du lieber Himmel. Das hatte ihr gerade noch gefehlt. Wie sollte sie Paulina bloß trösten? Neben dem Tablett lag eine Packung mit Taschentüchern. Sie griff nach der Schachtel und hielt sie Paulina hin. „Bitte nicht weinen. Es gibt bestimmt eine Lösung, wir finden eine."

Paulina zog eines der Tempos heraus und putzte sich umständlich die Nase. „Haben Sie meinen Mann heute schon gesehen?"

„Nein, leider, ich …"

„Das habe ich befürchtet. Er hat mir gestern keine Vorwürfe gemacht, aber …" Sie schnäuzte sich erneut.

„Er will den Laden schließen, jedenfalls hat er ein Schild an die Tür gehangen."

„Ja, ich weiß. Das hat er mir gestern gesagt. Wir sollen eine Hypothek auf das Haus aufnehmen und die Schulden bezahlen. Wenn das nicht funktioniert, bleibt nichts anders übrig, als zu verkaufen. Von dem Erlös werden wir einigermaßen leben können, aber nicht auf Sylt. Wir werden gezwungen sein, aufs Festland zu ziehen." Sie schluchzte auf. Weitere Tränen quollen aus ihren Augen und sie wischte sich mit der Hand über das gerötete Gesicht.

„Entschuldigung, dass ich Ihnen hier etwas vorheule. Dabei haben Sie doch gar nichts mit der Sache zu schaffen. Im Gegenteil: Sie wollten mich unterstützen und jetzt belaste ich Sie zusätzlich mit unseren Sorgen." Wie zur Bekräftigung schüttelte sie den Kopf.

„Machen Sie sich um meine Person bitte keine Gedanken. Ich bin bereit, Ihnen zu helfen. Ein Verkauf des

Hauses kommt überhaupt nicht in Frage", sagte sie mit fester Stimme. Paulina sah sie erstaunt an, in der Hand das zerknüllte Papiertuch. Zoey wusste nicht, woher die Sicherheit kam, mit der sie gesprochen hatte. Was hatte sie mit dem Haus von Arno und Paulina zu schaffen? Warum wehrte sie sich gegen einen Verkauf?

„Sie sind süß, Kindchen", sagte Paulina und streichelte ihre Hand. „Aber Sie sollten sich nicht Ihren Kopf über die Angelegenheit zerbrechen. Ich bin sicher, dass Sie genügend Probleme haben. Es wäre nicht fair von mir, Sie zusätzlich mit unseren zu belästigen." Dabei blinzelte sie, in ihrem Gesicht tauchten rote Flecken auf.

„Das lenkt mich von meinen eigenen Baustellen ab", hörte sich Zoey zu ihrer Verwunderung sagen. Woher wusste Paulina, dass ihr Leben derzeit nicht rund lief? Ob Marlene ihr etwas erzählt hatte?

„Marlene hat nicht geplaudert, Kindchen. Aber welche Frau in ihrem Alter, die als Unternehmensberaterin selbstständig in Hamburg arbeitet, verbringt ihre Urlaubstage damit, in einer abgewrackten Buchhandlung zu arbeiten, wenn sie nicht vor etwas davonläuft. Habe ich recht?"

Zoey nickte langsam und starrte Paulina an. „Ja. Ich muss mir überlegen, was ich mit meinem restlichen Leben anfangen will. In mein früheres kann ich nicht mehr zurück."

„Verstehe", sagte Paulina und drückte Zoeys Hand. Zoey war erleichtert, dass sie nicht genauer nachfragte.

Beide schwiegen. Der Wind peitschte den Regen gegen die Scheibe.

„Wie lange müssen Sie im Krankenhaus bleiben?"

„Ich werde am Montag entlassen, soll mich aber die

nächsten Wochen nach Möglichkeit nicht bewegen. Ich darf nur auf Krücken laufen. Arno wird mir welche besorgen."

„Wäre es denn okay, wenn ich weiter in der Buchhandlung arbeite? Ich meine, ich verstehe nicht so viel wie Sie von Büchern, genau genommen gar nichts. Trotzdem habe ich aber das eine oder andere verkauft." Zoey merkte, wie stolz das klang. Albern.

Auf Paulinas Gesicht schlich sich ein feines Lächeln. „Natürlich. Bitte bleiben Sie. Ab Dienstag sitze ich in meinem Ohrensessel und helfe Ihnen. Wir werden Spaß zusammen haben."

„Ihre Freundinnen werden kommen und Sie besuchen. Es haben viele nach Ihnen gefragt." Den Kommentar von Arno dazu würde sie besser für sich behalten. Apropos Arno. „Was wird Ihr Mann sagen? Ich meine …" Zoey schwieg, da sie nicht genau wusste, wie sie sich ausdrücken sollte.

„Sie denken, weil er den Laden abgeschrieben und ein Schild aufgehangen hat?"

„Na ja."

„Er wird einsehen, dass wir versuchen müssen, in der verbleibenden Zeit so viele Bücher wie möglich zu verkaufen. Wir brauchen schließlich das Geld." Paulina stockte und Zoey befürchtete, dass sie erneut weinen würde.

„Genau das habe ich mir auch gedacht", sagte sie mit eifriger Stimme. „Außerdem muss uns eine Lösung einfallen, damit Sie weiterarbeiten können. Es würde wirklich etwas auf der Insel fehlen, wenn es Ihre Buchhandlung nicht mehr gäbe" Das klang in Zoeys Ohren etwas zu pathetisch, erzielte aber die gewünschte Wirkung.

Paulinas Augen funkelten und ihr Lächeln kehrte zurück.

„Arno kann manchmal ganz schön stur sein, aber mit Ihrer Unterstützung schaffen wir das."

„Wo ist er denn? Bei dem Wetter?"

„Arno ist bestimmt in die Sylter Welle gefahren. Erst schwimmt er ein paar Runden, danach geht er in die Sauna. Sein Mittagessen nimmt er bei seinem Freund Fiete ein. Der betreibt eine Gastwirtschaft nicht weit weg vom Meer. Die beiden kennen sich seit Ewigkeiten. Arnos normale Freitagsroutine. Äußerst unaufmerksam von ihm, dass er Sie heute Vormittag nicht begrüßt hat. Eigentlich hätte er Sie anrufen müssen. Einfach so ein Schild raushängen, das geht gar nicht." Paulina grummelte ein wenig.

„Ihr Mann hatte sicher anderes im Kopf, als mich zu benachrichtigen. Und das kann ich auch wirklich gut nachvollziehen", setzte Zoey nach, da Paulina Anstalten gemacht hatte, sie zu unterbrechen. Sie sah auf ihre Uhr. Halb zwei, höchste Zeit, aufzubrechen.

Paulina hatte die Bewegung bemerkt. „Haben Sie überhaupt etwas zum Mittag zu sich genommen?"

Zoey schüttelte den Kopf. „Ich hole mir auf dem Rückweg ein Krabbenbrötchen, das reicht. Abends werde ich mit einem leckeren Essen von Marlene verwöhnt. Sie kocht göttlich, aber das wissen Sie natürlich."

„Wenn ich hier endlich raus bin", Paulina klopfte auf ihren Gips, „kümmere ich mich um das Mittagsbrot. Das heißt, ich werde Arno dazu verdonnern. Und", sie beugte sich vor, „ich bin definitiv die Ältere. Wollen wir uns duzen? Ich bin Paulina."

18

Feierabend. Zoey löschte das Licht im Laden und verriegelte sorgfältig die Tür, bevor sie zu ihrem Auto trottete. Es war kurz vor fünf, die Sonne hatte sich den ganzen Tag nicht blicken lassen. Immerhin hatte es nicht wie gestern geregnet. Im Radio lief ‚We are the Champions' und sie sang laut mit. Nirgendwo konnte man so fabelhaft voluminös und falsch trällern wie beim Autofahren. Natürlich nur, wenn man allein unterwegs war. Sie trommelte den Rhythmus am Lenkrad, während sie gleichzeitig die Lautstärke erhöhte. Morgen war Sonntag und sie würde mit Max den ersehnten Strandspaziergang unternehmen. Vielleicht ließ sich Marlene überreden, mitzukommen.

Arno hatte sie nicht gesehen. Sie wusste nicht, wo er die Zeit verbrachte. Wenigstens hatte heute der Zettel nicht mehr an der Tür gehangen. Trotzdem war Zoey beleidigt, dass er sie so offensichtlich ignorierte. Er konnte ihr wohl nicht verzeihen, dass sie die Rechnungen gefunden hatte. Marlene hatte ihren alten Freund in Schutz genommen. *Er wird sich wieder beruhigen, glaube mir. Wenn ich nur wüsste, wie ich den beiden helfen soll.* Danach war über das Thema nicht weiter gesprochen worden.

Am nächsten Vormittag huschten ein paar Sonnenstrahlen

durch die grauen Wolken. Perfektes Wanderwetter. Zoey und Max waren zum Ellenbogen gefahren. Dort, an ihrem Lieblingsstrand, hatte sie den Hund von der Leine gelassen. Nach einem kurzen fragenden Blick peste Max sofort in Richtung der ersten Möwen, fröhlich bellend. Er verfolgte die Vögel ins Meer, schwamm ein paar Meter, rannte zurück zu Zoey und schüttelte sich ausgiebig. Sie musste lachen und griff nach einem Stück Treibholz. Max sprang an ihr hoch und versuchte, das Teil zu fassen. Sie schleuderte das Strandgut ins Wasser und das Spiel begann von vorn. Hundevergnügen.

Mit forschen Schritten wanderte sie am Strand entlang. Der frische Wind entleerte ihr Gehirn. Jedenfalls fühlte es sich so an. Marlene hatte nicht mitkommen wollen. Ich muss mich um ein paar Kleinigkeiten wegen der Party kümmern. Zoey nahm an, dass es sich um mehr als Kleinigkeiten handeln würde – ihr war immer noch nicht bekannt, wie viele Leute eingeladen waren. Sie summte beim Gehen vor sich hin und fühlte sich beschwingt. Kaum zu glauben, was alles in der vergangenen Woche passiert war. Sie hatte Paulina und Arno kennengelernt und versuchte, Bücher zu verkaufen. In Hamburg würde ihr das niemand abnehmen. Hamburg. Sie hatte vergessen, die E-Mail an Moritz zu schreiben. Der helle Sand knirschte unter ihren Füßen und sie erinnerte sich an den Kuss. Genau genommen konnte sie sich jede Einzelheit ins Gedächtnis rufen. Das Gefühl des Begehrens, das in ihr hochgestiegen war.

Sie gestand sich ein, dass sie den Abend mit Moritz genossen hatte und ihn gern wiedersehen wollte. Auch wenn er sich ihr gegenüber zuerst wie ein Idiot benommen hatte. Es war gut, dass sie mit der Antwort gewartet hatte. Das hatte ihre Gedanken geklärt. Ein paar Tropfen streiften ihr Gesicht: Max war zurück und schüttelte sich erneut. „Kannst du dich nicht woanders trocknen", schalt sie ihn liebevoll, bevor beide ihre Wanderung wieder aufnahmen. Ich denke nicht mehr so oft an Leander, schoss es durch ihren Kopf. Ist das ein positives Zeichen?

„Die Einkaufsliste steht." Mit diesen Worten empfing Marlene sie nach ihrer Rückkehr. Sie saß am Küchentisch und schrieb.

„Wir werden bis ins neue Jahr genug zum Essen haben", scherzte Zoey, die beeindruckt war, mit welcher Gelassenheit und Effizienz Marlene alles plante.

„Mach dich nur lustig." Marlene hob drohend ihren Finger. „Dreißig Leute zu bewirten ist nicht wenig, wir werden außerdem Hausgäste haben."

„Hausgäste?", frage Zoey, die über das „wir" gerührt war.

„Ja. Ich habe mit deiner Mona telefoniert. Sie kommt und bringt jemanden mit. Die beiden werden im Atelier schlafen, der Nachbar hat mir zwei Matratzen geliehen."

„Mona. Die hatte ich total vergessen. Es ist lieb von dir, dass du sie angerufen hast. Du wirst sie bestimmt gleich ins Herz schließen." Zoey war über sich selbst erstaunt. Die Sache mit Paulina und der Buchhandlung nahm sie gedanklich mehr in Beschlag, als ihr lieb war. Wieso hatte sie vergessen, dass Marlene Mona einladen wollte?

Marlene schob ihre Lesebrille über die Haare und seufzte. „Wenn nur die Sache mit Arno und Paulina nicht wäre. Das belastet mich immens. Hoffentlich kommen sie zur Weihnachtsparty. Ich mag mir gar nicht vorstellen, dass die beiden sich noch streiten."

Zoey hastete zu ihrer Freundin und legte ihr von hinten die Arme über die Schultern. „Ich versteh dich. Mir geht es auch so, obwohl ich sie erst seit ein paar Tagen kenne. Gott sei Dank ist Paulina ab morgen wieder zu Hause. Bestimmt fällt uns zusammen etwas ein, wie es weitergehen kann." Sie löste sich von ihrer Freundin. „Ich möchte den Laden so gern retten."

„Sagst du das jetzt, weil du helfen willst oder weil du es für dich tun möchtest?"

„Bitte?"

„Na ja. Es wäre doch möglich, dass du für dich ein neues Projekt brauchst."

„Ich soll Buchhändlerin werden?"

„So habe ich es nicht gemeint, obwohl … Wenn das dein Wunsch ist, warum nicht?"

Zoeys Herz klopfte dermaßen, dass sie dachte, es müsse laut zu hören sein. Sie, Inhaberin einer Buchhandlung auf Sylt. Völlig absurd. Abgesehen davon, dass man in diesem Geschäft nichts verdiente.

Nach dem Abendessen sahen sie sich den Sonntag-Abend-Krimi an. Kurz vor dem Schlafengehen tippte Zoey an ihrem Laptop eine Mail an Moritz. Den von ihm geschriebenen zerknüllten Brief hatte sie wieder geglättet und in ihr derzeitiges Buch gelegt. Sie brauchte ein paar Anläufe, bevor sie sich für eine unverfängliche Version entschied. Nicht abweisend, aber auch nicht zu einladend. Hinterherlaufen wollte sie ihm schließlich nicht. Sollte er sehen, was er damit anfing.

Lieber Moritz,

danke für deinen Brief. Marlene hat dich zu ihrer Weihnachtsparty eingeladen, du solltest sie nicht enttäuschen oder dein Kommen von mir abhängig machen. Sylt ist immer eine Reise wert.

Liebe Grüße

Zoey

Sie drückte auf Senden und fiel in einen traumlosen Schlaf. Die Wanderung forderte ihren Tribut.

19

Der Montagvormittag verlief ereignislos. Von Arno keine Spur, er war wahrscheinlich immer noch beleidigt. Oder er war in die Klinik gefahren, um seine Frau abzuholen.

Im Laden merkte Zoey jetzt deutlich, dass Weihnachten vor der Tür stand. Sie verkaufte neben ein paar Bestsellern Tee und Süßigkeiten. Als sie das Geschenkpapier um einen Syltbildband wickelte, fiel ihr siedend heiß ein, dass sie noch gar keine Geschenke besorgt hatte. Lediglich für Rebecca und Jürgen hatte sie in Hamburg ein paar Kleinigkeiten gekauft und mit dem Versprechen übergeben, die Pakete erst unter dem Weihnachtsbaum zu öffnen. Bis vor kurzer Zeit war sie nicht davon ausgegangen, dass sie überhaupt Weihnachten feiern würde. Und jetzt erwarteten Marlene und sie dreißig Personen an Heiligabend. Wenn ihr das jemand vor ein paar Wochen erzählt hätte. Sie merkte, wie sie sich immer mehr auf das Fest freute.

„Sie erwecken so einen zufriedenen Eindruck. Bestimmt sind Sie erleichtert, wenn die Feiertage da sind", bemerkte eine Dame, für die sie das Geschenk einpackte. „Dann können Sie sich von dem ganzen Stress erholen."

Zoey nickte ihr freundlich zu. Sie tippte den Kaufpreis in die Kasse ein. Wenn du wüsstest, dass das hier für mich wie eine Art Reha-Klinik ist, dachte sie und musste erneut schmunzeln.

Die Frau nahm das Geschenk und stopfte es in einen mitgebrachten Stoffbeutel. „Sie haben einen wunderschönen Laden hier. Und Sie leben im Paradies. Dafür sind Sie zu beneiden. Ich wünsche Ihnen ein fröhliches Weihnachtsfest."

„Das wünsche ich Ihnen auch", sagte Zoey und beobachtete, wie die Dame das Geschäft verließ. Gut, dass man von außen nicht immer erkennt, wie brüchig sich das Paradies manchmal darstellt.

Um die Mittagszeit entschied sie sich, einen Rundgang über die Friedrichstraße zu absolvieren, Westerlands größte Einkaufsmeile. Vielleicht fand sie dort etwas für Marlene. Sie flanierte langsam an den Auslagen der unterschiedlichen Geschäfte vorbei, nichts begeisterte sie. Ob Acrylfarben oder ein Teil in Blau zum Anziehen für Marlene das Richtige waren? Zoey musste etwas Besonderes finden. Marlene hatte sie bei sich aufgenommen und war ihr trotz der kurzen Zeit, die sie sich kannten, zu einer lieben Freundin geworden, die sie nicht mehr missen wollte.

Sie hatte von dem Tignanello drei Flaschen behalten, mit denen würde sie Marlene zu den Weihnachtstagen beglücken. Für Max gab es ein Paket mit Hundekauknochen und eine Quietschente zum Spielen. Die bliebe zwar nicht lange in der ursprünglichen Form, Max hätte aber am Geräusch seinen Spaß.

In einer Seitenstraße zu der Flaniermeile entdeckte Zoey eine kleine Galerie. Sie war neugierig, ob dort Marlenes

Bilder ausgestellt waren, und beschloss, nachzusehen. Der Laden war geöffnet und eine junge blondhaarige Frau in einem superschicken Hosenanzug musterte Zoey von ihrem Platz hinter einem Tisch mit Unterlagen.

„Suchen Sie etwas Bestimmtes?", fragte sie und lächelte sie an.

„Hängen bei Ihnen auch Bilder von Marlene Hurst?"

Die Frau stutze für einen Augenblick. „Nein, leider nicht. Aber ich kann Ihnen eine andere Galerie auf der Insel nennen, wo Sie die Werke der Künstlerin finden."

Das war eine nette Geste und nicht selbstverständlich. „Vielen Dank. Ich habe gerade Mittagspause, bin zufällig an Ihrer Galerie vorbeigekommen und dachte, ich schaue mal, ob Sie Bilder von Marlene ausstellen." Zoeys Blick fiel auf eine farbenfrohe Skulptur, die ein Einhorn darstellen sollte.

„Sie kennen Marlene?"

Bildete sich Zoey das ein oder lächelte die Frau nun etwas weicher, persönlicher.

„Ja, wir sind befreundet. Ich wohne momentan bei ihr."

„Freude von Marlene sind auch meine Freunde." Die Frau kam hinter dem Arbeitstisch hervor und schüttelte Zoey die Hand. „Ich bin Helene Winter."

„Zoey Lieberman."

„Ah, Sie sind die Frau, die in Paulinas Bücherstube arbeitet."

„Stimmt. Woher wissen Sie das?"

Helene fing völlig undamenhaft an zu kichern. „Sylt ist ein Dorf. Hier spricht sich alles sehr schnell herum, das werden Sie bemerken, wenn Sie länger hierbleiben."

Zoey fiel in das Lachen ein. Sie war ein wenig verlegen und wusste nicht so recht, wie sie reagieren sollte.

„Werden Sie die Buchhandlung übernehmen?"

„Wie kommen Sie darauf?", antwortete Zoey erstaunt. „Ich helfe nur aus."

„Ach so. Ich dachte …"

„Was dachten Sie?"

„Na ja …", stotterte Helene, deren Gesicht leicht errötete. Sie strich sie mit der Hand nervös über die Haare. „Also ich habe gehört, dass Paulina im Krankenhaus ist und da sie nicht mehr die Jüngste ist …"

„Ich helfe nur aus", wiederholte Zoey sich. „Paulina wird ab morgen wieder im Laden sein und mich unterstützen." Sie verschwieg, dass Paulina sich nicht bewegen durfte.

„Ach so, da habe ich es wohl falsch verstanden. Entschuldigen Sie bitte." Helene rang die Hände und auf einmal tat sie Zoey leid. Wäre sie an ihrer Stelle, hätte sie genau dasselbe angenommen.

„Kein Problem." Sie trat ein paar Schritte auf bunte quadratische Leinwände zu. Malereien, kombiniert mit Drucken.

„Das sind Fotocollagen von Ute Hillenbrand. Gefallen Sie Ihnen?"

„Ja." Zoey verliebte sich auf Anhieb in die bunten, poppigen Farben.

„Natürlich etwas ganz anderes, im Vergleich zu den Werken von Marlene Hurst."

Zoey stand vor einem rötlichen Bild, in dem man schemenhaft einen Leuchtturm erkennen konnte. Unzweifelhaft ein Inselmotiv.

„Vor diesem Bild bleibt Marlene auch immer stehen."

Zoey riss sich aus ihrer Erstarrung. „Marlene schätzt die Werke der Künstlerin?"

„Aber ja. Wenn sie in der Nähe ist, schaut sie herein und erfreut sich an den Bildern. Besonders dieses hat es ihr angetan." Sie führte Zoey zu einer Fotocollage in orange, auf der neben Strandkörben und einem Landkartenausschnitt der Insel auch ein Leuchtturm zu sehen war.

„Gar nicht ihre Farben", murmelte Zoey, mehr zu sich selbst.

„Stimmt. Aber dennoch …" Beide Frauen standen einträchtig vor dem Werk.

„Ich nehme es", hörte Zoey sich sagen.

„Bitte?"

„Ich kaufe es Ihnen ab. Es ist doch zu verkaufen, oder?"

„Ja, sicher." Die Frau schien verwirrt. „Wollen Sie nicht erst einmal nach dem Preis fragen?"

„Sagen Sie ihn mir bitte."

Helene nannte eine Summe, die sich auf ein paar hundert Euro belief. Eigentlich zu teuer für ein Weihnachtsgeschenk, für Marlene aber genau das Richtige.

„Es ist in Ordnung. Bitte packen Sie es ein."

Helene hatte sich gefangen und wirkte wieder geschäftsmäßiger. „Sehr gern. Da wird sich Marlene aber freuen. Das ist ein wunderbares Weihnachtsgeschenk."

Eine Viertelstunde später eilte Zoey mit dem Paket unter dem Arm zurück in den Buchladen. Es war kurz nach zwei, sie war etwas überfällig, aber der Ausflug hatte sich gelohnt. Schon war sie auf Marlenes Gesichtsausdruck gespannt, wenn sie ihr Geschenk auspackte. Es stimmte wirklich: Schenken bereitete ungeheure Freude. Vorsichtig verstaute sie das Bild im Kofferraum ihres Wagens, dort war es bis Heiligabend perfekt aufgehoben.

Zurück in der Buchhandlung bemerkte sie, dass Arno da gewesen sein musste. Im Flur brannte Licht. Sie bemühte sich, keinen Lärm zu veranstalten, als sie in die Küche schlich, um Teewasser aufzustellen. Bestimmt war Paulina wieder zu Hause und erholte sich oben im Schlafzimmer.

„Ich fing an, mich zu fragen, wo Sie bleiben." Zoey fuhr erschrocken zusammen. Arno saß auf der Eckbank und starrte sie durch seine große Brille unwirsch an.

Sofort fühlte sie sich schuldig und hasste sich dafür. „Guten Tag. Ist Ihre Frau aus dem Krankenhaus zurück?"

„Paulina ist oben und ruht sich aus", erklärte er.

„Das ist großartig. Sie sind sicher erleichtert, dass sie wieder da ist." Mein Gott, Zoey, was quatscht du für einen Blödsinn. Natürlich ist der Mann erleichtert.

„Ich bereite mir nur eine Tasse Tee zu und störe nicht weiter." Sie füllte den Kessel mit Wasser und hoffte, dass Arno ihre zitternden Hände nicht bemerkte.

„Lassen Sie mich das erledigen. Ich bringe Ihnen den Tee, wenn er fertig ist." Arno war aufgestanden, schwankte leicht und stolperte mühsam auf sie zu. Ihr war klar, dass sie ihn von seinem Tun nicht würde abhalten können. Der Knoten in ihrem Magen löste sich. Wenn er ihr Tee zubereiten wollte, war er nicht mehr so wütend.

„Vielen Dank." Sie drehte sich um und eilte zurück in den Verkaufsraum.

„Und etwas später hat er mir den Tee gebracht und so

210

getan, als ob alles in Ordnung wäre. Verstehst du das?"
Zoey lümmelte sich im Sessel vor dem Kamin und sah
Marlene zu, die eine mittelhohe Nordmanntanne
schmückte. Um sie herum standen Pappkartons mit
Weihnachtsdekoration. Marlene war traditionsbewusst:
Gold und Rot waren die vorherrschenden Farben, aufge-
lockert durch Strohsterne. Etwas Blaues hatte Zoey bis-
lang nicht entdeckt.

„Was erwartest du? Dass er sich bei dir entschuldigt
oder dich sogar dazu beglückwünscht, dass du ihm die
unbezahlten Rechnungen präsentiert hast? Arno ist ein
sturer alter Mann, der sein Herz auf dem rechten Fleck
hat. Er hat dir verziehen, wird aber von sich aus nicht
mehr auf die Sache zu sprechen kommen. Leider. Das ist
besonders für Paulina schwer."

„Stimmt. Er hat mir Tee gekocht. Das ist seine Art, sich
zu entschuldigen. Ach, wenn doch nur …"

Marlene sah sie fragend an, in der Hand eine goldene
Kugel.

„Wenn wir nur eine Idee hätten, wie wir ihnen helfen
können."

„Es gibt keine Patentlösung, so weit bin ich bereits.
Mein Geld nehmen sie ohne Gegenleistung nicht an. Und
ich werde nicht Teilhaberin einer Buchhandlung."

„Du denkst, dass sie einen Investor brauchen?"

„So nennt man das auf neudeutsch wohl."

Zoey wusste, dass Marlene recht hatte. Arno und
Paulina brauchten einen Geldgeber. Entweder sie ver-
äußerten den Laden an einen Käufer oder sie fanden jemanden, der Geld in die Hand nahm und dafür eine Beteiligung erhielt.

„Aber die Einkünfte aus der Buchhandlung reichen

nicht einmal, um die beiden zu ernähren", wandte Zoey ein.

„Wer von uns ist eigentlich die Unternehmensberaterin?" Marlene stieg auf die Trittleiter und befestigte einen Goldengel an der Spitze des Baumes.

„Ich … ich werde versuchen, in den nächsten Tagen mit Paulina darüber zu reden", sagte Zoey. „Vielleicht kennt sie jemanden, der in den Laden mit einsteigen will. Man müsste ein Nachfolgekonzept erarbeiten."

„Mhm. Hilfst du mir mit den Lichterketten? Eigentlich bin ich ja ein Fan von echten Bienenwachskerzen, aber bei so vielen Menschen ist künstliches Licht einfach ungefährlicher." Sie deutete auf einen Haufen von Kabeln.

„Na klar." Zoey wunderte sich, dass Marlene so abrupt das Thema wechselte. „Habe ich dir schon gesagt, dass der Baum klasse aussieht? Leander und ich haben uns nie die Mühe gemacht, einen Tannenbaum zu besorgen. Wir waren über die Feiertage häufig im Ausland."

„Für mich gehört das zu Weihnachten dazu. Ich kann mir gar nicht vorstellen, das Fest nicht zu Hause zu verbringen."

Am nächsten Morgen grübelte Zoey darüber, wie sie das Investorenthema bei Paulina ansprechen sollte. Auch eine stille Beteiligung lag im Bereich des Möglichen: jemand, der in den Laden investierte, an den Gewinnen beteiligt war und sich ansonsten nicht einmischte. Ob so eine Idee für Paulina und Arno infrage kam?

Als Zoey kurz vor zehn die Tür zum Laden aufschloss, brannte außer dem Nachtlicht keine Lampe, Paulina war nicht da. Zoey hatte gestern extra den Ohrensessel so umgestellt, dass sie im Sitzen bequem das Geschehen im Geschäft beobachten konnte. Es fehlte nur ein Fußbänkchen, damit sie ihr eingegipstes Bein schonen konnte. Falls es so ein Teil im Haus nicht gab, würde ein Küchenstuhl reichen. Zoey summte, schlenderte durch den Raum und rückte mit ein paar Handgriffen Bücher zurecht. Es bereitete ihr Freude, die geschriebenen Werke zu berühren, und erfüllte sie mit einem gewissen Besitzerstolz. Du führst dich auf, als wäre das dein Geschäft, kam es ihr in den Sinn. Sie überlegte, ob sie das Schaufenster dekorieren sollte. Zoey stutzte. Sie schwitzte, dann fröstelte sie. Wie wäre es, wenn sie Teilhaberin des Ladens werden würde? Sie konnte die Schulden der beiden aus ihren Ersparnissen zahlen. Super, Zoey, argumentierte sie mit sich selbst. Du investierst deine letzten Kröten in ein Geschäft, das kurz vor der Insolvenz steht. Bist du von der Wohlfahrt oder Unternehmensberaterin? Sie legte den Reiseführer von Sylt, den sie in der Hand hielt, zurück und nahm ihre Wanderung durch den Verkaufsraum wieder auf.

Abgesehen davon, dass du dir eine Teilhaberschaft nicht leisten kannst und überhaupt keine Ahnung von diesem Geschäft hast: Möchtest du deine Tätigkeit als Unternehmensberaterin aufgeben, um Touristen Krimis und Tee zu verkaufen? Als Folge solltest du über Altersarmut meditieren und dir einen Platz unter der Brücke suchen.

Ich würde meine Vorstellungen einbringen und ein neues Leben führen. Ja klar, wird aber schwierig ohne ordentliche Einkünfte.

„Guten Morgen, Kindchen."

Zoey zuckte zusammen, sie hatte Paulina nicht kommen hören. Paulina stützte sich schwer auf zwei Krücken, ein Strahlen glitt über ihr Gesicht.

„Moin Paulina. Setzen Sie sich doch bitte, sonst fallen Sie noch hin." Zoey deutete auf den Sessel.

„Keine Sorge. Ich brauche nur etwas mit den Gehhilfen zu üben, das läuft schon. Außerdem waren wir beim Du."

Zoey bot ihr einen Arm als Stütze an. Zusammen bewältigten sie die wenigen Meter zu dem Sessel, in den sich Paulina vorsichtig hineinfallen ließ.

„Uff, das tut gut."

„Haben Sie, äh, du eine Bank für das Bein? Soll ich einen Stuhl aus der Küche holen?"

„Ach ja, bitte. Und setz uns doch auch gleich mal Wasser für einen Tee auf."

Zoey verschwand und kehrte mit einem Stuhl zurück.

„Nach Weihnachten erhalte ich einen Gehgips, allerspätestens im neuen Jahr."

„Und wie lange wird es insgesamt dauern?"

„Ach, ein paar Wochen. Ich muss auch zur Reha. Darüber denke ich aber nicht nach. Erst einmal bin ich froh, dass ich wieder zu Hause bin."

„Das kann ich verstehen. Ist Arno da?"

Paulinas Gesicht verdunkelte sich. „Er ist zur Bank gefahren, um sich einen Überblick über unsere Verbindlichkeiten zu verschaffen", sie ahmte seinen Tonfall nach.

„Oh."

„Es ist nicht so, als ob er mir nicht vertrauen würde", relativierte sie ihre Aussage. „Er will es schwarz auf weiß sehen. Außerdem wird er versuchen, mit dem Filialleiter zu sprechen, wegen eines Kredits."

„Mhm." Zoey wusste nicht, was sie darauf erwidern sollte.

„Er wird keinen bekommen", sagte Paulina und sah Zoey mit ihren blauen Augen ins Gesicht. „Wer gibt Geld an alte Leute, die es nicht einmal schaffen, Steuererklärungen abzugeben, weil das Geld für den Steuerberater fehlt?"

Zoey entschloss sich, die Gelegenheit beim Schopf zu ergreifen. „Hast du schon jemals über einen Teilhaber nachgedacht? Oder über eine Nachfolgeregelung?" Sie bemerkte, dass Paulina zusammenzuckte, und fuhr hastig fort: „Nachfolgeregelung bedeutet nicht, dass du sofort aufhörst, es gibt da die unterschiedlichsten Varianten. Ich habe dir doch erzählt, dass ich Unternehmensberaterin bin. Wenn du willst, werde ich dich dabei unterstützen, jemanden zu finden. Ich kann dir bei der Buchhaltung und bei der Erklärung gegenüber dem Finanzamt helfen. Du bist geschätzt worden, das ist üblich. Vielleicht ist deine Steuerschuld gar nicht so hoch." Sie stoppte, weil sie Paulina nicht überfahren wollte. Es vergingen ein paar Sekunden, bevor Paulina antwortete.

„Kindchen, ich habe lange über alles nachgedacht, seit das Finanzamt mir keine Ruhe lässt. Ich wüsste nicht, wer sich an meinem Laden beteiligen möchte. Schau dich um …" Sie deutete auf den Büchertisch. „Wer soll hier Geld investieren?"

„Das kann man nicht sagen, solange man es nicht versucht hast. Immerhin befinden wir uns auf einer höchst beliebten Insel."

„Und selbst wenn, wie soll das funktionieren? Ich kann doch nicht eine wildfremde Person mit in den Laden nehmen."

Zoey seufzte innerlich. Das war ein Argument, das fast immer bei Nachfolgeregelungen verwendet wurde. Das Ungewohnte bereitete vielen Menschen Angst. Geht dir schließlich genauso, Zoey.

„Du kanntest mich doch auch nicht und hast mir deine Bücherstube anvertraut."

„Das war etwas völlig anderes. Marlene hat dich empfohlen."

„Klar. Gesetzt den Fall, es fände sich jemand, würdest du die Person vorher selbstverständlich kennenlernen."

Paulina wirkte nicht überzeugt. Zoey beschloss, ihr Zeit zum Nachdenken zu geben und das Thema zunächst nicht weiter zu vertiefen.

Die erste Kundin betrat den Laden und fragte nach Kinderbüchern für ihr elfjähriges Patenkind. Zoey war erleichtert, dass Paulina da war und beraten konnte. Sie dirigierte die Dame von ihrem Ohrensessel aus zu den in Frage kommenden Werken und kurz darauf waren beide in eine intensive Diskussion vertieft. Zoey verkaufte zwei Dosen Tee an eine Touristin und ertappte sich dabei, dass sie wieder darüber nachdachte, ob die Kombination Tee und Bücher, gepaart mit Syltandenken und Postkarten dem Geschäft förderlich war. Vielleicht war es besser, den ganzen Krimskrams herauszuschmeißen und sich nur auf Bücher und kreativ gestaltete Karten zu konzentrieren. Veranstaltete Paulina eigentlich Lesungen? Marlene hatte so etwas erwähnt. Irgendwelche Plakate oder Einladungen dafür hatte sie bisher nicht gesehen.

Auf der anderen Seite war es durchaus im Bereich des Möglichen, dass man mehr Geld mit Süßigkeiten und Andenken verdiente als mit Büchern. Letztlich konnte sie das nur beurteilen, wenn die Zahlen auf dem Tisch lagen. Stopp jetzt. Das ist nicht dein Laden und nicht deine Entscheidung. Lass die Hände davon, solange du nicht beauftragt wirst. Es juckte sie in den Fingern, für Paulinas Bücherstube ein Konzept zu erstellen, Lust, sich so richtig in die Sache zu vertiefen. Das war doch definitiv ein Anfang, oder? Nach so vielen Wochen der Unschlüssigkeit wieder eine ordentliche Aufgabe.

Die Tür öffnete sich und zwei Frauen in Winterjacken und Fellstiefeln, eingemummelt in Schals und mit Mützen auf dem Kopf, drängten sich in den Laden. Sie stürzten sich förmlich auf die Auslage mit den Weihnachtsbüchern. Paulina war in ihr Gespräch über das passende Kinderbuch vertieft.

„Darf ich Ihnen helfen?"

„Nein danke", antwortete eine der Frauen. „Wir haben genaue Vorstellungen."

Alles klar, dachte Zoey und beobachtete, wie die beiden Buch für Buch in die Hand nahmen und betrachteten. Sie konnte verstehen, dass sie ihre Hilfe nicht brauchten. Wenn sie einen Bücherladen betrat, mochte sie es auch am liebsten, allein durch den Raum zu schlendern und Bücher in die Hand zu nehmen. Gern las sie die ersten paar Seiten und den Klappentext, bei unbekannten Autoren außerdem die meist kurzen Anmerkungen zum Leben der Schriftsteller. Sie liebte es, über die Einbände zu streichen und sich vorzustellen, welche Geschichte dahinter lauerte. Exzellente Voraussetzungen für die Inhaberin einer Buchhandlung, Zoey.

Paulinas Kundin schien das richtige Buch gefunden zu

haben. Sie brachte es zur Kasse und lächelte Zoey an. „Das war eine wirklich hilfreiche Beratung durch Ihre Kollegin, vielen Dank."

Zoey kassierte und fing an, das Buch als Geschenk zu verpacken, als sich hinter ihr Arno vorbeischob. Er würdigte sie keines Blickes und hastete, so schnell wie es ihm ohne Rollator möglich war, auf Paulina zu. Dabei schwankte er und Zoey ließ die Schere, die sie in der Hand hielt, fallen.

„Was tust du hier?", rief er anklagend. „Du solltest doch im Bett liegen."

Alle drei Kundinnen starrten ihn an. Paulina sah ihm furchtlos entgegen. Sie richtete sich auf und rückte ihr eingegipstes Bein ein wenig.

„Ich helfe Zoey", antwortete sie ruhig. „Reg dich bitte nicht auf. Mir geht es gut. Wenn ich allerdings weiter im Bett bleiben muss, wird sich meine Gesundheit rapide verschlechtern."

Zoey hob den Kopf und bemerkte ein breites Grinsen im Gesicht ihrer Kundin. Beide zwinkerten sich in stillem Einverständnis zu.

Arno hatte begriffen, dass er verloren hatte, und trat langsam den Rückzug an.

„Du könntest uns einen Gefallen bereiten und Tee kochen. Zoey ist dazu noch nicht gekommen", rief Paulina ihm mit ihrer glockenhellen Stimme hinterher.

„Frauen", murmelte der so Angesprochene, als er sich wieder an Zoey vorbeidrückte.

Nachdem alle Kundinnen den Laden verlassen hatten, die beiden Frauen mit zwei Büchern mit Weihnachtsgeschichten von Charles Dickens, ging Zoey in die Küche, um nach Arno zu sehen. Er stützte sich am Herd ab und war dabei, Kekse aus einer Dose auf einen Teller zu drapieren.

„Darf ich Ihnen etwas abnehmen?" Eigentlich hätte sie ihn lieber gefragt, wie das Gespräch auf der Bank verlaufen war, traute sich aber nicht, von sich aus das Thema anzuschneiden.

Ohne sich umzudrehen, antwortete er: „Nehmen Sie doch bitte die Teekanne und zwei Becher. Ich bin gleich da."

Sie stellte beides neben Paulinas Sessel auf dem Boden ab und goss ein.

„Dein Mann kommt sofort."

„Da kann er uns berichten, ob er auf der Bank etwas erreicht hat."

„Findest du nicht, dass er dir das allein erzählen sollte?"

„Vielen Dank für Ihre Rücksichtnahme, darauf kommt es nun auch nicht mehr an." Arno hatte den Teller mit den Keksen auf den Rollator gestellt und bewegte sich langsam auf die beiden zu. „Daran hätten Sie denken müssen, als Sie die nicht an Sie adressierten Briefe gelesen haben."

Touché, schoss es Zoey durch den Kopf. Das hatte gesessen.

Paulinas Gesicht lief feuerrot an. „Arno …, so kenne ich dich gar nicht. Lass bitte nicht deinen Zorn an Zoey aus. Wenn du unbedingt jemanden beleidigen willst, nimm mich. Ich bin schuld, dass es so weit gekommen ist. Ich hätte längst um Hilfe bitten müssen, seit es mit dem Geschäft nicht mehr läuft. Irgendwie habe ich immer geglaubt, dass es besser werden wird. Ich hätte es dir sagen sollen, zugegeben. Aber ich habe mich nicht getraut. Du hast so viele Rückschläge in deinem Leben erlebt, ich wollte dich nicht belasten. Ich …", ihre Stimme brach und sie fing an zu heulen. Das war kein leises Jammern mehr, sondern ein gequältes Weinen aus tiefster Not heraus.

Arno war zunächst stehengeblieben und hatte seiner Frau mit schmerzverzogenem Gesicht zugehört. Jetzt ließ er den Rollator stehen und hinkte, so schnell es seine Beine zuließen, auf Paulina zu. Er sank langsam vor ihr nieder und verbarg den Kopf in ihrem Schoß. „Verzeih mir bitte", murmelte er.

Zoey hätte alles für ein schwarzes Loch gegeben und schlich in Richtung Flur.

„Bitte bleiben Sie, Zoey", hörte sie hinter sich Arno sprechen. „Meine Frau hat recht. Es ist nicht Ihre Schuld. Verzeihen Sie einem alten Mann seinen Starrsinn. Ich bin es, der die Augen vor der Realität verschlossen hat, obwohl gerade ich es hätte besser wissen müssen."

Er versuchte, sich aufzurichten, was ihm nicht gelang. Zoey stand abwartend da. Es drängte sie, ihm beizuspringen, sie traute sich aber nicht. Nachher würde er sie erneut zurückweisen.

„Jetzt kommen Sie schon und helfen Sie mir auf. Ich bin raus aus dem Alter, in dem man vor seiner Angebeteten auf die Knie fällt."

Mit einer gewaltigen Kraftanstrengung gelang es ihr, Arno auf die Füße zu helfen. Er zitterte am ganzen Körper. Sie auch. Zoey schob den Rollator in seine Richtung, sodass er sich setzen konnte.

„Nachdem wir beide die Verantwortung für die Situation bekundet haben", sagte Paulina mit angespannter

Stimme, „sollten wir über Lösungsmöglichkeiten sprechen. Ich gehe davon aus, dass die Bank uns nicht helfen wird."

Zoey bewunderte Paulina für ihre sorgfältig gewählten Worte. Ob sie das in der Situation so hinbekommen hätte?

Arno seufzte. „Nein, ich habe mit Herrn Mertens gesprochen. Das ist der Leiter der Filiale hier auf Sylt. Er hat mir keine Hoffnung gemacht. Es besteht allenfalls die Möglichkeit, einen Käufer für das Haus zu finden, der uns einen niedrigeren Kaufpreis zahlt und uns dafür ein lebenslanges Wohnrecht gibt."

„Der Käufer hofft nach Vertragsabschluss, dass wir so schnell wie möglich sterben. Beruhigende Vorstellung."

Paulina hatte den Zusammenhang sofort erfasst. Zoey fragte sich, warum sie nicht auf diese Idee gekommen war. Das konnte funktionieren, unabhängig davon, dass man über die Art und Weise der Fortführung des Ladens sprechen musste.

„Ja, genau, Liebes", antwortete Arno und strich seiner Frau sanft über das Haar. „Statistisch gesehen ist es bei mir zeitlich kein Problem, aber du wirst hoffentlich noch lange leben. Wer sollte so ein finanzielles Wagnis eingehen?"

Zoey blieb still und hörte in sich hinein. Hier ergab sich auf einmal völlig unverhofft eine Chance für eine komplett neue Weichenstellung.

„Äh …", stotterte sie. „Könnten Sie, ich meine, du …", in ihrer Aufregung verhaspelte sie sich. Beide blickten sie erwartungsvoll an.

„Was ich meine, ist …" Sie räusperte sich und fuhr

mit betont gelassener Stimme fort. „Ich weiß nicht, ob ich über genügend Geld verfüge, und ich weiß nicht, ob man mir einen ausreichenden Bankkredit gewährt, aber: Ich würde das Haus sehr gern erwerben und Ihnen mit der Buchhandlung helfen. Ich mochte den Laden von Anfang an … Sylt ist meine Lieblingsinsel und …" Zoey konnte nicht mehr weitersprechen, ihre Stimme versagte.

„Ich glaube, wir brauchen jetzt alle etwas Stärkeres als Tee", brach Arno das Schweigen. „Ich hole uns einen Klaren." Er erhob sich und trippelte mit dem Rollator in Richtung Flur. Zoey war ihr Gefühlsausbruch peinlich, sie schlenderte zum Fenster und blickte auf den Bürgersteig, auf dem vereinzelt Menschen zu sehen waren. Im Laden würde es erst nachmittags belebter werden.

Unerwartet schnell war Arno zurück, dieses Mal transportierte er im Netz des Wagens drei Schnapsgläser plus eine eisgekühlte Flasche.

Mit zittriger Hand füllte er die Gläser und verteilte sie an die Frauen. Paulina schwieg. Zoey vermochte ihr nicht anzusehen, was sie dachte.

Arno hob das Schnapsglas und prostete Zoey zu. „Sie schickt der Himmel. Runter mit dem Zeugs."

Sie kippte den eiskalten Schnaps im wahrsten Sinne des Wortes herunter und spürte den Kümmelgeschmack im Mund, gepaart mit einem warmen Gefühl im Magen. Igitt, sie musste sich schütteln. Korn war überhaupt nicht ihr Getränk. Und erst recht nicht am Vormittag.

„Gibt es etwas zu feiern? Da komme ich ja gerade richtig." Die Freundin von Paulina, über die sich Arno neulich so geärgert hatte, Zoey war der Namen entfallen, grinste sie erwartungsvoll an.

„Hallo Hermine. Ja, es gibt etwas zu feiern", sagte Paulina. „Aber es ist noch nicht offiziell, deshalb darf ich es dir nicht erzählen."

Hermine verzog das Gesicht und blieb abwartend stehen.

„Kann ich Ihnen helfen? Suchen Sie ein bestimmtes Buch?" Zoey ging langsam ein paar Schritte auf Paulinas Freundin zu, das Schnapsglas hinter dem Rücken haltend.

„Nein, nein", winkte die Frau abwehrend ab. „Ich wollte mich nur nach dem Befinden von Paulina erkundigen." Sie schritt an Zoey vorbei auf den Sessel zu. Arno ignorierte sie gänzlich. „Wie ich sehe, geht es dir wieder besser. Das freut mich." Ihr Blick fiel auf den Teller mit dem Gebäck, der neben Paulinas Bein auf dem Stuhl stand. „Sind das von dir gebackene Kekse?"

„Ja", antwortete Paulina.

„Die sehen gut aus."

Keiner reagierte.

„Na gut, ich mache mich wieder auf den Weg. Gibt ja noch viel zu erledigen vor dem Fest."

„Stimmt." Paulina lächelte. Zoey hatte das Gefühl, dass sie die Situation genoss. „Ich wünsche dir ein frohes Weihnachtsfest. Bitte grüße Martin und die Kinder von mir."

„Das werde ich tun. Dir auch ein frohes Fest." Hermine drehte sich um und verließ eilig den Laden.

„Was war das denn?", fragte Arno. Er sah völlig geplättet aus.

„Das war das Ende einer vermeintlichen Freundschaft. Ich hatte in den letzten Tagen gezwungenermaßen genügend Zeit zum Nachdenken. Das Leben ist kurz und ich

habe nicht mehr vor, es mit falschen Freunden zu ver-
schwenden."

Arno schüttete sich und seiner Frau erneut das Glas
voll. Zoey hatte dankend abgewunken.

„Darauf trinke ich."

20

Zoey brannte darauf, Marlene zu erzählen, was heute passiert war. Auf dem Weg nach Wenningstedt überlegte sie, wie hoch ihr Kontoguthaben bei der Bank war. Vielleicht konnte sie ihre Lebensversicherung verpfänden? Sie wollte das Haus unbedingt haben, Arno und Paulina durften aber nicht übervorteilt werden. Nicht zuletzt mussten sich die beiden im Klaren darüber sein, ob die vorgeschlagene Option für sie überhaupt in Betracht kam. Das Haus würde ihnen nicht mehr gehören, auch wenn sie weiter drin wohnen blieben. Das war emotional nicht unwichtig. Zoey hatte vorgeschlagen, dass sie sich bezüglich eines Kaufpreises unabhängig beraten lassen sollten. Sie würde das ebenfalls tun. Sie musste sich über die Finanzierung Gedanken machen. Tief im Innersten wusste Zoey aber, dass sie das schaffen würde. Egal, wie. So eine Chance bot sich ihr nie wieder. In ihr brodelte es, lange war sie nicht mehr so aufgeregt gewesen.

Max, der wie immer schwanzwedelnd auf sie zulief, begrüßte sie, als sie ins Haus kam. Sie beugte sich nieder und vergrub ihr Gesicht in seinem seidigen Fell. „Mäxchen, du ahnst nicht, was ich heute für eine Entscheidung getroffen habe. Ich freue mich so." Der Hund setzte sich und sah sie erwartungsfroh an. Sein Schwanz klopfte auf den Dielenboden.

„Du willst am liebsten immer raus, das weiß ich doch. Bestimmt hast du heute schon einen Spaziergang mit deinem Frauchen absolviert."

Max folgte ihr in die Küche, wo auf dem Herd ein Topf stand. Sie lüftete den Deckel: Gemüseeintopf. Von Marlene keine Spur. Zoey fiel ein, dass sie etwas von Yoga erwähnt hatte, vermutlich war sie im Studio. Sie war so aufgedreht, dass sie zum Radio tänzelte und einen Sender mit Musik suchte. Auf Radio Schleswig-Holstein spielten sie einen alten Bob-Marley-Titel und sie drehte den Ton höher. Laut mitsingend bewegte sie sich zu den stampfenden Rhythmen, der Hund sprang bellend um sie herum. Zoey fühlte sich auf einmal wieder so unendlich frei, die ganze Welt lag ihr zu Füßen, sie brauchte nur zuzugreifen. Wann hatte sie das letzte Mal so empfunden? Als Teenager?

„Na, euch scheint es ja hervorragend zu gehen." Marlene lehnte in ihrem Yogadress am Türrahmen und strahlte. Max hüpfte an ihr hoch.

Zoey eilte zum Radio und stellte die Musik leiser. „Sorry."

„Wieso sorry? Ist doch alles im grünen Bereich, wenn du singst und tanzt."

„Ja, heute ist ein toller Tag." Zoey tänzelte ein paar Schritte auf Marlene zu und umarmte sie.

„Ach, lass mich raten: Helga hat ihre Klage zurückgezogen und dir versichert, dass du alle Sachen von Leander, insbesondere die Weinvorräte, behalten darfst."

„Nö, das ist es nicht. Aber vor Gericht geklagt hat sie

sowieso noch nicht, die Anwälte schreiben sich erst Briefe." Zoey winkte ab. „Ganz kalt."

„Du hast heute viele Bücher verkauft."

„Schon wärmer."

„Arno ist nicht mehr beleidigt." Marlene spielte das Spiel geduldig mit.

„Noch etwas wärmer."

„Ich stell den Herd an, damit die Suppe heiß wird. Hast du keinen Hunger?"

„Doch, habe ich. Ich habe mir überlegt, das Haus von Arno und Paulina zu kaufen, natürlich sollen sie bis zu ihrem Lebensende ein Wohnrecht haben", platzte Zoey schließlich mit ihren Neuigkeiten heraus. Sie wäre erstickt, wenn sie die noch länger für sich behalten hätte.

„Aha." Marlene rührte in dem Topf.

„Ist das alles, was du dazu zu sagen hast?" Irgendwie hatte Zoey sich Marlenes Reaktion enthusiastischer vorgestellt.

„Ich habe mich seit Tagen gefragt, wie lange es dauern wird, bis du auf diese Idee kommst."

„Was, wieso?" Zoey war komplett verwirrt. „Hast du mit den beiden gesprochen?"

„Natürlich nicht." Marlene drehte sich um und musterte sie mit liebevollem Blick. „Aber ich habe dir zugehört und mir meine eigenen Gedanken gemacht. Du willst etwas in deinem Leben verändern, du liebst Sylt und du bist gern in der Bücherstube und hilfst. Außerdem sind dir die beiden ans Herz gewachsen. Von daher lag die Lösung auf der Hand, aber sie musste dir einfallen."

Zoey lauschte Marlene atemlos. „Und wenn es mir nicht in den Sinn gekommen wäre?"

„Ach, daran habe ich nie gezweifelt."

Während des Essens beratschlagten sie, wie Zoey weiter vorgehen sollte. „Als Erstes werde ich mit der Bank klären, ob ich mir das überhaupt leisten kann. Für Arno und Paulina muss ein fairer Preis herauskommen, sonst ist das ganze Projekt gestorben." Zoey gestikulierte mit dem Suppenlöffel. „Außerdem müssen wir klären, wie es mit dem Laden weitergehen soll. Ich werde mir beides, Haus und Bücherstube, vermutlich nicht leisten können."

„Eins nach dem anderen. Hauptsache, das mit dem Haus klappt. Du bist Immobilienbesitzerin auf Sylt, das ist eine fabelhafte Altersvorsorge."

„Eine Unterkunft brauche ich trotzdem. Hier und in Hamburg. Ich kann deine Gastfreundschaft schließlich nicht ewig in Anspruch nehmen."

„Behauptet wer?"

Fast hätte Zoey ,Moritz' gesagt, konnte sich aber noch rechtzeitig stoppen.

„Du kannst hier jederzeit wohnen, wenn du auf der Insel bist. Ich freue mich über deine Gesellschaft und im Haus ist Platz genug. Außerdem beteiligst du dich doch an den täglichen Kosten."

„Du bist sehr großzügig, Marlene. Wenn ich dich nicht getroffen hätte …"

„Hättest du jemand anderen kennengelernt", unterbrach Marlene sie.

„Glaube ich nicht. Aber Themenwechsel", sagte Zoey. „Wenn ich hier bin, störe ich dein Sexleben. Hast du darüber mal nachgedacht?"

Marlene begann zu kichern. „Leider habe ich, wie dir bekannt ist, derzeit kein Sexleben. Wenn sich das ändert, bist du die Erste, die ich informieren werde. Und zur Not wirst du im Atelier schlafen, da hörst du nichts von dem, was unten passiert."

„Alles klar."

„Wenn du einen Partner hast, darfst du ihn selbstverständlich mitbringen. Ich werde ihn auf Herz und Nieren prüfen, und sollte er mir gefallen, kann auch er hier übernachten."

„Okay, nun haben wir die wirklich wichtigen Dinge geklärt." Zoey fiel in das Gelächter ihrer Freundin ein. Irgendwie fühlte sie sich gerade wie ein Teenager. Egal, es machte sie glücklich. Sie hätte die ganze Welt umarmen können.

21

Nur drei Arbeitstage bis Heiligabend. Die Party sollte um fünf Uhr nachmittags anfangen, die Gäste würden nach und nach eintrudeln. Zoey war gespannt darauf, weitere Freunde und Bekannte von Marlene kennenzulernen. Einige kamen jedes Jahr aus Hamburg, um sie zu besuchen und gleichzeitig ihren Weihnachtsurlaub auf der Insel zu verbringen. Zoey wusste nicht, ob Moritz erscheinen würde. Sie hatte sich nicht getraut, Marlene zu fragen. Er hatte sich bei ihr nicht mehr gemeldet, wahrscheinlich hatte ihn ihre kurze Nachricht entmutigt. Wenn das so war, konnte sie es nicht ändern. Sie würde sich nicht das Fest verderben lassen. Schließlich gab es wichtigere Dinge in ihrem Leben, auf die sie sich konzentrieren konnte.

Als sie die Buchhandlung erreichte, brannten bereits alle Lichter, Paulina saß in ihrem Sessel, neben sich der obligatorische Teebecher, im Schoß ein dicker Aktenordner.

„Guten Morgen, meine Liebe", begrüßte sie Zoey mit einem Lächeln. „Ich habe mir die Hausunterlagen von Arno heraussuchen lassen, damit du dir einen Überblick verschaffen kannst." Sie strich mit der Hand leicht über das Papier. „Hier findest du alles, was wir investiert haben, Rechnungen, Belege … das ganze Zeugs."

Zoey war verwirrt. Hatten die beiden sich bereits Gedanken über einen Kaufpreis gemacht? Zunächst sollte doch ein Sachverständiger gefragt werden. „Äh, danke. Ich sehe mir das an. Habt ihr denn mit einem Gutachter gesprochen?"

Paulina lächelte. „Erst musst du dir sicher sein, dass du unser Haus willst. Der Preis ist zweitrangig. Außerdem musst du mit Arno eine gründliche Hausbesichtigung durchführen und dir alles im Detail ansehen."

Zoey war gerührt, Paulina und Arno meinten es wirklich ernst. Sie schluckte und antwortete mit ruhiger Stimme: „Der Preis ist nicht zweitrangig, das ist schließlich eure Altersversorgung. Zu einer Begehung habe ich große Lust, vielleicht hat Arno Zeit, mir heute Mittag das Haus zu zeigen."

„Im Winter ist der Garten natürlich eher karg, im Frühjahr, wenn alles grün ist und blüht, ist es ein Traum. Leider schaffe ich es nicht mehr so wie früher, mich um die Sträucher und die Blumen zu kümmern." Ihre Stimme verlor sich und Zoey sah ihr an, dass sie mit ihren Gedanken in der Vergangenheit weilte. Sie selbst hatte überhaupt keinen grünen Daumen, das würde sie Paulina besser nicht auf die Nase binden. Das Glockenspiel über der Tür erklang und der erste Kunde betrat den Laden.

Zum Mittagessen versammelten sie sich um den Küchentisch. Arno hatte unter Paulinas Aufsicht ein Linsengericht vorbereitet. Der deftige Eintopf passte zum nasskalten Winterwetter. Im Laufe des Vormittags waren Bücher über den Ladentisch gegangen, ein Umstand, der Zoey optimistisch stimmte. Sie rief sich in Erinnerung, dass die meisten Einzelhändler um Weihnachten die höchsten

Umsätze erzielten, dafür erwirtschafteten sie in Anfang des Jahres fast nichts.

„Heute lief es doch zufriedenstellend, oder?", bemerkte sie in aufmunterndem Tonfall.

„Ja", antwortete Paulina, die über den Teller gebeugt aß. „Aber leider reicht das nicht, um den Laden weiter am Laufen zu halten."

„Wir müssen uns neue Konzepte überlegen. Ich würde mir gern die Zahlen ansehen. Außerdem werde ich meine Bürokollegin Rebecca darauf ansetzen. In eigenen Sachen ist es besser, jemand Außenstehenden zu fragen."

Paulina und Arno sahen sich an.

„Habe ich etwas Falsches gesagt?"

„Nein, nein", beteuerte Paulina. „Du hast von ‚eigenen Sachen' gesprochen, das macht uns verlegen."

„Äh …", stotterte Zoey. „Ich will mich nicht aufdrängen." Hoffentlich hatte sie sich nicht zu weit vorgewagt. „Ich will euch helfen, nicht bestimmen, wie es mit dem Laden weitergehen soll."

Arno räusperte sich. „Zoey, du bist unsere Rettung, wir haben Vertrauen zu dir. Wenn du dich engagierst, dein Geld investierst und es uns ermöglichst, dass wir hier weiter zusammen den Lebensabend verbringen können, sind wir zufrieden. Und dir sehr dankbar bis ans Lebensende. Also entschuldige dich bitte nicht immer."

„Ja, genau", bestätigte Paulina die Worte ihres Mannes. „Mach einfach. Ich habe es geahnt, als ich dich das erste Mal im Krankenhaus gesehen habe. Du bist die Richtige für uns."

Zoey sah auf ihren Teller. Die Linsen verschwammen vor ihren Augen. So viel Vorschusslorbeeren und

Vertrauen hatte sie lange nicht mehr erhalten. Sie schwor sich, alles zu unternehmen, um der Verantwortung gerecht zu werden. „Ihr werdet es nicht bereuen", sagte sie und hob den Kopf. „Das verspreche ich euch."

Nach dem Mittagessen bestand Arno darauf, dass Paulina sich hinlegte. „Es reicht völlig, wenn du am späten Nachmittag wieder im Laden bist. Zoey schafft das allein."

Zoey nahm den Ball auf. „Ich werde deine Ratschläge vermissen, aber du brauchst Schonung. Schließlich musst du zu der Weihnachtsparty fit sein."

Beide halfen Paulina ins Wohnzimmer, wo Arno auf der Couch Zudecke und Kissen ausgebreitet hatte. Zoey war das erste Mal in der guten Stube und sah sich interessiert um. Das Zimmer lag nach hinten hinaus und man konnte durch ein deckenhohes Fenster in den Garten sehen. Eine Tür führte auf eine mit Holzbohlen verlegte Terrasse, auf der ein in die Jahre gekommener Strandkorb stand. Die auf Sylt übliche Hagebuttenhecke begrenzte den Rasen.

„Kuck dich ordentlich um, Kindchen", sagte Paulina, die inzwischen auf dem Sofa lag. Arno breitete fürsorglich die Decke über sie aus.

„Sofern Sie Lust haben, steigen Sie die Treppe ins obere Stockwerk hoch und besichtigen Sie dort alles. Ich bin ebenfalls ein wenig müde und bleibe hier bei meiner Frau."

„Stört es Sie nicht, wenn ich allein …"

„Es wird Zeit, dass ihr euch duzt", unterbrach Paulina.

„Meine Frau hat recht. Ich bin Arno." Er ließ sich

schwerfällig in einem Sessel neben der Couch nieder. „Brüderschaft trinken wir ein anderes Mal. Und jetzt los, schaue dich um. So viel Zeit bleibt nicht, der Laden öffnet gleich wieder." Er zwinkerte Zoey zu. Sie lächelte zurück und verließ mit schnellen Schritten das Wohnzimmer, die Tür hinter sich schließend.

Einzelne Stufen der Holztreppe knarrten, als Zoey langsam hochstieg. Sie mochte sich kaum vorstellen, wie Arno die Anstrengung jeden Tag meisterte. Lange wäre er dazu nicht mehr im Stande. Ob ein Treppenlift helfen würde? Das ist nicht der rechte Zeitpunkt, um dieses Thema anzusprechen. Du weißt doch, wie schwierig es ist, eigene Unzulänglichkeiten zu akzeptieren. Ein Problem nach dem anderen lösen.

Vom oberen Flur zweigten drei Zimmer ab. Bad, Elternschlafzimmer und ein weiterer Raum. In das Schlafzimmer spähte sie nur durch die Tür. Es widerstrebte ihr, sich den privaten Bereich von Paulina und Arno genauer anzusehen. Mit einem wuchtigen Doppelbett, Nachtschränkchen auf jeder Seite und einem riesigen Kleiderschrank, alles aus Eichenholz, war der geräumige Raum vollgestellt. Ein Fenster, das zur Straßenseite zeigte, vermochte den Eindruck von Enge nicht aufzulösen. Das Bad nebenan verfügte über eine Badewanne, eine Dusche existierte nicht. Neben der Wanne stand ein Plastikhocker, der als Hilfestellung zum Hineinklettern diente. Auch keine Dauerlösung. Die Ausstattung war zerschlissen, die grünen kleinen Kacheln mehr als dreißig Jahre alt. Sie würde nicht umhinkommen, alles komplett herauszureißen und neu zu gestalten. Altengerecht. Im ehemaligen Kinderzimmer waren auf den ersten Blick keine Spuren von Charlotte erkennbar. Vielleicht hatten die beiden sämtliche Erinnerungen auf den Speicher geschafft. Das Zimmer war im Gegensatz zum Schlafzimmer spärlich möbliert: Ein Bügelbrett stand aufgeklappt mitten im Raum, an einer Wand eine geblümte Ausziehcouch, an der anderen Seite ein heller Weißholzschrank. Spartanisch.

Zurück im Flur suchte Zoey nach dem Zugang zum Speicher und entdeckte schließlich unter der Blümchentapete an der Decke die Klappe. Kaum vorstellbar, dass Arno dort allein hinaufkam. Den Boden würde sie zu einem späteren Zeitpunkt erkunden. Sie schritt gemächlich die Treppe wieder hinunter, eine Hand auf dem polierten Holzgeländer. Gedankenverloren zog sie Bilanz. Fenster und Heizungsanlage waren sanierungsbedürftig, abgesehen von Bad und Toilette. Es war nötig, eine Menge Geld in die Immobilie hineinzustecken, eine monatliche Rentenzahlung für die beiden musste finanziert werden. Sie wollte das Haus haben, das war ihr sonnenklar. Und sie spürte, dass sie ihr Ziel erreichen würde. *Wenn es sich um die großen Entscheidungen drehte, warst du immer schnell.* Offenbar war ihr diese Fähigkeit nicht abhandengekommen.

Ihr Smartphone leuchtete auf, eine WhatsApp. Marlene bat um einen Rückruf. Das war ungewöhnlich, normalerweise telefonierten sie tagsüber nicht. Es handelte sich sicher um das Abendessen oder die Weihnachtsparty. Sie drückte auf verbinden und hatte Marlene wenige Sekunden später in der Leitung.

„Zoey, gut, dass du gleich zurückrufst." Marlene hörte

sich aufgeregt an und ihre Atmung beschleunigte sich. „Da hat eine Frau für dich angerufen, ich glaube, das war die Schwester von Leander. Helga Schwenn. Sie bittet um deinen Rückruf und hat mir ihre Nummer gegeben."

Zoeys Herz raste. Helga. Wie hatte die herausgefunden, dass sie auf Sylt war? Woher kannte sie Marlenes Telefonverbindung?

„Zoey, bist du noch da? Hast du etwas zum Schreiben oder hat das bis heute Abend Zeit? Ich wusste nicht, ob es wichtig ist. Wenn du nicht mit ihr sprechen kannst, musst du deinen Anwalt anrufen. Rege dich bitte nicht auf, das ist es nicht wert."

„Gib mir die Nummer, ich höre", zwang sich Zoey zu einer Antwort und notierte mit zittriger Hand die Zahlenfolge. Sie verabschiedete sich mit betont ruhiger Stimme bei Marlene und versprach, ihr heute Abend Näheres zu berichten. Wenn sie mit Helga telefoniert hatte. Wenn. Sie schlug mit der Faust mehrfach auf den Sekretär, bis es richtig weh tat. Sie zitterte am ganzen Körper und ging in die Hocke. Ihr war schlecht und sie fürchtete, sich übergeben zu müssen. Zoey stützte sich mit den Händen ab und ließ sich mit dem Rücken zur Wand nieder, die Beine ausgestreckt. Hoffentlich sah sie so niemand. „Leander", flüsterte sie, „was soll ich tun?"

Sie musste eine Weile so dagesessen haben, gedankenlos, das Herz rasend. Die Furcht, von einem Kunden oder von Arno überrascht zu werden, trieb sie wieder auf die Beine. Sie wankte zur Ladentür und verschloss sie. Sie musste herausfinden, was Helga im Schilde führte. Markus konnte sie nicht benachrichtigen. Er durfte keinen direkten Kontakt aufnehmen, das lief alles über ihren Anwalt. Wollte Helga einen Deal? Ihr Herz hüpfte vor Aufregung. Markus würde sie grillen, wenn sie ohne ihn mit ihr sprach. Egal. Ruf sie an. Je eher, je besser.

Helga hatte die Organisation der Beerdigung übernommen. Zoey war nicht im Stande gewesen, sich gegen diese Bevormundung zu wehren. Leander war neben seinen Eltern in Ohlsdorf begraben worden. Nur schemenhaft erinnerte sie sich, wie sie allein am offenen Grab stand, eine rote Rose in der Hand. So klischeehaft und so furchtbar. Leander hätte eine andere Art der Bestattung gewählt. Aber sie hatten nie über den Tod gesprochen, der Gedanke war Lichtjahre entfernt gewesen. Vorbei. Sie ballte die Hand erneut zur Faust, spannte alle ihre Muskeln an. Sekunden später ließ sie die Luft entweichen und atmete tief durch. Entspann dich, Zoey, sie kann dir nichts tun. Das Schlimmste ist bereits passiert.

Schließlich tippte sie mit zittrigen Fingern die aufgeschriebene Nummer ein und lauschte atemlos dem Signal.

„Schwenn."

„Ich bin es, Zoey, du hattest angerufen?" Sie presste die linke Hand fest zusammen, die Fingernägel gruben sich schmerzhaft in den Handteller.

„Danke für den Rückruf, Moment. Ich gehe in ein anderes Zimmer." Helga klang geschäftsmäßig, ohne Emotion.

Zoey schloss die Augen und zählte innerlich bis zehn. Nur nicht aus der Ruhe bringen lassen.

„So, hier bin ich wieder. Du wunderst dich sicher, warum ich anrufe."

Zoey sagte nichts.

„Ich habe mir überlegt, dass wir die Sache unter uns klären sollten. Bevor wir noch mehr Geld in die Rachen der Anwälte schmeißen."

Zoey schwieg weiter und lockerte ihre Hand ein wenig. Geld. Wenig überraschend. Dachte die Frau eigentlich ab und zu an etwas anderes?

Helga ignorierte das Schweigen von Zoey und redete übergangslos weiter. „Leander und ich haben uns seit Jahren nicht mehr verstanden. Das ist ein offenes Geheimnis. Trotzdem hat er kein Testament hinterlassen, ich bin seine Alleinerbin. Er wollte offensichtlich, dass sein Vermögen an die Familie fällt."

Zoey hatte einen faulen Geschmack im Mund und zwang sich, nicht zu antworten. Keine Angriffsfläche bieten.

„Ihr habt in wilder Ehe zusammengelebt, euch also absichtlich gegen eine rechtsverbindliche, das heißt respektable Beziehung entschieden. Mein Bruder war Jurist und wusste, was das bedeutet."

„Helga, komm zur Sache", antwortete Zoey endlich mit bewusst kontrollierter Stimme. Rechtsverbindliche, respektable Beziehung: Das hatte einen Hauch von Komik. Zoey malte sich aus, wie sie heute Abend Marlene den Inhalt des Telefonats wiedergeben würde. Die Aussicht erheiterte sie und sie unterdrückte gewaltsam ein hysterisches Kichern.

„Ich bestehe darauf, dass du unserer Familie das Bild von Chagall zurück gibst. Ich weiß genau, dass du es im Besitz hast. Es gehörte meinem Vater, Leander hat es nach seinem Tode aus der Erbmasse erhalten."

Das war offenbar der Vorschlag zur Einigung. Zoey

überlegte, bevor sie ihr, sorgfältig formuliert, antwortete. „Gesetzt den Fall, das Bild wäre bei mir. Ist das alles, was du willst?"

„Ja", ertönte Helgas Stimme, immer noch ohne irgendeine Modulation. „Mir ist klar, dass du sämtliche wertvollen Dinge eingesackt hast, Sachen, die dir nicht gehören. Wilfried hat mich aber davon überzeugt, dass mir der Kleinkram nichts bringt. Wir haben schließlich unser eigenes Auskommen. Du musst es bitternötig haben, dir widerrechtlich fremdes Eigentum anzueignen."

Zoey hielt das Handy mit zittriger Hand einen Meter von sich weg und atmete tief ein und aus. Lass dich bloß nicht von der Schnepfe provozieren.

„Wenn dein Anwalt eine Vereinbarung aufsetzt, bin ich einverstanden. Und jetzt entschuldigst du mich bitte." Zoey legte auf. Sie atmete erleichtert durch. Ihre Knie drohten erneut, nachzugeben, sie stützte sich am Sekretär ab. Das hast du wirklich klasse gemeistert. Soll sie den Chagall nehmen und endgültig aus meinem Leben verschwinden.

„Wenn Leander zu Ohren gekommen wäre, was seine Schwester heute an Unsinn erzählt hat, hätte er sich vor Lachen am Boden gewälzt oder er wäre zu ihr gefahren, um sie zu beschimpfen. Vermutlich Ersteres", sagte Zoey zu Marlene. Sie saßen in ihren jeweiligen Stammsesseln vor dem Kamin. „Wilde Ehe, unglaublich, oder? Wer benutzt diesen Ausdruck heute noch?"

„Leider wieder mehr Leute, als wir uns vorstellen möchten." Marlene stand auf und warf ein Holzscheit in die Flammen. „Aber genug der trüben Gedanken. Wichtig ist, dass du frei von der Belastung in das neue Jahr startest. Das ist jeder Chagall dieser Erde wert." Sie lachte. „Auch wenn ich eine große Verehrerin von Marc Chagall bin."

„Du hast recht, du hast recht, du hast recht. Hoffentlich überlegt sie es sich nicht wieder anders."

„Ach, das glaube ich nicht. Warte ab, das Anwaltsschreiben kommt sicher noch in diesem Jahr."

Zoey stellte fest, dass die Erleichterung verschwunden war, sie fühlte sich nur noch erschöpft und leer. Die Wut auf Leander, die während des Telefonats mit Helga erneut aufgekocht war, brutzelte auf leiser Flamme.

„Irgendwann wird dein Kummer über das Verhalten von Leander vergehen, glaube mir. Du wirst dich an die guten Tage erinnern und frei sein."

„Liest du meine Gedanken?"

„Natürlich. Soll ich die Kristallkugel holen?"

Zoey gluckste und der Druck auf der Brust ließ etwas nach. „Ja bitte. Lass uns nach Sexabenteuern Ausschau halten."

22

Heiligmorgen. Die Luft war kalt und klar. Perfektes Weihnachtswetter auf der Insel. Marlene hatte Zoey auf eine Hunderunde geschickt, sie wollte allein die letzten Vorbereitungen für das Buffet treffen. In der Küche war jede freie Fläche mit Lebensmitteln belegt. Am Strand war nichts los, nur wenige Spaziergänger am Horizont. Der Rest verbrachte den Tag vermutlich, wie Marlene, in der Küche. Max sauste wie der Blitz zum Wasser, Zoey folgte in gemächlicherem Tempo. Die Wellen trugen Schaumkronen und einzelne Flöckchen wirbelten durch die Luft. Max versuchte, die Schaumflocken zu fangen, und tänzelte wild bellend herum. Pure Lebensfreude. Zoey setzte sich in den Sand und zog sich Schuhe und Socken aus. Mal sehen, wie eisig das Wasser war. Mit hochgekrempelten Hosen, die Schuhe an den Schnürsenkeln zusammengebunden und über die Schulter geworfen, tastete sie sich vorsichtig vor. Die nächste Welle kam und die Füße wurden überflutet. Verdammt kalt.

„Ich bin beeindruckt."

Zoey fuhr erschrocken zusammen und hätte fast ihre Schulterlast ans Meer verloren. Vor ihr stand Moritz, eingepackt in eine dicke dunkle Burberry-Jacke, umhüllt von einem weißen Strickschal, auf dem Kopf eine blaue Pudelmütze. Er strahlte sie an.

„Was machst du denn hier?", stammelte sie und verfluchte sich für ihre Unbeholfenheit.

Moritz beugte sich zu ihr und gab ihr einen leichten Kuss auf die Wange. „Du erinnerst dich sicher: Marlene hat mich eingeladen. Ich war eben bei euch zu Hause und fand sie in der Küche inmitten von Lebensmittelbergen vor. Sie hat mich praktisch hinausgeschmissen und gesagt, dass du vor wenigen Minuten zum Strand gegangen bist."

„Ich wurde auch des Hauses verwiesen. Der Hund braucht Bewegung." Max war kurz zur Begrüßung von Moritz erschienen, tollte inzwischen wieder in den Wellen herum. „Ich muss laufen, sonst frieren meine Füße ab."

„Darf ich dich begleiten?"

„Na klar."

Einträchtig schritten sie nebeneinander in Richtung Norden, der Hund lief voran, immer wieder aufs Neue bellte er und vertrieb die Möwen. Nach ein paar Minuten merkte Zoey, wie ihre Füße anfingen zu schmerzen, sie war gezwungen, ihre Schuhe anzuziehen.

„Es ist doch zu kalt. Warte mal einen Moment." Zoey setzte sich in den Sand und säuberte mit den Socken die Füße, bevor sie sich ihre Wanderschuhe wieder anzog.

„Das beruhigt mich jetzt ungeheuer", bemerkte Moritz und reichte ihr die Hand, um ihr aufzuhelfen.

„Dass ich nicht so abgehärtet bin", fiel sie in sein Geplänkel ein.

„Ja, genau. Der Super-GAU wäre, wenn du in die Wellen gesprungen wärst."

„Das überlasse ich lieber Mäxchen. Mir reichen die Füße. Obwohl Eisbaden gesund sein soll."

„Mich schüttelt es bereits bei der Vorstellung."

„Wie lange bleibst du?"

„Ich habe Urlaub bis zum neuen Jahr. Und du? Wann kommst du zurück nach Hamburg?" Moritz blieb stehen.

„Äh, ich weiß es gar nicht so genau", antwortete Zoey. „Komm, lass uns noch ein Stück weitergehen." Sie fühlte sich unter seinem fragenden Blick unwohl.

Sie erzählte von Arno und Paulina, der Buchhandlung und ihren Überlegungen, das Haus zu kaufen. Die Verschuldung erwähnte sie nicht, das ging ihn nichts an, außerdem wollte sie die beiden nicht bloßstellen. Moritz war ein guter Zuhörer, er unterbrach sie nicht. Als das rote Kliff von Kampen erreicht war, kehrten sie um.

„Das klingt für mich so, als hättest du den Wunsch, auf der Insel zu bleiben, um eine Buchhandlung zu führen", sagte er schließlich.

„Na ja. Wollen und Können sind unterschiedliche Paar Schuhe. So naiv bin ich nicht. Ich muss doch das Haus finanzieren. Das wird nur funktionieren, wenn ich weiter in Hamburg bleibe und arbeite. Zumindest für ein paar Jahre."

„Das freut mich."

„Warum sagst du das?"

Moritz ergriff ihre Hand. „Ich möchte dich näher kennenlernen, mit dir zusammensein, Tango tanzen, dich zum Essen ausführen. Reicht das für den Anfang?"

Zoey wusste nicht, was sie sagen sollte.

„Bin ich zu schnell für dich?"

Zoey drückte seine Hand.

„Ich …"

„Schon gut, sag nichts. Ich habe Zeit."

Moritz erwiderte den Händedruck und ein paar Meter liefen sie Händchen haltend, bis Max aus den Wellen auf sie zustürmte und sich in aller Inbrunst vor ihnen schüttelte.

In Wenningstedt verabschiedeten sie sich am Parkplatz voneinander und Zoey beeilte sich, zurück zu Marlene zu gelangen. Es war halb drei und sie wollte noch duschen, bevor die Gäste erscheinen würden. Außerdem gab es bestimmt die eine oder andere Sache, die sie Marlene abnehmen konnte. Auch, wenn Marlene sie mit den Worten aus dem Haus gescheucht hatte, dass sie allein schneller sei.

„Wir sind wieder da", rief Zoey und putzte Max sorgfältig Pfoten und Fell ab, bevor sie ihn ins Haus ließ. Wie immer stürmte der Hund sofort in die Küche. Zoey folgte ihm auf dem Fuße, um rechtzeitig eingreifen zu können, falls sich irgendwelche Leckereien in gefährlicher Nähe befanden.

Die Küche war sorgfältig hergerichtet worden. Sämtliche Ablageflächen waren mit Platten und Schüsseln bedeckt: eingelegte Paprika und Oliven, Matjes- und Krabbensalat, eine Lachsseite mit Meerrettichdip, Parmaschinken mit Melone, Vitello tonnato und eine große Käseplatte. Daneben ein selbst gebackener Schokoladenkuchen und diverse Weihnachtsplätzchen. Im Ofen warteten unterschiedliche Quiches auf die Gäste. Es sah alles unbeschreiblich lecker aus. Zoey schnappte sich ein Stück Weichkäse und scheuchte Max, der interessiert vor der Schinkenplatte stand, aus der Küche. Man wusste ja nie.

Sie schloss die Tür und begab sich auf die Suche nach ihrer Freundin.

Marlene lag in der Badewanne und las einen Krimi. Sie hatte die Haare hochgesteckt und lächelte, als Zoey den Kopf durch die Tür streckte.

„Komm ruhig rein."

„Ich habe die Küchentür zugemacht, damit Max nicht in Versuchung gerät. Du hast ja bereits alles erledigt, ich habe ein ganz schlechtes Gewissen."

„Keine Sorge, du darfst morgen früh abwaschen." Marlene wackelte mit den Zehen und legte ihr Buch auf den Boden. „Hast du Moritz getroffen? Er kam, da warst du gerade weg."

„Ja. Wir sind zusammen bis nach Kampen gegangen."

„Soso."

„Was willst du mir damit sagen?"

„Moritz mag dich."

„Hat er das erzählt?"

„Das muss er nicht, ich habe schließlich Augen im Kopf."

Zoey war sprachlos und verlegen zugleich. „Denkst du wirklich?"

Marlene stieg aus der Wanne. Zoey reichte ihr ein Handtuch und sah zu, wie sie sich abtrocknete.

„Ja, und dir ist das auch bewusst." Marlene rieb sich sorgfältig mit Körperlotion ein. „Gefällt er dir?"

„Ich …" Zoey stand hinter Marlene, ihre Blicke trafen sich im Spiegel.

„Er gefällt dir."

„Ja, aber …"

„Du hast alle Zeit der Welt. Nur nichts überstürzen."

„Das hat Moritz auch gesagt."

„Gut. Ich freue mich für euch. Ich schlüpfe jetzt in mein Weihnachtsoutfit und wir trinken beide in Ruhe ein Gläschen Sekt, bevor die Meute hier einfällt."

„Ich dusche nur schnell. Was genau verstehst du unter Weihnachtsoutfit? Muss ich mir ein Kleid anziehen?"

„Natürlich nicht. Hast du überhaupt eins mit?"

„Natürlich nicht." Zoey schlang von hinten die Arme um Marlene und wiegte sie nach links und rechts. „Du hast mein Leben gerettet. Ist dir das eigentlich klar?"

„So ein Quatsch. Das hast du von allein geschafft. Ich habe dir nur einen winzigen Schubs gegeben und war zur rechten Zeit da. Für das nötige Konfetti hast du gesorgt." Marlene gab Zoey einen leichten Kuss auf die Wange. „Und jetzt husch, husch, schließlich wollen wir ein Gläschen trinken."

Zoey hatte sich nach langem Hin und Her für eine hellgraue Stoffhose entschieden, dazu eine ihrer weißen, lässig geschnittenen Lieblingsblusen. Die Art von Kleidungsstück, die man nicht zu bügeln brauchte. Aufgepeppt wurde das Ensemble durch eine lange, offen getragene dunkelviolette Wollweste. Außer einer Halskette mit schwarz-lilafarbenen Holzsteinen trug Zoey keinen Schmuck. Sie hatte sich dezent geschminkt, zur Feier des Tages sogar einen Lippenstift benutzt. Der war vermutlich in einer Stunde nicht mehr sichtbar, aber egal. Das Weihnachtsgeschenk für Marlene hatte sie am frühen Morgen aus dem Auto geholt und unter ihrem Bett versteckt. Jetzt war der passende Zeitpunkt, um es ihr zu übergeben.

Mit dem eingepackten Bild unter dem Arm machte sie

sich auf den Weg in Richtung Küche, wo Max freudig wedelte und sie in Empfang nahm. Draußen verblasste das Tageslicht. Marlene hatte alle Lichter angeschaltet. In der Küche standen Kerzen in unterschiedlichen Haltern. Sobald die ersten Gäste eingetroffen waren, würde Zoey sie anzünden. Marlene saß am Küchentisch, auf dem in der Mitte ein kleiner Strauß mit Tannenzweigen und Amaryllis stand, vor sich zwei Gläser Sekt.

„Da bist du ja endlich. Ich habe die Flasche bereits geöffnet und auf mich selbst getrunken."

„Keine schlechte Idee. Das hast du dir auf jeden Fall verdient."

Zoey setzte sich und schob Marlene das Geschenk über den Tisch zu. „Das ist für dich. Zu Weihnachten."

Diverse glitzernde Armbänder bewegten sich, als Marlene nach dem Geschenk griff.

„Ich liebe Überraschungen. Das gehört zum Weihnachtsfest dazu." Sie hob das Paket an und schüttelte es leicht. „Was mag das bloß sein? Ich bin total gespannt. Aber lass uns erst anstoßen." Sie deutete auf das zweite Glas Sekt, das sie in Richtung von Zoey schob. „Ich trinke auf dich, auf mich und auf uns. Es war Schicksal, dass wir uns begegnet sind, davon bin ich überzeugt. Auf unsere Freundschaft."

Die Gläser klirrten und Zoey blickte in Marlenes blaue Augen, die sie mit hellblauem Lidschatten und dickem Lidstrich hervorgehoben hatte.

„Fröhliche Weihnachten und immer genügend Konfetti in unserem Leben", erwiderte Zoey den Trinkspruch. „Und jetzt mach dein Geschenk auf. Ich bin mindestens genauso gespannt wie du, ob es dir gefällt."

Marlene stellte ihr Glas beiseite und fing an, die

Verpackung aufzureißen. „Ich gehöre übrigens nicht zu den Menschen, die Geschenkbänder sorgfältig aufknoten und das Papier nach dem Auspacken bügeln, um es wiederzuverwenden", sagte sie und kicherte, als das Geschenkpapier riss.

„Darauf wäre ich nie gekommen", sagte Zoey, deren Herz bis zum Halse schlug. Hoffentlich hatte sie das Richtige ausgesucht.

Zoey hielt den Atem an. Ihre Freundin legte das Bild neben sich auf die Bank und sagte nichts. Max beschnupperte das Papier, bevor er sich mitten hineinplatzierte.

„Du bist völlig verrückt", meldete sich Marlene nach einer für Zoey gefühlten Ewigkeit zu Wort. Ihre Stimme klang belegt.

Zoey fiel buchstäblich ein Stein vom Herzen. Sie hatte die richtige Wahl getroffen.

„Ach was", antwortete sie. „Obwohl Orange ja so gar nicht deine Farbe ist."

„Es ist perfekt. Ich liebäugle seit Langem mit dem Bild. Wer hat dir …"

„Ich habe mit Helene Winter gesprochen."

„Ach so." Marlene hielt das Bild inzwischen in den Händen und betrachtete es immer noch.

Es klingelte. Zoey sah auf ihre Armbanduhr. Halb fünf: Ob das die ersten Gäste waren?

Max sprang laut bellend auf und raste in den Flur.

„Gehst du bitte an die Tür. Ich verstaue mein Weihnachtsgeschenk, damit es nicht aus Versehen Schaden nimmt."

Zoey sprang auf und eilte zur Tür, wo sie Max mit einem Bein zurückschob. „Benimm dich, Hund", flüsterte sie ihm zu.

Ihr blieb vor Verwunderung der Mund offenstehen, als sie Mona erkannte, die neben einem fremden Mann im Türrahmen stand und sie verschmitzt anlachte.

„Fröhliche Weihnachten, Zoey", sagte sie und küsste Zoey auf die Wange. „Das ist mein Freund Tobias."

„Tobias Münzer. Fröhliche Weihnachten." Monas Lebensgefährte trug eine schwarze Hornbrille, durch die er Zoey belustigt musterte. Er war ihr auf den ersten Blick sympathisch.

„Und du bist bestimmt Max." Mona kniete sich vor dem Hund nieder und streichelte ihn.

Zoey besann sich auf ihre Gastgeberpflichten und bat die beiden hinein.

„Lass uns erst die Sachen aus dem Auto holen", meinte Mona, die sich wieder erhoben hatte.

„Ja, natürlich. Ich ziehe mir nur andere Schuhe an."

„Das ist nicht nötig", sagte Tobias und reichte Mona eine Reisetasche. „Ich mach das."

„Mona. Herzlich willkommen in Wenningstedt. Das hat ja wunderbar geklappt. Die Party beginnt in einer Viertelstunde." Marlene war hinter Zoey aufgetaucht und nahm Mona die Tasche ab. Sie gab ihr die Hand. „Wo ist denn Ihr Freund?"

„Der holt die Geschenke aus dem Auto."

Wie aufs Stichwort erschien Tobias wieder, bewaffnet mit einem Backofenblech.

„Was ist das denn?", fragte Zoey und versuchte, Max davon abzuhalten, an Tobias hochzuspringen.

„Mona hat etwas für das geplante Buffet vorbereitet, im Auto warten noch zwei große Einkaufskörbe sowie ein paar Flaschen Wein."

Mona knuffte ihren Freund spielerisch in die Seite.

„Du vergisst, die Tüte mit den Büchern zu erwähnen."

„Ich sehe schon, dass wir uns ausgezeichnet verstehen werden." Marlene nahm Tobias das Blech ab. „Sie dürfen uns öfter besuchen."

Mona hatte Quiches, diverse Dips und Salate vorbereitet, außerdem zwei Zitronenkuchen beigesteuert. Nachdem sie alles in die Küche gebracht hatten, konnte man sich im Raum nicht mehr bewegen. Unter großem Gelächter beschlossen Marlene und Zoey, einen Teil der Lebensmittel auf den Terrassentisch auszulagern.

„Wir werden nicht verhungern und können in Ruhe einschneien", sagte Marlene, als die letzte Quiche abgedeckt ihren vorläufigen Platz gefunden hatte. Tatsächlich rieselten ein paar Schneeflocken zu Boden.

„Noch einmal herzlich willkommen, ihr Lieben", erhob Marlene ihr Glas. „Ich schlage vor, dass wir uns duzen. Da ich die Älteste bin, darf ich das vorschlagen." Bevor sie trinken konnte, klingelte es erneut. Max rannte bellend zur Tür. „Unsere Weihnachtsparty beginnt."

In der nächsten Stunde lernte Zoey ein paar von Marlenes Freunden und Bekannten kennen. Den einen oder anderen, wie den Herrn mit Seemannstroyer, den sie auf der Vernissage getroffen hatte, kannte sie bereits vom Sehen. Er hieß Jasper und konnte sich an sie erinnern, begeistert schüttelte er ihre Hand. Die meisten Gäste hatte sie noch nie gesehen: Da waren alleinstehende ältere Damen, die unisono mit Selbstgebackenem erschienen und sich an dem Weihnachtsbaum und den Kerzen erfreuten, um sich wenig später in eine Ecke des Wohnzimmers zurückzuziehen und miteinander zu plaudern. Die Single-Männer blieben in der Küche und sprachen dem Bier zu. Zoey hatte zusammen mit Marlene drei Kästen besorgt. Sie hatte sich gewundert, für wen diese Menge Bier benötigt wurde, jetzt war ihr klar, dass Marlene nicht übertrieben hatte. Es gab nur wenige Paare unter den Gästen, Arno und Paulina waren eins davon. Paulina steuerte mit Zoeys Hilfe einen der Sessel im Wohnzimmer an. Arno zog es vor, in der Küche bei den Männern zu bleiben. Zoey kümmerte sich darum, dass Paulina ein Glas Sekt erhielt und brachte ihr etwas zu essen. Die meisten Leute kannten sich und es herrschte eine ausgelassene Stimmung. Das Buffet war von Marlene ohne Federlesens eröffnet worden und Zoey sorgte für den Nachschub an Lebensmitteln von der Terrasse oder aus dem Kühlschrank, wenn etwas auszugehen drohte. Mona half ihr, indem sie immer wieder Quiche in den Ofen schob, sobald eine Platte geleert war.

„Das ist wirklich mal eine andere Art, Weihnachten zu feiern", sagte Mona und stellte schmutziges Geschirr in die Maschine. „Letztes Jahr um diese Zeit saß ich mit meiner Tochter zusammen. Nele hat versucht, mich aufzuheitern, damit ich nicht in Versuchung geriet, über frühere Weihnachtsfeste nachzudenken. Nicht, dass du denkst", sie richtete sich auf und sah Zoey an, „ich wollte meinen Mann zurück, aber trotzdem. Dieses sentimentale Feeling, was viele vor Weihnachten überfällt. Irgendwie konnte auch ich mich davon nicht freimachen. Ich ..." Sie stockte.

„Ich weiß genau, was du meinst. Leander und ich sind häufig über Weihnachten in den Süden geflogen, damit wir dem ganzen Rummel entgehen. Aber hier heute ..." Sie überlegte, wie sie es ausdrücken sollte. „Das hier fühlt

sich so richtig an. Die meisten Leute leben allein und sä-
ßen vermutlich vor dem Fernseher mit irgendeinem Fer-
tiggericht." Zoey wies in Richtung der Männergruppe.

„Also die Männer bestimmt", sagte Mona und lachte.

„Die Frauen wahrscheinlich auch. So viele alleinstehende Geschlechtsgenossinnen und keine kommt darauf,
sich zusammenzutun."

„Marlene ist auf die Idee gekommen."

„Stimmt."

„Du magst sie sehr, nicht wahr?", fragte Mona und
schloss die Tür des Geschirrspülers mit einem Ruck.

„Ja. Ich bin mir nicht sicher, ob ich es ohne sie geschafft hätte."

„Störe ich?"

Zoey fuhr herum. Moritz stand hinter ihr, lässig gekleidet in schwarzen Jeans und einem weißen Hemd, die
Ärmel hochgekrempelt, um den Hals einen blau-weiß
gestreiften Seidenschal.

„Nein, natürlich nicht." Zoey fühlte, wie sich ihr Herzschlag beschleunigte. Sollte das jetzt immer so sein, wenn
sie Moritz begegnete? „Ich fing an, mich zu fragen, wo
du bleibst."

„Nach unserem Strandspaziergang habe ich mich auf
mein Bett gelegt. Der Plan war, ein kurzes Nickerchen
zu halten. Vor einer halben Stunde bin ich wieder aufgewacht. Gott sei Dank nicht später, nachher hätte ich bestimmt nichts mehr zu essen bekommen."

„Also diese Sorge kann ich Ihnen nehmen. Speis und
Trank gibt es im Überfluss", schaltete sich Mona in das
Gespräch ein.

„Mona, das ist Moritz Löwe, ein Freund von Marlene
aus Hamburg. Moritz, das ist Mona Lehmann, eine

ehemalige Kundin und inzwischen Freundin, auch aus Hamburg. Sie kann fabelhaft kochen und hat eine Wagenladung Leckereien mitgebracht."

„Sehr angenehm." Beide schüttelten sich die Hände. „Ich hoffe, dass ich auch ein Freund von dir bin." Moritz sah sie unvermittelt durch seine Nickelbrille an.

„Äh."

„Du hast bei der Vorstellung gerade gesagt, ‚ein Freund von Marlene‘." Moritz feixte.

„Sehr witzig."

Mona ließ das Geschirrtuch in die Spüle fallen. „Ich sehe mal, was Tobias so macht. Bis später."

Moritz trat einen Schritt näher auf Zoey zu. „Habe ich sie jetzt vertrieben? Das wollte ich nicht, obwohl …" Er griff in die Hosentasche und förderte einen weißen Umschlag zutage, den er ihr hinhielt. „Fröhliche Weihnachten, Zoey. Das hier ist für dich. Wann immer du willst."

Zoey griff reflexartig nach dem Umschlag. Was konnte das wohl sein? „Ich … äh", stammelte sie, „ich habe gar kein Geschenk für dich." Sie betrachtete den Brief, auf dem ihr Name stand.

„Ich könnte jetzt sagen, dass es ein Geschenk sei, dich kennengelernt zu haben." Er grinste sie an. „Aber so schmalzig bin ich nicht."

„Schade. Ein bisschen Schmalz schadet manchmal nicht." Sie ging auf seinen leichtfertigen Tonfall ein und steckte den Umschlag in die Westentasche. Moritz fing ihren Blick ein. Das war definitiv mehr als ein Flirt.

„Junge Frau, haben Sie noch etwas von diesem leckeren Lachsauflauf?" Einer der älteren Herren, sie konnte sich an seinen Namen beim besten Willen nicht erinnern, reichte ihr den leeren Teller.

„Ich schau mal in den Ofen. Wir haben verschiedene Sorten, ich weiß nicht, welche gerade erwärmt wurde."

„Auch egal", brummelte der Mann, der nicht mehr ganz nüchtern war. „Hauptsache, sag ich immer, es schmeckt."

„Da haben Sie recht", sagte Moritz und nahm ihm den Teller ab. Zoey öffnete die Ofentür und stellte das halb leere Blech auf einen Korkuntersetzer.

„Es ist die Quiche mit Ziegenkäse, Spinat und Tomaten."

„Das klingt nach dem, was ich jetzt brauche", verkündete Moritz.

Zoey schnitt ein größeres Stück ab und beförderte es auf den Teller des älteren Herrn. „Hier bitte."

Moritz schob sich den Rest auf eine Serviette und biss hinein.

„Ach, hier seid ihr", sagte Marlene, die einen Stapel benutztes Geschirr in Händen hielt. Zoey wich zur Seite aus, damit sie es abstellen konnte.

„Guten Abend, Moritz, wolltest du mich auch noch irgendwann begrüßen?" Marlene zwinkerte Zoey zu. Moritz kaute an der Quiche und rollte die Augen nach oben.

„Fröhliche Weihnachten, Marlene", sagte er, nachdem das letzte Stück verspeist hatte und nahm sie in die Arme.

„Fröhliche Weihnachten, Moritz."

„Ich glaube, die Party läuft gut", bemerkte Marlene, als sich die beiden voneinander gelöst hatten. „Alle unterhalten sich prima."

„Ja. Und jeder ist begeistert vom Buffet." Zoey deutete auf das Männergrüppchen.

„Wo sind eigentlich Mona und Tobias?"

Zoey sah sich suchend um. „Gerade waren beide noch da. Warum?"

„Ich möchte Paulina Tobias vorstellen. Er ist doch Buchhändler und kennt sich aus. Vielleicht kann er ihr helfen."

„Auf die Idee bin ich überhaupt nicht gekommen", wunderte sich Zoey.

„Na ja", sagte Marlene und räusperte sich. „Du bist ja auch abgelenkt."

Stunden später, die Kerzen waren heruntergebrannt und die meisten Gäste hatten sich auf den Heimweg begeben, trafen sich Marlene und Zoey allein in der Küche. Marlenes Haar hatte sich wie immer gelöst und fiel in Wellen über den Rücken. Trotz der späten Stunde leuchteten ihre Augen, sie wirkte nicht erschöpft. Zoey hatte die Spülmaschine angestellt und war dabei, die Salate und Speisen abzudecken.

„Räum hier bloß nicht auf", sagte Marlene und schnitt sich ein Stück von dem zerlaufenen Camembert ab. „Das erledigen wir morgen. Komm ins Wohnzimmer, jetzt nähert sich der gemütliche Teil des Abends. Wir gönnen uns deinen Tignanello und erzählen uns Weihnachtsgeschichten."

Alle Köpfe wandten sich zu ihr, als Zoey ins Wohnzimmer schlüpfte und stehen blieb, um die Szenerie aufzunehmen. Sämtliche Sitzgelegenheiten waren so gruppiert worden, dass man den Weihnachtsbaum, dessen Lichter brannten, bewundern konnte. Marlene hatte neue Kerzen in die Halter auf der Fensterbank gesteckt und angezündet. Die goldenen Kugeln glänzten im Kerzenschein.

Auf dem Couchtisch stand eine bunte Schale mit Weihnachtsplätzchen, daneben Rotweingläser und zwei Flaschen Tignanello. Tobias war dabei, eine davon zu öffnen. Sie fühlte sich angenehm beschwingt, aber nicht betrunken. Arno und Paulina hatten die beiden Ohrensessel, die dicht nebeneinanderstanden, belegt, Mona saß auf dem Sofa an der Seite von Marlene und beobachtete mit einem weichen Lächeln Tobias. Moritz hatte sich auf ein geblümtes Sitzkissen neben dem Kamin gefläzt, Max lag vor ihm, alle Viere von sich gestreckt.

„Komm her zu mir, Zoey", sagte er mit belegter Stimme und rückte ein Stück zur Seite. „Ich kann hier nicht mehr aufstehen und brauche nachher jemanden, der mich hochzieht. Der Fluch des Alters."

„Werden Sie erst einmal so alt wie ich", polterte Arno, der die Hand seiner Frau ergriffen hatte.

Zoey ließ sich neben Moritz auf das Kissen fallen und spürte, wie er einen Arm um sie legte und sie leicht an sich drückte.

Tobias reichte jedem einen bauchigen Kelch. Als alle versorgt waren, räusperte sich Moritz. „Ich will mich nicht bewegen, möchte aber mein Glas auf Marlene, unsere Gastgeberin, erheben. Ich schätze mich sehr glücklich, zu deinen Freunden zu gehören, liebe Marlene. Auf dich. Auf die Freundschaft."

„Auf Marlene."

23

Zoey erwachte und sah auf ihrem Handy, dass es kurz vor acht war. Deutlich zu früh, sie war erst weit nach Mitternacht ins Bett gekommen. Sie drehte sich ein paar Mal herum in der Hoffnung, wieder einschlafen zu können. Es nützte nichts. Sie stand auf und schlüpfte in Jeans und Pulli. Leise schlich sie in die Küche, um niemanden zu wecken. Max lag in seinem Korb und hob träge den Kopf. Er war zuletzt gegen drei Uhr draußen gewesen.

Zoey stellte den Wasserkocher an und gähnte. In der Küche sah es aus, als hätte eine Bombe eingeschlagen. Überall stapelte sich schmutziges Geschirr, neben Gläsern und angebrochenen Flaschen. Gestern oder besser heute Morgen hatten sie es noch geschafft, Lebensmittel im Kühlschrank oder auf der Terrasse zu verstauen. Zoey seufzte und suchte nach der Teekanne. Ein kräftiger Ostfriesentee mit Kandis wäre jetzt genau das Richtige. Sie fing an, die Geschirrspülmaschine auszuräumen, und verteilte die Sachen in den Schränken. Im Anschluss sortierte sie schmutzige Teller und Besteck in die Maschine, schaltete das Teil an und hoffte, dass der Lärm erträglich war. Den Rest würde sie mit der Hand spülen. Als sie die erste Ladung geschafft und sie sich mit ihrem Teebecher und einer Scheibe getoastetem Brot an den frisch abgewischten

Tisch gesetzt hatte, erhob sich Max aus seinem Korb und baute sich vor ihr auf.

„Du hast doch wohl nicht schon wieder Appetit, oder?" Zoey strich Max über das flauschige Fell und lachte leise. „Nach dem, was ich mitbekommen habe, bist du gestern nicht verhungert. Im Gegenteil."

„Führst du Selbstgespräche?"

Mona lehnte im Türrahmen und grinste. Sie trug ebenfalls Jeans und Pullover, ihr Haar stand ein wenig vom Kopf ab.

„So schlimm ist es noch nicht", sagte Zoey. „Guten Morgen übrigens. Wie hast du geschlafen?"

„Dir auch einen guten Morgen. Wie ein Stein."

„Das kenne ich, die salzige frische Inselluft. Möchtest du auch einen Tee? Oder lieber Kaffee?"

„Auf jeden Fall Kaffee, aber ich mache ihn mir selbst." Mona kraulte Max am Hals und bewegte sich zielstrebig zur Kaffeemaschine, die mit einem knarzenden Geräusch erwachte. Kurze Zeit später duftete es nach frisch gemahlenen Bohnen und Mona nahm mit einem gefüllten Kaffeebecher neben ihr Platz. „Das habe ich jetzt gebraucht", sagte sie, nachdem sie einen Schluck getrunken hatte.

„Schläft Tobias noch?"

„Tief und fest."

„Marlene scheint auch noch nicht wach zu sein. War ja auch spät gestern."

„Ja."

„So ein schöner Heiligabend." Zoey ließ das Fest vor ihrem inneren Auge Revue passieren. Sie hatten zu siebt die zwei Flaschen Rotwein geleert. Besser gesagt zu sechst: Arno hatte fast nichts getrunken und war mit

Paulina gegen ein Uhr aufgebrochen. Zu fünft hatten sie bis kurz vor drei um den Weihnachtsbaum gesessen und sich Geschichten aus der Kindheit erzählt. Zoey war sich dabei die ganze Zeit der Nähe von Moritz bewusst gewesen. Der Abend endete mit einem zärtlichen Kuss vor der Tür, unterbrochen von Max, der sich zwischen sie drängte, um im Garten sein Geschäft zu verrichten. Sie musste lächeln, als sie sich daran erinnerte.

„Du siehst wie eine zufriedene Katze aus", sagte Mona.

„Kennst du dich mit diesen Tieren aus?"

„Nö, aber ich stelle mir das so vor."

Zoey deckte den Frühstückstisch für alle, während Mona Eier für Rührei schlug. Da sich die anderen Hausbewohner nicht blicken ließen, beschlossen sie, eine kurze Hunderunde mit Max zu absolvieren.

„Lass uns einmal den Teich umrunden", sagte Zoey.

Draußen lag ein wenig Schnee und ihre Schuhe knirschten auf dem Untergrund. Max hatte die Trägheit abgeschüttelt und zog an der Leine, als sie sich dem See näherten und er die ersten Wasservögel bemerkte. Zoey griff nach seinem Halsband. „Vergiss es." Sie genoss die Stille und war froh, dass Mona ebenfalls schwieg. Alles wirkte so friedlich und geruhsam.

„Hast du dich gut amüsiert", fragte Zoey Mona. Sie waren wieder auf dem Rückweg und kamen an der geschlossenen Bäckerei vorbei.

„Oh ja", antwortete Mona. „Mein erster Heiligabend ohne ein Familienmitglied. Unvorstellbar, oder? Da musste ich so alt werden, um zu erkennen, dass man auch ohne Kind und Kegel fabelhaft Weihnachten feiern kann."

„Nee klar, du bist ja praktisch kurz vor scheintot", sagte Zoey. Sie wusste genau, was Mona meinte.

„Nur weil du unwesentlich älter bist, solltest du dich nicht über Jüngere lustig machen." Mona giggelte.

„Wo feiert denn deine Tochter?"

„Nele war gestern bei ihrem Vater und dessen Freundin. Wobei ich davon ausgehe, dass sie nach der Bescherung in die Disco gegangen ist. Ach nee, Club heißt das ja neuerdings."

„Versteht sie sich mit der Neuen von deinem Ex?"

„Mit Vanessa? Klar. Ich vertrage mich ja auch gut mit ihr."

„Du bist eine ungewöhnliche Frau, Mona."

„Ich bin genauso ungewöhnlich wie du oder Marlene. Oder wie meine anderen Freundinnen. Wir Frauen sind einfach so."

„Mhm."

„Du bist nicht überzeugt."

„Nicht wirklich. Ich muss nur an Helga, Leanders Schwester denken."

„Ausnahmen bestätigen die Regel."

„Haha."

Die Küche sah noch genauso aus, wie sie sie verlassen hatten. Zoey holte die Hundenäpfe von Max aus der Abstellkammer und füllte den einen mit Wasser, den anderen mit Trockenfutter. Der Retriever schnüffelte kurz an dem Futter und blickte Zoey fragend an.

„Vergiss es, Hund. Du hattest gestern Abend bereits dein Weihnachtsdinner."

„Nicht einmal ein kleines Weihnachtswürstchen?" Tobias stand in der Tür und grinste verschlafen. Er gab

Mona einen leichten Kuss auf den Mund. „Ich habe geschlafen wie ein Bär. Wie ich sehe, wart ihr alle fleißig. Jetzt bekomme ich ein ganz schlechtes Gewissen." Er zwinkerte Zoey zu und griff nach einem Becher, den er unter die Maschine schob. „Erstmal Kaffee."

„Du darfst nachher abwaschen", sagte Mona. „Für mich auch einen. Mögt ihr Rührei?"

„Und bitte einen für Marlene. Ich bringe ihr den Kaffee ans Bett. Sehr gern." Zoey deutete auf die geschlagene Eimasse.

Sie klopfte an Marlenes Schlafzimmertür und öffnete sie vorsichtig. Marlene lag im Bett, ein Kissen im Rücken, vor sich einen dicken Roman. Sie schob die Lesebrille über die Haare. „Guten Morgen, meine Liebe. Wie du siehst, bin ich zu faul, um aufzustehen. Ich glaube, ich bleibe noch ein wenig hier und schmökere in meinem Weihnachtsgeschenk." Ihr Blick fiel auf den Kaffee. „Du bist ein Engel. Genau das habe ich gebraucht."

Zoey stellte den Becher auf den Nachttisch. „Bleib ruhig liegen. Mona und ich waren mit Mäxchen draußen und frühstücken jetzt. Sie hat Rühreier zubereitet. Was darf ich dir bringen?"

„Rühreier wären himmlisch."

„Kommt sofort." Zoey schloss die Tür und ging zurück zur Küche, wo Mona und Tobias es sich mit Kaffee, Eiern, ein paar der Salate und anderen Leckereien gemütlich gemacht hatten. Max lag ihnen zu Füßen, seinen Hundenapf hatte er nicht angerührt.

„Marlene bleibt noch ein wenig im Bett und genießt ihr neues Buch. Ich bringe ihr nur rasch ihr Frühstück." Sie griff nach einem Teller und schaufelte etwas Rührei darauf. Mona hatte Brötchen aufgebacken, zusammen mit Croissants. Im Kühlschrank fand sie eine angefangene Flasche Orangensaft. Nachdem sie alles auf einem Tablett arrangiert hatte, brachte sie es zu Marlene.

„Du verwöhnst mich aber mächtig. Ich glaube, ich stehe heute gar nicht mehr auf."

„Musst du auch nicht. Wir haben uns nachher mit Moritz zu einem Strandspaziergang nach Westerland verabredet, heute Abend gibt es die Reste von gestern. Die reichen vermutlich bis zum neuen Jahr."

„Auf jeden Fall. Ich bin im ganzen Trubel gar nicht dazu gekommen, alles zu probieren."

„Ich auch nicht. Wenn ich so weiter esse, kannst du mich ins neue Jahr kugeln."

Marlene schob das Croissant beiseite. „Du siehst großartig aus." Sie musterte Zoey intensiv.

„Ich fühle mich auch großartig. Seit langer Zeit. Das habe ich dir zu verdanken."

„Nicht wieder diese Leier. Du bist deines Glückes Schmiedin oder so ähnlich." Sie lächelte. „Du hast Konfetti in dein Leben gebracht. Nicht ich."

„Du bist mein blaues Konfetti."

Da es draußen recht frisch war, zog Zoey sich für die Strandwanderung eine Strumpfhose unter der Jeans an. Sie hob die gestern getragene Weste, die neben ihrem Bett lag, auf, dabei fiel ihr ein leicht zerknüllter Brief in die Hand. Das Weihnachtsgeschenk von Moritz. Wieso hatte sie das vergessen? Hastig riss sie den Umschlag auf, eine weiße Karte kam zum Vorschein.

Lust auf einen gemeinsamen Tangokurs? Mitte Februar könnte der Spaß für uns beginnen. Dein Moritz, stand mit schwarzer Tinte in der Zoey bekannten Handschrift geschrieben. *Gutschein für einen Beginnerkurs Tango Argentino.*

Zoey drehte die Karte in der Hand, ihr Herz klopfte. Hier öffnete sich die Chance auf ein neues Leben. Ach komm, Zoey, jetzt wirst du theatralisch, das passt so gar nicht zu dir. Wir reden von einem Tangokurs, nicht mehr und nicht weniger. Sie schmunzelte. Das bedeutete definitiv ein Zurück nach Hamburg. Aber das ist dir schon länger klar geworden. Sylt ist deine eine Heimat, Hamburg die andere. Beides zu kombinieren, das wird die hohe Kunst werden, wenn du erst Hausbesitzerin bist. Es klingelte. Das war sicher Moritz. Sie legte Karte und Umschlag auf ihr Bett und beeilte sich mit dem Anziehen.

Moritz saß in der Küche und erhob sich, als Zoey eintrat.

„Da bist du ja, meine Schöne", sagte er, umarmte sie kurz und gab ihr einen Kuss auf den Mund. „Ich habe gehört, dass ihr früh auf den Beinen wart. Ich gestehe, lange geschlafen zu haben. Am besten, wir brechen gleich auf, bevor ich mich hier festsetze. Das Essen im Hotel war auch lecker, aber ..." Er deutete auf den immer noch gedeckten Frühstückstisch.

„Komm doch morgen zu uns zum Frühstücken", sagte Mona und schlug sich mit der Hand auf den Mund. „Oh sorry, ich spiele mich hier als Gastgeberin auf."

Zoey fing den belustigten Blick von Moritz auf. „Wenn du magst, bist du herzlich willkommen. Mona und ich frühstücken so gegen halb neun, Tobias ca. eine Stunde später, Marlene nimmt ihres im Bett ein.

„Ich komme zum Männerfrühstück, danke für die Einladung."

Am Strand war heute deutlich mehr los. Die Leute waren gezwungen, sich nach dem opulenten Weihnachtsessen die Füße zu vertreten, um für die weiteren Genüsse Platz zu schaffen. Zoey führte Max an der Leine. Nachdem sie ihn losmachte, rannte er zum Meer, um die Möwen zu vertreiben. Er begrüßte alle in der Nähe herumlaufenden Artgenossen.

„Der Hund hat Spaß", sagte Mona, die neben Zoey an der Wasserlinie entlang marschierte.

„So wie wir", antwortete Zoey und wich einer Welle aus. Beide Frauen lachten laut auf.

„Wie lange könnt ihr eigentlich bleiben?"

„Leider geht es Donnerstag ganz früh zurück. Tobias muss am Freitag wieder arbeiten und ich richte an dem Wochenende zwei Essen aus. Silvester ist dafür frei und wir feiern zusammen bei mir. Romantisch zu zweit. Ich koche." Ihre Augen funkelten, als sie sprach.

„Du bist glücklich mit Tobias."

„Ich könnte die ganze Welt umarmen." Mona breitete die Arme aus und spurtete ein paar Schritte nach vorn. Max hatte die plötzliche Bewegung mitbekommen und stürmte auf sie zu. Lachend ließ sie ihn gewähren und er versuchte, an ihr hochzuspringen. Zoey wich aus und wäre fast mit einem anderen Spaziergänger kollidiert. Pure Freude.

Als sie sich Westerland näherten, lief Tobias neben ihr, Mona folgte mit Moritz.

„Du überlegst, in die Buchhändlerbranche einzusteigen?"

„Ich zerbreche mir den Kopf, wie ich Paulina und Arno helfen kann. Von der Branche habe ich überhaupt keine Ahnung. Das Einzige, was ich weiß, ist, dass dem Buchhandel die Leser abhandenkommen. Jedenfalls liest man das immer."

„Es ist wohl wie überall: Es gibt Geschäfte, die sehr gut laufen, andere wiederum nicht. Der Standort hier auf der Insel ist sicher vorteilhaft."

„Na ja. Auch hier existieren noch andere Buchhandlungen. Ob man davon leben kann, kann ich nicht beurteilen. Ich kenne die Zahlen von Paulina nicht."

„Du planst, es eher so wie eine Art Hobby zu betreiben?"

Zoey warf Tobias einen schnellen Blick zu. Er wirkte gelassen und ernsthaft interessiert. Zoey überlegte einen Moment lang, bevor sie antwortete.

„Ja, so muss es sich für dich anhören. Und du hast vermutlich recht. Ich kann meine Selbstständigkeit als Unternehmensberaterin nicht aufgeben, wenn ich das Haus der beiden erwerbe. Ich muss irgendwie einen Weg finden, um den Laden zu erhalten. Das Geschäft ist mir ans Herz gewachsen."

Beide trennten sich für ein paar Meter, als sie ein junges Pärchen in der Mitte durchließen. Zoey prüfte den gerade geäußerten Gedanken. Es fühlte sich richtig an. Eine Kombination zwischen Sylt und Hamburg.

„Wenn du einverstanden bist, sehe ich mir gern die Zahlen an", sagte Tobias, als sie wieder nebeneinander liefen.

„Das wäre eine große Hilfe, danke. Ich muss die nur von Paulina bekommen. Irgendwie habe ich den Verdacht, dass sie sich die letzten Monate gar nicht mehr gekümmert hat."

„Stimmt, das hat sie mir gestern Abend erzählt. Der

Ärmsten ist der Laden völlig über den Kopf gewachsen. Sie ist so froh, dass du jetzt da bist."

„Du arbeitest in der Flughafenbuchhandlung, nicht wahr?"

„Ja, genau. Dort habe ich Mona kennengelernt." Er lächelte.

„Der Laden läuft doch sicher prima."

„Ja. Aber unser Geschäft kann man nicht mit anderen Buchhandlungen vergleichen. Du kennst das bestimmt: Man fliegt irgendwo hin und braucht auf die Schnelle noch etwas zum Lesen. Bei uns liegen mehr oder weniger nur Bestseller aus. Nichts Exotisches. Das ist manchmal eintönig, dafür haben wir es aber mit Menschen aller Nationen zu tun."

„Verstehe. Bist du der Inhaber?"

„Oh nein, weit gefehlt. Ich leite die Buchhandlung, bin also ein ganz normaler Angestellter." Er grinste und drehte sich zu Mona um, die kurz hinter ihm war. Sie hatten inzwischen Westerland erreicht. Zoey leinte Max wieder an, bevor sie sich links zum Holzsteg wandte.

„Besser wir laufen oben. Ich weiß gar nicht, ob man hier mit Hunden an den Strand darf."

„Ach komm, heute ist Weihnachten. Da ist alles erlaubt." Moritz legte den Arm um Zoey und drückte sie kurz an sich. „Jemand Lust auf ein Getränk? Ich gebe einen aus."

Sie hatten Glück und bekamen einen Stehtisch in einem der Lokale an der Strandpromenade. Alle bestellten einen Glühwein.

„Schon wieder Alkohol", sagte Mona und prostete mit ihrem Becher den anderen zu.

„Mehr als einen kann ich davon nicht trinken, sonst

266

müsst ihr mich zurücktragen." Zoey merkte, dass ihr der Alkohol in den Kopf stieg.

„Das dürfte schwer werden, es sei denn, wir finden irgendwo einen Bollerwagen." Moritz stand dicht neben Zoey und legte seinen Arm um ihre Schultern. Vertraut.

Die Sonne ging bereits unter, als sie wieder in Wenningstedt waren. „Wir sind da", rief Zoey übermütig und zog sich die Wanderschuhe aus. Die anderen standen vor der Tür und warteten, bis sie das Handtuch für Max nach draußen reichte. „Ich setzte Teewasser auf."

Von Marlene keine Spur. Ob sie immer noch im Bett lag? Zoey schlüpfte in ihre Filzpantoffeln und machte sich auf die Suche. Die Tür zum Wohnzimmer war nur angelehnt, die künstlichen Lämpchen am Weihnachtsbaum brannten. Also war Marlene aufgestanden. Sie lugte durch den Türspalt. Ihre Freundin saß in einem der Sessel und Jasper in dem anderen. Beide schienen in ihr Gespräch vertieft. Zoey überlegte, ob sie sich zu erkennen geben sollte, als Max sich an ihr vorbeischob und Kurs auf sein Frauchen nahm.

„Hallo Marlene", murmelte sie und trat ein. „Wir sind wieder da. Guten Tag, Herr …" Sie hatte den Nachnamen vergessen.

„Sagen Sie doch bitte Jasper zu mir", antwortete der Mann und stand etwas umständlich auf, um ihr die Hand zu geben.

„Ich bin Zoey."

„Ja, ich weiß. Wir haben uns ja neulich kennengelernt und gestern wiedergesehen."

Zoey ließ ihren Blick über den Couchtisch schweifen, zwei leere Kaffeetassen und ein Teller mit Plätzchen.

„Ich werde jetzt Kaffee und Tee kochen und der hungrigen Meute Kuchen und Kekse servieren. Möchtet ihr auch noch etwas?"

Marlene lächelte Zoey an. „Lasst uns hier alle vor dem Weihnachtsbaum sitzen, wie gestern. Brauchst du Hilfe?"

„Nicht nötig."

Auf dem Weg in die Küche grübelte sie darüber, warum Jasper hier war. Ob er einer von den Männern war, die laut Marlene nicht allein sein konnten?

„Alles in Ordnung?", fragte Moritz, der mit Tobias am Küchentisch Platz genommen hatte. Mona war dabei, den Schokoladenkuchen anzuschneiden.

„Ja klar", antwortete Zoey. „Marlene hat Besuch und sitzt im Wohnzimmer. Wir sollen alle dazu kommen." Sie holte eine der Plätzchendosen aus dem Regal.

Die Herren erhoben sich und Tobias fing an, Teller und Tassen auf ein Tablett zu stellen.

„Ich glaube, ich brauche heute nichts Zusätzliches zu essen", sagte Moritz und klopfte sich leicht auf seinen Bauch. Er hatte sich auf dem Sitzkissen niedergelassen. „Gebt mir bitte keine Kekse mehr."

„Alles klar", bemerkte Marlene. „Jetzt legen wir eine kurze Pause ein, bevor es Abendbrot gibt." Sie wandte sich Jasper zu: „Du bleibst doch zum Abendessen."

„Äh, nein", antwortete er und erhob sich. „Ich muss gehen. Eigentlich bin ich ja nur vorbeigekommen, um mich für den gestrigen Abend zu bedanken. Und jetzt sitze ich hier seit drei Uhr." Er bewegte sich mit zögerlichen Schritten in Richtung Tür. Marlene blieb in ihrem Sessel und machte keine Anstalten, sich zu erheben.

„Hast du etwas Besseres vor?"

„Äh, nein … ich meine …" Jasper wusste augenscheinlich nicht, was er sagen sollte. Zoey tat der Mann leid.

„Wenn du nichts vorhast, kannst du genauso gut bleiben. Ich komme mir sonst vor wie das fünfte Rad am Wagen, unter den ganzen jungen Leuten hier." Marlene blinzelte und Zoey bewunderte ihre Listigkeit.

„Ja bitte, bleiben Sie doch. Je mehr Esser, umso weniger kann ich in mich hineinstopfen." Auch Moritz sprang Marlene bei.

„Na, wenn ihr meint", sagte Jasper mit einem fragenden Blick in Richtung Marlene und bewegte sich unschlüssig zurück zum Sessel. „Bei mir zu Hause wartet außer dem Fernseher und einer Flasche Bier nichts auf mich."

„Bier gibt es hier auch", sagte Tobias, der bis jetzt geschwiegen hatte. „Möchte sonst noch jemand eins?"

24

„Ihr müsst unbedingt wiederkommen." Marlene lehnte sich an den in die Jahre gekommenen Peugeot von
Tobias und hielt Max am Halsband fest. Es regnete leicht
und der Hund war unruhig, weil er Angst hatte, vergessen zu werden.

„Das werden wir auf jeden Fall." Mona warf ihre
Arme um den Hals von Marlene und drückte sie heftig.
„Das war ein wunderbares Weihnachtsfest, vielen lieben
Dank, dass wir kommen durften." Marlene ließ Max los
und erwiderte die Umarmung.

Tobias gab Zoey die Hand. „Wir bleiben in Verbindung. Du meldest dich bei mir mit den Zahlen."

Max nutzte die Gunst der Stunde und versuchte, mit
seinem Vorderteil auf den Beifahrersitz zu klettern.

„Kommt nicht in Frage, mein Freund, du bleibst bei
uns." Zoey beugte sich über Max und zog ihn zurück.
„Wir verlassen dich nicht, keine Panik."

Mona küsste Zoey auf beide Wangen, bevor sie sie
ebenfalls umarmte. „Wir sehen uns demnächst in Hamburg."

„Versprochen."

„Und grüß deinen Moritz."

„Auch versprochen." Moritz hatte sich am vergangenen
Abend von den beiden verabschiedet. Das Weihnachtsfest

war wie im Flug vergangen. Gestern Abend hatten sie noch eine Runde Monopoly gespielt und sich dabei köstlich amüsiert, weil Moritz die meiste Zeit im Gefängnis verbrachte. Es gab kurze Augenblicke, in denen Zoey sich an Leander erinnerte. Das Gefühl des Zorns hatte sich gelegt und war einer stillen Traurigkeit gewichen.

Mona und Tobias stiegen ein und Mona winkte ein letztes Mal, bevor sich das Auto in Bewegung setzte. Zoey sah dem Wagen nach, bis er verschwunden war.

„Los jetzt, komm, es ist kalt und nass." Max hüpfte um sein Frauchen herum, offensichtlich erleichtert, dass es nicht im Auto saß.

Drinnen war es gemütlich warm und doch überfiel Zoey ein Anflug von Melancholie. Die Zeit verging so schnell.

„Noch einen Tee, bevor du aufbrichst?" Marlene stand an der Kaffeemaschine und bereitete sich einen Espresso zu. „Den brauche ich heute Morgen, gleich geht es frisch ans Werk. Ich habe richtig Lust zu malen." Sie griff nach dem dampfenden Getränk und ließ ihre Hand kurz auf der Schulter von Zoey liegen. „Ich finde es prima von dir, dass du Paulina und Arno nicht im Stich lässt, obwohl Moritz da ist."

„Das ist doch selbstverständlich. Ich helfe Paulina gern und mir macht die Arbeit Spaß. Irgendwie muss ich nur den rechten Moment erwischen, um nachzufragen, wann sie das letzte Mal ihre Bilanz erstellt hat. Ich habe ja damals nur einen kurzen Blick auf die Schreiben des Finanzamts geworfen."

„Verstehe. Du schaffst das schon."

Zoey war sich da nicht so sicher. Was den Verkauf des

Hauses betraf, waren die beiden offen. Bei der finanziellen Situation mauerten sie hingegen. War verständlich, schließlich berührte das höchst persönliche Angelegenheiten. Und doch, ohne eine genaue Kenntnis der Liquidität in Bezug auf den Laden, würde sie nicht helfen können.

„Ich nehme heute den Bus. Moritz holt mich am späten Nachmittag ab, er hat mich zum Essen eingeladen."

„Weiß ich doch. Kein Problem, im Gegenteil. Ich verbringe zur Abwechslung einen gemütlichen Abend vor dem Kamin mit meinem Buch."

„Sag mal, Marlene?" Zoey stockte, sie wusste nicht so recht, wie sie es ausdrücken sollte.

„Ja?"

„Was ist mit Jasper?" Diplomatie gehörte nicht zu ihren Stärken.

„Was soll mit ihm sein?"

„Na komm. Ist da etwas zwischen euch?"

„Wir sind nur gute Freunde."

„Aha."

„Vielleicht auch ein wenig mehr, man wird sehen." Sie lächelte geheimnisvoll.

„Aha."

„Wir waren nicht im Bett, wenn du das wissen wolltest", sagte sie und lachte lauthals los.

„Nein, nein, das meinte ich gar nicht."

„Aha. Was sonst?" Sie wirkte immer noch belustigt.

„Du hast neulich gesagt, dass die meisten Männer nur jemanden suchen, der ihnen die Einsamkeit vertreibt."

Marlene verzog ihr Gesicht zu einer Grimasse. „Das stimmt. Jasper gehört aber nicht zu denen. Es war schwer genug, ihn zu der Weihnachtsparty einzuladen. Wir kannten uns bis dato nur flüchtig und ich war angenehm überrascht, dass er zu meiner Vernissage gekommen ist. Nach der Veranstaltung haben wir ein wenig geklönt. Na ja, mehr als nur ein wenig." Sie unterbrach sich und sah auf ihre Armbanduhr. „Wenn du nicht zu spät kommen willst, solltest du dich beeilen."

Die Buchhandlung war hell erleuchtet. Paulina saß bereits in ihrem Sessel, die obligatorische Kanne Tee auf einem Stövchen neben sich. Es duftete nach Vanille.

Zoey begrüßte sie mit einem Wangenkuss.

„Ich fühle mich geehrt, dass du kommst."

„Das war doch klar. Ich hänge nur schnell meine Jacke auf. Wo ist Arno?", rief sie und eilte in den Flur.

„Arno habe ich zum Einkaufen geschickt. Er braucht mit dem Rollator zwar etwas länger, ist aber beschäftigt und kommt aus dem Haus." Paulina sah zufrieden mit sich aus, so wie sie sich in dem Sessel platziert hatte. Wie eine Herrscherin auf ihrem Thron. Zoey musste über ihre Gedanken schmunzeln.

„Ich meine das nicht böse, aber Arno bemuttert mich jetzt seit Tagen und …"

„Du brauchst ein paar Stunden ohne ihn", fiel Zoey ihr ins Wort.

„Genau."

Sie schwiegen einträchtig. Draußen huschten vereinzelt Leute vorbei, die meisten bepackt mit Lebensmitteltüten.

„Heute kommen vermutlich nicht so viele Käufer", sagte Zoey schließlich und überlegte, wie sie das Gespräch auf die betriebswirtschaftlichen Auswertungen bringen konnte.

„Nein. Sicher ein paar, die Geschenke umtauschen und die ihr Weihnachtsgeld in Büchern anlegen werden. Wenn du Lust hast, könntest du mir bei der Inventur helfen. Eine lästige Arbeit, aber …"

„Ja klar." Zoey ergriff die ihr gebotene Chance. „Ich unterstütze dich gern. Du musst mir nur erklären, wie. Du kannst mir auch die Unterlagen des letzten Jahres zeigen. Mein Angebot, dir zu helfen, steht immer noch."

Paulina errötete. „Ich weiß nicht mehr genau, wo ich die hingelegt habe. Sobald Arno wieder zurück ist, bitte ich ihn, die Sachen zu suchen."

Nun gut, das war doch ein Anfang. Zoey beschloss, zunächst nicht weiter auf die Unterlagen zu beharren. Wenn Paulina partout nicht wollte, dass sie sich mit dem Überleben der Buchhandlung beschäftigte, konnte sie es nicht ändern. Sie lächelte ihr zu. „Kein Problem. Was soll ich zählen?"

Der Tag verging schnell mit dem Erstellen von Listen und dem Erfassen der Bücher, der Teebüchsen und der sonstigen Verkaufsartikel. Paulina erzählte Zoey Geschichten von der Insel, sogar an die große Sturmflut von 1962 konnte sie sich erinnern. Wie vorausgesagt, kamen nur vereinzelt Kunden, die Paulina alle herzlich begrüßte, die meisten kannte sie persönlich. Sie stellte Zoey als Freundin der Familie vor, die Paulina wegen ihres Unfalls unterstützte. *Damit kein Gerede aufkommt. Auf einer Insel sind Gerüchte schneller in die Welt gesetzt, als auf dem Festland.*

Arno war um die Mittagszeit mit dem obligatorischen Fischbrötchen für Zoey aufgetaucht, vermutlich instruiert von Paulina. Er hatte sich in dem Chaos des umherliegenden Papiers umgeschaut und verschwand sofort wieder. Höchstwahrscheinlich war auch er erleichtert, ein paar Stunden für sich allein zu haben.

Kurz vor Feierabend trat Moritz durch die Tür, bekleidet mit seiner dunklen Wetterjacke und einem bunten gestreiften Schal, den Zoey noch nicht an ihm gesehen hatte. Zoey hatte es sich auf dem Fußboden vor Paulina, so gut es ging, bequem gemacht und erfasste mit ihr zusammen den Bestand der Teevorräte. Er suchte ihre Augen und ihre Blicke verschmolzen für einen kurzen Augenblick ineinander, bevor er sich zu ihr herunterbeugte und ihr einen Kuss gab. Seltsam, wie vertraut sich das anfühlte. So lange kannte sie ihn doch gar nicht.

„Guten Abend, gnädige Frau." Moritz schüttelte Paulinas Hand. „Das sieht nach Arbeit aus."

„Das meiste haben wir dank Zoeys Hilfe bereits geschafft. Waren wir nicht beim ,Du', junger Mann?"

„Ja, das waren wir wohl", antwortete Moritz und grinste. „Ich wollte nur noch einmal hören, wie Sie, entschuldige, du junger Mann zu mir sagst. Das hebt mein Ego enorm." Er hob abwehrend beide Hände hoch und die Frauen fielen in sein Gelächter ein.

Moritz hatte einen Tisch in einem Restaurant in Keitum bestellt und schlug vor, vor dem Essen einen kurzen Rundgang zu absolvieren. Das war Zoey nach dem Tag in der Buchhandlung recht. Sie ließen den Saab auf dem Parkplatz vor dem Lokal stehen und schlenderten durch den malerischen Ort mit den reetgedeckten Kapitänshäusern. Von draußen erahnte man die Gemütlichkeit in den alten Gemäuern. Lichter brannten vor den Geschäften in langen Ketten, dekoriert in den kahlen Bäumen. Das ganze Dorf strahlte eine vornehme Feierlichkeit aus, der man sich nicht entziehen konnte.

Vor einer Teestube, die bereits geschlossen hatte, blieben sie stehen und bewunderten die Tannenbäume, die mit bunten Lichtern verziert vor dem Eingangstor standen.

„Teedosen habe ich heute genug gezählt", sagte Zoey und zuckte unwillkürlich mit den Schultern. „Mir war gar nicht bewusst, was es alles für verschiedene Sorten gibt. Hast du schon einmal von Marzipantee gehört?" Sie schüttelte sich.

„Ich bin ein leidenschaftlicher Kaffeetrinker und kenne mich mit Tee überhaupt nicht aus. Marzipantee klingt etwas *strange*. Wollen wir zurückgehen? Es ist kurz vor sieben." Moritz legte seinen Arm um Zoey und drückte sie an sich. Sie hob ihren Kopf und beide Münder fanden sich zu einem Kuss. Moritz schmeckte nach einer Mischung aus dunkler Schokolade und Kaffee. Bereitwillig nahm sie seine forschende Zunge auf und kostete von diesem unerwarteten Genuss. Ein vertrautes, langersehntes Gefühl regte sich in ihrem Unterleib und sie musste alle Kräfte zusammenreißen, um sich nicht stärker an ihn zu schmiegen. Am liebsten hätte sie ihm die Jacke vom Körper gerissen und ihren Kopf an seiner Schulter geborgen. Sie erwiderte den Kuss leidenschaftlich und merkte beglückt, wie er beide Arme um sie schlang. Tatsächlich hätte sie jetzt sofort mit ihm schlafen können.

Ein Radfahrer rauschte dicht an ihnen vorbei und pfiff lautstark. Sie fuhren auseinander, wie auf frischer Tat ertappt. Es war so dunkel, dass sie das Gesicht von

Moritz nicht erkannte. Er räusperte sich und tastete nach ihrer Hand. „Wenn wir jetzt nicht essen, kann ich für nichts mehr garantieren und zerre dich in eine dunkle Ecke."

Zoey gluckste und nahm seinen scherzhaften Tonfall auf. „Es ist zu kalt für dunkle Ecken. Außerdem habe ich einen Bärenhunger." Wie zur Bekräftigung fing ihr Magen an zu knurren und sie kicherte, um ihre Verlegenheit zu überspielen.

„Wie Sie befehlen, Gnädigste." Moritz ergriff erneut ihren Arm. Sie überquerten die Landstraße und begaben sich auf den Weg ins Lokal. Der relativ kleine Raum war überheizt und Zoey war froh, dass sie unter ihrer Strickjacke ein präsentables T-Shirt trug. Sie legte die Jacke über den Stuhl und griff zu der handgeschriebenen Speisekarte. Grünkohl mit Pinkel, darauf hatte sie jetzt Appetit. Dazu ein Alsterwasser. Obwohl, wenn Moritz sie noch einmal küssen würde, stank sie nach Bier. Doch lieber ein Glas Wein? Zoey Lieberman, du hast endgültig nicht mehr alle Tassen im Schrank. Du bist verliebt.

„Alles in Ordnung bei dir? Findest du etwas auf der Karte?" Moritz hatte seinen Pullover ausgezogen und trug ein oxfordblaues Hemd über einer Jeans.

„Ja klar. Was isst du denn?"

„Ich denke, ich nehme den Grünkohl und dazu ein frisch gezapftes Pils."

„Ich schließe mich dir an, statt Bier ein Alsterwasser." So viel zum Biergeschmack beim Küssen.

Während sie auf das Essen warteten, erzählte Zoey von ihrem Versuch, Paulina zur Herausgabe der Geschäftszahlen zu bewegen.

„Vermutlich hat sie keine", sagte Moritz nachdenklich. „Wenn der Laden nicht läuft und sie die Steuern nicht gezahlt hat, konnte sie sich mit Sicherheit den Steuerberater nicht mehr leisten."

Zoey zuckte zusammen. Natürlich. Warum war sie nicht auf diese offensichtliche Lösung gekommen?

„Du musst dir keine Vorwürfe machen, Liebes", sagte Moritz und legte seine rechte Hand auf ihre. „Du hattest weiß Gott andere Dinge um die Ohren."

Zoey zog ihre Hand weg. „Ich bin Unternehmensberaterin und erkenne nicht, dass eine alte Dame mit dem Zusammenstellen der Zahlen für eine betriebswirtschaftliche Auswertung überfordert ist." Sie war wütend auf sich.

„Soll ich mit ihr reden?"

„Du?"

„Warum nicht? Ich stehe ihr nicht so nahe wie du. Sie kann mir ihr Herz ausschütten und mich um Rat fragen. Sozusagen als Anwalt."

„Ich weiß nicht …"

Die Kellnerin näherte sich mit zwei Riesentellern, auf denen sich Grünkohl, karamellisierte Kartoffeln und Mettwürste ein Stelldichein gaben. „Den Senf bringe ich gleich, guten Appetit."

„Wenn ich das alles aufgegessen habe, darfst du mich nachher aus dem Lokal nach Hause tragen." Zoey griff zur Gabel und schnitt sich ein Stück von der Wurst ab. Sie war froh ob des Themenwechsels. Heute Abend mochte sie nicht mehr über Paulina und ihr Versagen als Beraterin nachdenken.

„Es wird mir ein Vergnügen sein."

Zoey aß langsam und mit größtem Appetit mehr als

die Hälfte der Mahlzeit auf. Gesättigt legte sie das Besteck zur Seite. „Das war so lecker, aber viel zu viel."

Moritz hatte seinen Teller noch nicht ganz geleert und betrachtete sie mit einem amüsierten Blick. „Freut mich ungeheuer, dass es dir geschmeckt hat. Ich habe es dir in Hamburg gesagt, ich mag Frauen, die gern essen."

„Das klingt irgendwie so, als wäre ich verfressen."

„Nur ein bisschen." Er schob den Teller zur Seite und wischte sich mit der Serviette über den Mund. „Möchtest du einen Verdauungsschnaps? Ich muss Auto fahren und verzichte besser darauf."

„Nein danke." Zoey hätte tatsächlich gern einen Schnaps getrunken, weil sie sich vollgestopft fühlte. Andererseits wollte sie sich nicht betrinken.

„Sollen wir gehen? Lass uns in Wenningstedt noch einen Absacker trinken."

Moritz bezahlte und sie verließen das Lokal. Draußen war es stürmisch, der Wind pfiff um die Bäume, leichte Äste fielen auf das Autodach. Als Zoey die Autotür öffnete, wäre die ihr fast aus der Hand geschlagen worden.

„Es zieht ein Sturm auf", sagte Moritz und ließ den Motor an. „Haben sie im Radio berichtet. Sehen wir zu, dass wir nach Hause kommen."

Auf dem Weg zurück, mussten sie an der Bahnschranke warten, ein nur zu einem Drittel beladener Autozug fuhr in Richtung Westerland. Der Wind peitschte über das flache Land und der Wagen wackelte ein wenig. Zoey war es mulmig zumute. Sie klammerte sich mit der rechten Hand an den Haltegriff.

„Keine Angst, Liebes, es passiert nichts. Das Auto wird nicht umfallen."

Er hatte ‚Liebes' gesagt, zum zweiten Male. In Zoeys

Bauch breitete sich Wärme aus, sie gab sich diesem ungewohnten Gefühl hin und versuchte, sich zu entspannen. Wenige Minuten später erreichten sie Wenningstedt und Moritz parkte vor seinem Hotel.

„Magst du auf ein Getränk mit hineinkommen oder soll ich dich nach Hause fahren?"

Zoey zögerte für den Bruchteil einer Sekunde. Ihr Verstand suggerierte ihr, die Einladung auszuschlagen, es würde nicht bei einem Getränk bleiben. Gleichzeitig klopfte ihr Herz. Was hatte Marlene gepredigt? Sie sollte mehr Konfetti in ihr Leben bringen und Moritz war Konfetti. Definitiv. Sie schluckte nervös. Manchmal benimmst du dich wie eine Sechzehnjährige.

Moritz hatte das Innenlicht angeschaltet und sah sie durch seine Nickelbrille aufmerksam an, ohne sie zu berühren.

„Sehr gern."

Hinter der Hotelbar stand ein junger Mann und polierte Gläser. Er sah erwartungsvoll auf, als Moritz auf ihn zutrat und ihm etwas zuraunte. Zoey blieb abwartend stehen. Es dauerte nur einen kurzen Moment, bis er eine Flasche Wein aus einem der Kühlschränke hervorholte und sie öffnete. Moritz ergriff das Getränk und flüsterte. „Ich hoffe, du bist einverstanden, wenn wir dieses köstliche Nass auf meinem Zimmer zu uns nehmen. Zusammen an der Bar mit Barkeeper fände ich es ein wenig trostlos."

Er wartete ihre Antwort nicht ab und stieg die knarzende Treppe hoch. Zoey folgte ihm wortlos. Oben angekommen, öffnete er mit einer Chipkarte die Zimmertür am Ende des Flurs und schaltete das Licht ein. „Hereinspaziert."

Zoey trat zögernd ein. Das Zimmer war geräumig: Neben einem breiten Doppelbett fanden sich vor einem zugezogenen hellgrauen Vorhang zwei behaglich aussehende schwarze Ledersessel, dazwischen ein weißer Kunststofftisch, auf dem eine Schale mit Obst angerichtet war.

„Zieh doch bitte deine Jacke aus und mache es dir bequem. Wenn du ins Badezimmer willst", er deutet auf eine Tür. „Ich suche nur eben die Gläser." Er öffnete eine Schranktür im Flur und schloss sie gleich wieder. Zoey entledigte sich der Jacke und legte sie nach kurzem Zögern auf das Bett. Sie ging langsam zum Fenster und lugte durch die Gardinen. Über einen kleinen Balkon erahnte man die Straße. Die Laternen brannten, kein Mensch war bei diesem Wetter unterwegs. Der Wind heulte und sie ließ den Vorhang los. Moritz beobachtete sie. Wein und Gläser hatte er abgestellt.

„Zoey", flüsterte er ein wenig heiser. „Wir hatten verabredet, dass wir uns Zeit lassen, aber …" Er machte einen Schritt auf sie zu, berührte sie jedoch nicht.

Zoey war auf einmal ganz klar. Sie wollte mit ihm schlafen. Jetzt. Langsam zog sie ihre Strickjacke aus und ließ sie achtlos zu Boden fallen. Sie kam ihm die fehlenden Zentimeter entgegen und verschloss seinen Mund mit einem Kuss, den er sofort erwiderte. Schwer atmend lösten sie sich nach einer gefühlten Ewigkeit voneinander. Moritz riss Zudecke samt ihrer Jacke vom Bett und setzte sich auf die Kante. Hastig entledigte er sich seiner Schuhe und stellte das Licht so ein, dass es nicht mehr so grell wirkte. Intimer.

Zoey hatte mit wachsender Erregung zugesehen und versucht, sich so unauffällig wie möglich von ihren

Stiefeln zu befreien. „Du hast offenbar Erfahrung darin, wie man Frauen verführt", sagte sie.

„Du bist die Einzige, die ich verführen möchte", antwortete er und zog sie zu sich aufs Bett. Er schob ihr T-Shirt hoch und bedeckte sie mit Küssen. Zoey wand sich unter ihm, alles in ihr verlangte danach, ihn ebenfalls zu berühren.

„Bitte. Lass mich dich anfassen. Das will ich schon so lange." Er schob ihre Hände zurück und küsste sie erneut, intensiver als zuvor. Kurze Zeit später drehte er sich weg und Zoey nahm wahr, dass er sich komplett auszog. Sie räkelte sich im Bett und gestand sich ein, dass sie sich seit Ewigkeiten nicht mehr so begehrt gefühlt hatte. So gewollt. Moritz beugte sich erneut über sie und ihr Verstand stoppte.

Als sie aufwachte, war es dunkel. Im ersten Moment war sie verwirrt, bis die Erinnerung einsetzte. Vorsichtig tastete sie nach dem Wecker auf dem Nachttisch: halb sieben. Schon so spät. Marlene würde sich fragen, wo sie geblieben war. Oder auch nicht. Sie richtete sich langsam auf, um Moritz nicht zu stören. Eine warme Hand legte sich auf ihren Bauch.

„Bitte verlass mich nicht."

„Ich muss nach Hause, duschen und mich umziehen."

„Aber nicht um diese Uhrzeit." Er robbte unter der riesigen Decke näher an sie heran und seine Hand, die eben noch auf dem Bauch war, umschloss ihre Brust. Zoey kuschelte sich an ihn. Marlene hatte mit Sicherheit Verständnis, wenn sie später kam.

Mit einem Ruck schob Moritz sie auf sich drauf. „Ich bin seit sehr langer Zeit nicht mehr so glücklich aufgewacht, Liebes." Sie spürte sein Geschlecht und ihr Körper reagierte sofort. Sie nahm ihn auf und beide bewegten sich zunächst langsam, immer schneller werdend bis zum gemeinsamen Höhepunkt. Erneut schlief sie ein, unter sich seine Wärme spürend.

Gegen halb acht Uhr wachte sie zum zweiten Mal auf. Sie sprang aus dem Bett und raffte ihre Sachen zusammen. Im Badezimmer kleidete sie sich an, in ihrem Kopf sprudelten Gedanken durcheinander. Mit einem Plastikkamm versuchte sie, ihre abstehenden Haare zu glätten. Im Spiegel leuchteten ihr ihre Augen entgegen. Ob man ihr die Nacht ansah?

Als sie aus dem Badezimmer kam, saß Moritz mit dem Rücken zur Wand im Bett, die Decke bis zur Taille hochgeschoben. Er beobachtete sie, wie sie, im Sessel sitzend, ihre Stiefel anzog. Die Strickjacke lag am Boden, wo sie sie gestern hatte fallen lassen.

„Darf ich dich heute wieder abholen?"

„Ich bitte darum. Abendessen findet aber bei uns statt." Sie hob den Zeigefinger.

„Du deutest damit an, dass ich mich anständig benehmen soll. Ich kann nicht versprechen, dass ich meine Finger von dir lasse." Er breitete die Arme aus. „Komm noch mal her, bitte."

Draußen war es kalt und ungemütlich. Der Wind hatte nur wenig nachgelassen und pustete Zoey ordentlich durch, als sie zu Marlenes Haus ging. Glücklicherweise war es ihr gelungen, sich aus dem Hotel fortzustehlen, ohne dass ihr jemand begegnete. Ein Treffen mit dem Nachtportier wäre zu peinlich gewesen. Sie hüpfte von einem Bein auf das andere und summte vor sich hin. Vorsichtig öffnete sie die Haustür und schlich auf Zehenspitzen ins Haus. Max trottete aus der Küche und jaulte leise. Sie kraulte ihn an seiner Lieblingsstelle. „Gib mir Zeit für eine Dusche, dann drehen wir eine schnelle Runde." In ihrem Zimmer angekommen, entkleidete sie sich und schmiss die Sachen aufs Bett. Das heiße Wasser prickelte auf ihrer Haut, sie seifte sich von unten bis oben ab und fühlte sich lebendig. Als Frau.

Max saß vor der Tür, die Leine in der Schnauze. Zusammen absolvierten sie die morgendliche Hunderunde. Auf dem Rückweg legte sie einen Stopp beim Bäcker ein und kaufte neben der Inselzeitung ein paar Croissants. Marlene würde sich freuen, sie liebte diese Teile und tunkte sie gern in ihren Milchkaffee.

Zurück im Warmen füllte sie die Hundenäpfe von Max und bereitete sich Ostfriesentee zu. Später würde sie mit Paulina ebenfalls einen Becher Tee trinken. Paulina. Sie musste einen Weg finden, sich für ihre Gedankenlosigkeit zu entschuldigen.

„Guten Morgen, meine Liebe. Hattest du einen erfolgreichen Abend?"

Zoey zuckte zusammen. Marlene stand in der Tür und beobachtete sie, Max schwänzelte um sie herum.

„Moin. Ja … ich …"

Marlene kam näher und gab ihr einen Kuss. „Ich freue mich so für dich und wünsche dir viel Glück und Liebe mit Moritz. Er ist ein guter Mann."

„Äh, woher …?"

„Man braucht dich nur anzusehen." Marlene grinste

und schaltete die Kaffeemaschine an. „Bleibt es beim gemeinsamen Essen heute?"

„Ja klar."

„Ausgezeichnet. Ich habe mir überlegt, ich fabriziere zur Abwechslung ein leichtes Gericht. Lachsfilet mit Spinat und Kartoffeln. Dazu einen Riesling, mal sehen." Marlene nahm ein Croissant und biss hinein. „Wie kann so etwas Ungesundes bloß so lecker sein?" Marlene schluckte den Rest hinunter und legte den Kopf schief. „Übrigens: Es ist dir gestattet, mit Moritz hier zu übernachten. Ich bin da sehr unkompliziert."

Zoey brach in Gelächter aus. „Du bist die unkomplizierteste Person, die ich kenne", japste sie, als sie wieder Luft bekam. „Aber", sie versuchte ein ernsthaftes Gesicht aufzusetzen, „das Bett in Moritz' Hotelzimmer ist einfach breiter."

Marlene sah sie unvermittelt an und erwiderte auf ihre trockene Art: „Das Argument hat was für sich."

Paulina stützte sich mit einer Hand auf den Sekretär und schrieb mit der anderen etwas auf. „Guten Morgen, Kindchen", begrüßte sie Zoey, die mit schnellen Schritten auf sie zu hastete.

„Hallo Paulina. Darf ich dir helfen? Du sollst doch nicht stehen."

„Jetzt fang du auch noch an", brummte sie. „Gerade habe ich es geschafft, Arno zu überreden, wie jeden Freitag seinen Saunabesuch zu absolvieren. Er wollte tatsächlich seine Freitagsroutine ändern und aufpassen, dass ich mich nicht überanstrenge."

„Das ist doch lieb von ihm."

„Ja, ja. Sei du erst einmal so lange mit einem Mann

zusammen wie ich. Dann weißt du, dass nichts über ein paar Stunden Alleinsein geht." Paulina richtete sich auf und griff nach den Krücken, die sie gegen den Sekretär gelehnt hatte. Durch die Bewegung fiel eine zu Boden. Zoey bückte sich, um das Teil aufzuheben.

„Ach, du lieber Himmel", sagte Paulina und wirkte auf einmal ganz verstört. „Das hätte ich nicht sagen dürfen. Manchmal bin ich wirklich eine taktlose Person, es tut mir leid, Kindchen."

„Das ist in Ordnung", antwortete Zoey und stellte fest, dass es tatsächlich so war. Keine bösen Gedanken. „Übrigens", sagte sie, „wo wir bei Entschuldigungen sind. Ich bin die gedankenlose Person. Da quäle ich dich seit ein paar Tagen mit Unternehmenszahlen, dabei hast du vermutlich gar keine, oder? Jedenfalls keine aktuellen …" Sie sah Paulina, die sich schwer auf die Krücken stützte, ins Gesicht. „Und um es gleich zu sagen, ich bin noch nicht einmal auf diese Idee gekommen. Moritz hat mich darauf gebracht. Du siehst also, dass ich wirklich keine tolle Unternehmensberaterin bin." Sie lächelte Paulina zu und hoffte, dass sie nicht gekränkt war.

Paulina bewegte sich zum Sessel und glitt vorsichtig hinein. Die Krücken legte sie daneben.

„Es gibt nichts zu verzeihen, Zoey. Du hast recht, ich habe mich die letzten Jahre nicht mehr um die Buchhaltung gekümmert, es existieren keine aktuellen Zahlen. Alle Belege sind bei uns im Schlafzimmer unterm Bett in einem Karton. Unbezahlte Rechnungen sind nicht dabei. Arno habe ich das inzwischen gebeichtet. Ein Wunder, dass ihm das nicht aufgefallen ist. Ich konnte mir den Steuerberater nicht mehr leisten. Richard ist zwar ein guter Bekannter von mir und hat mir mehrmals angeboten, mir seine Gebühren zu stunden, das kam für mich aber nicht in Betracht. Habe schließlich schon genug Schulden." Sie sackte in sich zusammen und verschränkte die Finger ineinander.

„Ach, Paulina." Zoey setze sich auf den Hocker und umfasste ihre Hände. „Das ist doch nicht tragisch. Wir bekommen das hin. Du wirst sehen, das klingt alles schrecklicher, als es in Wirklichkeit ist. Wenn du einverstanden bist, hole ich den Karton, nachdem wir mit dem Zählen hier fertig sind und ordnen die Belege."

„Dich hat der liebe Gott geschickt." Eine Träne löste sich aus Paulinas Auge und lief über die Wange. Zoey beförderte ein Taschentuch aus ihrer Jacke und wischte sie vorsichtig ab. „Dass wir uns getroffen haben, war eine glückliche Fügung. Und zwar für uns beide."

Bis zur Mittagspause hatten sie den gesamten Bestand sorgfältig erfasst. Auch heute waren nur wenige Kunden erschienen, sodass ihnen die Arbeit schnell von der Hand ging. Zoey zählte und Paulina schrieb alles in großen Lettern in eine Kladde. Sie hatten verabredet, dass Zoey die handschriftlichen Aufzeichnungen zu einem späteren Zeitpunkt auf dem Computer in einer Tabelle erfassen würde.

Die Holztreppe knarrte, als Zoey nach dem Mittagessen die Stufen hinaufstieg. Ihr war mulmig zumute, weil sie doch in den intimen Bereich von Paulina und Arno eindringen musste. Sie öffnete die Schlafzimmertür. Ein muffiger Geruch strömte ihr entgegen. Zoey riss das Fenster auf und ließ frische Luft hinein, bevor sie sich kniete, um unter das Bett zu schauen. Dort erspähte sie einen eingedrückten Karton. Sie versuchte, mit ihrem Arm das Teil zu erreichen, was ihr nicht gelang. Eine Staubschicht zierte den Pullover, als sie sich aufrichtete. Sie brauchte einen Stiel, um heranzukommen. Paulina hatte ganze Arbeit geleistet. Zoey schlich die Treppe hinunter, weil Paulina sich nach dem Mittagessen zu einem Nickerchen hingelegt hatte. In der Kammer bewaffnete sie sich mit einem Besen. Mit dem gelang es ihr, den Karton unter dem Bett herauszubugsieren. Sie fragte sich, wie Paulina an die Kiste herangekommen war, um die jeweiligen Unterlagen dort zu deponieren. Der Platz war auf jeden Fall günstig gewählt, Arno hatte sicher länger nicht unter das Bett geschaut, der Staubschicht nach zu urteilen. Sie wischte mit der Hand über die Oberfläche, größere Flusen schwebten zu Boden. Zoey musste husten und bog die Ecken auseinander, um einen ersten Blick zu riskieren. Unwillkürlich hielt sie den Atem an. Wild durcheinander fanden sich geöffnete Briefumschläge, Kontoauszüge, teilweise aufgeheftet, zusammen mit diversen Zeitschriften und Katalogen. Das versprach eine Menge Arbeit, das Wochenende würde dafür draufgehen. Es half alles nichts, sie hatte es Paulina versprochen. Die geplanten Strandspaziergänge mit Moritz mussten gecancelt werden und wenn sie erst an die Freuden im Bett dachte. Nicht zu ändern, je schneller sie anfangen würde, umso eher wäre sie fertig. Sie hob den Karton in die Höhe und trug ihn nach unten in die Küche, wo sie ihn vorsichtig auf den Tisch stellte. Anschließend lief sie noch einmal die Treppe hoch, um das Fenster zu schließen und den Besen zurück in die Kammer zu bringen. Im Laden konnte sie die Papiere nicht sortieren, es wäre am besten, wenn sie alles mit nach Wenningstedt nehmen würde. Paulina hatte bestimmt nichts dagegen.

Der Nachmittag verlief ebenfalls ruhig. Paulina scheuchte sie gegen halb sechs nach Hause und verbot ihr, am Wochenende zu kommen. Sie würde sich zusammen mit Arno um das Geschäft kümmern. Ich will dich erst im neuen Jahr wiedersehen, hatte sie gesagt und Zoey auf die Wange geküsst. Es reicht schon, dass du meine Unterlagen sortierst.

„Du bist dir ganz sicher, dass das alles ist?", fragte Zoey in eindringlichem Ton, bevor sie sich verabschiedete.

„Die übrigen Sachen haben Marlene und Arno durchgesehen", antwortete Paulina etwas kleinlaut.

„Feiert ihr Silvester?"

„Wir zwei Alten? Nein. Was habt ihr denn vor? Geht ihr aus?"

„Ich weiß es gar nicht", antwortete Zoey ehrlich. Moritz und sie hatten über Silvester nicht gesprochen. Er blieb bis zum Ende der ersten Januarwoche auf der Insel, genau wie sie. Sie umarmte Paulina. „Wir sehen uns spätestens am 2. Januar. Gib Arno einen Kuss von mir." Zoey schulterte den Karton und beförderte ihn auf den Rücksitz des Wagens. Diese Arbeit würde sie im alten Jahr erledigen.

25

„Habt ihr für Morgen schon Pläne?" Moritz machte es sich in der Ecke der Küchenbank bequem. Sein linkes Bein war ausgestreckt, mit dem Fuß des anderen streichelte er Max.

Zoey und Marlene, die ihm gegenübersaßen, sahen sich fragend an. Marlene blinzelte ihr zu. Sie hatten das Lachsfilet verputzt und genossen das letzte Glas Wein am Küchentisch.

„Wieso? Hast du eine spezielle Idee?", antwortete Marlene.

„Speziell nicht. Ich habe mir überlegt, wir könnten zusammen einen Spaziergang um das Morsum-Kliff machen und uns bei Ingwersen ein Stück Butterkuchen gönnen." Er klopfte sich auf seinen Bauch. „Obwohl ich lieber darauf verzichten sollte angesichts der Kilos, die ich vermutlich in der kurzen Zeit zugenommen habe." Er grinste spitzbübisch.

„Nun gib mal nicht so an", bemerkte Marlene. „Du darfst ruhig noch etwas zulegen, mein Lieber. Außerdem liegt das nicht am Essen, sondern an der Ruhe und an den Hormonen." Jetzt blitzte ihr der Schalk aus den Augen.

Zoey rutschte peinlich berührt auf ihrem Stuhl hin und her und hoffte, dass sie nicht errötete.

„Morgen habe ich keine Zeit." Marlene und Moritz sahen sie überrascht an. „Ich muss Papiere sortieren, ich meine …" Sie brach ab und überlegte, wie sie sich verständlich äußern konnte, ohne Paulina zu belasten.

„Ach, das waren Unterlagen in dem Karton, den du vorhin in dein Zimmer geschleppt hast?"

„Ja", murmelte Zoey und stürzte hastig etwas Wasser hinunter. „Ich habe Paulina versprochen, über ihre Buchhaltung zu sehen. Ihr wisst doch, dass ich ihr helfe, eine Entscheidung wegen der Buchhandlung zu treffen. Ich kann in dem Laden nicht weiterarbeiten, obwohl mir die Tätigkeit Freude bereitet. Aber wenn ich das Haus kaufen will, muss ich zurück nach Hamburg und wieder anfangen, als Unternehmensberaterin zu arbeiten. Sonst klappt das nicht mit dem Geld. Außerdem gefällt mir mein Beruf ja auch. Meistens."

Marlene tätschelte ihre Hand. „Natürlich musst du zurück nach Hamburg, aber du kommst mich oft besuchen und wohnst hier bei mir. Damit das klar ist. Und was Paulina angeht …"

„Da finden wir eine Lösung." Moritz unterbrach sie mit fester Stimme. „Ich helfe dir morgen früh beim Sortieren, zu zweit geht die Arbeit schneller von der Hand. Du verschaffst dir den Überblick über die Situation und wenn du fertig bist, laufen wir ums Kliff. Einverstanden?" Er lächelte Zoey zu und ihre Augen trafen sich.

„Macht das, meine Lieben. Ich habe für morgen andere Pläne."

„Jetzt entfachst du unsere Neugierde?" Zoey drückte die Hand ihrer Freundin, die sie immer noch hielt.

„Nichts Geheimnisvolles. Es ist wichtig, an meinem angefangenen Bild weiterzumalen. Mir schwebt da etwas ganz Bestimmtes vor." Sie stoppte und fuhr nach einer kurzen Pause fort. „Abends treffe ich übrigens Jasper. Er hat mich zum Essen eingeladen."

„In diesem Falle sind wir doch alle angenehm beschäftigt." Moritz sah Zoey so intensiv an, dass ihr ganzer Körper anfing zu vibrieren.

„Los, Kinder, ab mit euch. Wir sehen uns morgen hier zum Frühstück." Marlene stand auf und produzierte mit der Hand eine entlassende Geste. „Ich kümmere mich um den Abwasch."

„Ach komm", sagte Zoey schnell, der die Situation peinlich war. Merkte man ihr an, dass sie mit Moritz allein sein wollte?

„Keine Widerrede. Dafür nehmt ihr morgen Max mit zum Kliff und abends auf eine kurze Hunderunde."

„Das hätten wir sowieso getan." Zoey fing an, die benutzten Teller aufeinanderzustapeln. Marlene nahm ihr das Geschirr ab. „Denk an das Konfetti", flüsterte sie ihr ins Ohr.

Draußen blieb Moritz nach wenigen Schritten stehen und zog Zoey an sich. „Ich hätte es keine Sekunde länger ohne einen Kuss ausgehalten", raunte er ihr leise ins Ohr und suchte ihren Mund, den sie bereitwillig öffnete. Ihre Zungen fanden sich und beide verschmolzen ineinander.

Hände haltend legten sie die kurze Strecke zum Hotel zurück, dabei blieben sie immer wieder stehen, um sich zu küssen. Zoey konnte nicht genug von ihm bekommen, sie war erregt und gleichzeitig so elektrisiert, wie seit Langem nicht mehr. Liebeshormone.

Ein älterer Mann stand an der Rezeption und händigte

Moritz den Zimmerschlüssel aus. Er zwinkerte Zoey zu und sie hatte das Gefühl, dass er genau Bescheid wusste, was gleich im Zimmer passieren würde. Dort küssten sie sich leidenschaftlich und lösten sich schwer atmend voneinander. Moritz hielt ihren Blick gefangen. Er öffnete langsam den Reißverschluss ihrer Jacke. „Du hast mich sehr glücklich gemacht, weil du gesagt hast, dass du zurück nach Hamburg kommst, Liebes. Ich hatte Angst, dass du jetzt für immer auf Sylt bleibst."

„Ich will doch Tango tanzen lernen", flüsterte sie und half ihm beim Ausziehen des Kleidungsstücks.

Marlene empfing sie am nächsten Morgen mit einem gedeckten Frühstückstisch. Sie machten sich über die inzwischen obligatorischen Croissants her, die Zoey beim Bäcker besorgt hatte. Nach dem Frühstück verschwand Marlene in ihrem Atelier und Zoey widmete sich dem Abwasch. Moritz holte auf ihren Wunsch den Karton und hob ihn auf den Küchentisch.

„Das sieht tatsächlich nach ein wenig Arbeit aus", sagte Moritz und schüttelte seinen Kopf. „Es wird am einfachsten sein, wenn ich alles auf die Platte schütte."

Kurze Zeit später lag der ganze Papierkram in einem Haufen auf dem Küchentisch. Moritz arbeitete sich durch den Berg durch, indem er zunächst flüchtig das jeweilige Schriftstück in Augenschein nahm, um es auf einen der verschiedenen Stapel zu bewegen, die er sich als Grobeinteilung überlegt hatte.

Zoey beobachtete ihn, während sie das Geschirr abtrocknete. Heute verfuhr sie so wie Marlene, sie wusch per Hand ab. Das gab ihr Zeit zum Nachdenken. Moritz hatte seine Nickelbrille über die Haare geschoben und hielt sich die Briefe vor die Augen. Sie rief sich die letzte Nacht in Erinnerung. Ein wohliges Gefühl im Bauch wärmte sie. Nie hätte sie damit gerechnet, wie leidenschaftlich der Mann im Bett war. So gewollt hatte sie sich lange nicht gefühlt. War es mit Leander auch so gewesen? Sie erinnerte sich gar nicht mehr genau, dachte sie schuldbewusst. Sein Bild fing an zu verblassen. Es ging zu schnell. Unbewusst hielt sie sich am Waschbecken fest.

„Ist irgendetwas nicht in Ordnung, Liebes? Du siehst auf einmal so bedrückt aus."

Moritz sah sie besorgt an und Zoey wusste nicht so recht, was sie antworten sollte. Sag die Wahrheit.

„Ich musste gerade an Leander denken", begann sie stockend. „Ich …" Ihr versagte die Stimme.

Moritz ließ das Papierstück, das er in den Fingern hielt, fallen und war mit zwei Sätzen bei ihr. Mit festem Griff legte er ihr seine Hände auf die Schultern und zwang sie, ihn anzusehen. „Bitte, Zoey. Du darfst kein schlechtes Gewissen haben, wir lieben uns und Leander hätte gewollt, dass es dir wieder gutgeht, dass du lebst. Er wird immer zu dir gehören und du hast jedes Recht, um ihn zu trauern. Vergiss das nicht."

Zoey ließ sich gegen ihn fallen und fühlte sich augenblicklich getröstet und erleichtert zugleich.

Zwei Stunden später waren alle Dokumente geordnet und in unterschiedliche Ordner geheftet. Das meiste stammt aus dem letzten und vorletzten Jahr. Der nächste Schritt war, Einnahmen und Ausgaben gegenüberzustellen. Dazu mussten die Kontoauszüge aus 2017 und 2018 und die Kassenabrechnungen komplett vorliegen. Zoey hoffte, dass die fehlenden Auszüge irgendwo vorhanden waren. Moritz hatte beim Sortieren ein paar Mal die Augen verzogen und etwas von ‚mangelndem System' gemurmelt. Zoey hatte geantwortet, dass es gar keine Ordnung gab, das war vermutlich Bestandteil des Problems.

„Wenn deine Freundin Paulina nichts dagegen hat, nehme ich die Unterlagen mit nach Hamburg und gebe sie dort einem Bekannten, dem Inhaber einer Steuerberaterpraxis. Der ist mir einen Gefallen schuldig. Einer seiner Mitarbeiter wird sich damit beschäftigen, die notwendigen Informationen für das Finanzamt zusammenzustellen, und die Gewinnermittlungen für die beiden Jahre anfertigen. Es sah zunächst schlimmer aus, als es ist. Es fehlt nur der Abschluss für 2017, das schaffen wir. 2018 erledigen wir im ersten Quartal." Er schob die Brille zurück auf die Nase und räkelte sich. „Puh. Zur Belohnung fahren wir jetzt ans Kliff. Max ist schon unruhig." Der Retriever hörte seinen Namen und wedelte freudig. Moritz streichelte ihm über den Kopf.

„Das ist ein großzügiges Angebot von dir. Ich glaube nur nicht, dass Arno und Paulina das annehmen werden. Sie sind sehr stolz und möchten nichts geschenkt bekommen."

Moritz hatte sich erhoben und streckte seine Arme über den Kopf, um sich zu dehnen. „Oh, keine Bange, die beiden erhalten die Leistung nicht umsonst. Ich werde ihnen sagen, dass sie dir dafür einen geringeren Kaufpreis abknöpfen sollen."

„Nein, auf gar keinen Fall. Sie haben mir das Haus jetzt bereits unter Wert angeboten."

„Du kümmerst dich doch um sie und wirst das vermutlich auch weiter tun. So wie ich dich kenne." Moritz grinste und klatschte in die Hände. „Los jetzt, lass uns das unterwegs besprechen. Ich brauche frische Luft."

Der Parkplatz vor dem Naturschutzgebiet war nur spärlich besetzt. „Denkst du, es ist etwas Ernstes mit diesem Jasper?", fragte Moritz und öffnete die Kofferraumklappe, um Max herauszulassen. Der Hund schnüffelte und hinterließ seine Markierung am Informationsschild über das Schutzgebiet.

„Mäxchen muss angeleint werden." Zoey rief den Retriever, der sofort gehorchte und sich bereitwillig festmachen ließ.

„Wirst du Jasper genauso unter die Lupe nehmen wie mich?" Zoey schmunzelte innerlich, als sie sich daran erinnerte, wie sie Moritz in Westerland im Café sitzen gelassen hatte.

„Ich habe aus meinen Fehlern gelernt", sagte er und griff nach Zoeys Hand. „Ich werde mich nicht einmischen. Jedenfalls nicht mehr so schnell."

Zoey lachte und erwiderte seinen Händedruck. „Da bin ich aber gespannt."

Sie nahmen den leicht abschüssigen Weg in Richtung Watt. Die Luft war klar und Zoey atmete mehrmals tief ein. Es hatte in der Nacht gefroren und eine dünne Eisschicht lag über den Pfützen. Sie trat auf eine der Eisflächen und erfreute sich an dem knackenden Geräusch. Max hatte ein Kaninchen erspäht und zog an der Leine. „Vergiss das."

„Kein Vergnügen für den Hund." Moritz sah belustigt zu, wie Zoey auf die nächste gefrorene Stelle zusteuerte.

„Max hat genügend Spaß."

„Ich hoffe, du auch." Moritz blieb stehen und breitete die Arme aus. Zoey ließ sich gegen ihn fallen. Er küsste sie auf die Nase und löste sich erst wieder von ihr, als Max, der um sie herumhüpfte, es geschafft hatte, die Leine um ihre Beine zu wickeln.

Es herrschte Ebbe und sie suchten sich den Weg über die Felsen zum Strand. Das Morsum-Kliff gehörte zu Zoeys Lieblingsorten, sie war schon oft hier gewesen. Jedes Mal aufs Neue erfreute sie sich an dem Farbenspiel aus den verschiedenen Rot- und Sandtönen. Ein paar Möwen trippelten auf der Suche nach Nahrung im Watt und Max machte einen kleinen Satz. „Wenn der Hund nicht angeleint wäre, würde er die Vögel verjagen. Davon bekommt er nie genug", sagte Zoey und streichelte Max über den Rücken. „Pech gehabt, mein Freund, hier im Naturschutzgebiet darfst du nicht frei laufen."

Erst als sie sich wieder landeinwärts wandten und den Dünenweg einschlugen, kam Moritz auf die Buchhandlung zurück. „Es ist dir wirklich ernst mit der Immobilie in Westerland, nicht wahr?"

„Ja, das ist es." Zoey war sich noch nie einer Sache so sicher gewesen. „Ich werde das Haus kaufen und irgendwann später hier leben. Wäre das ein Problem für dich?" Unwillkürlich hielt sie den Atem an.

„Nein, wäre es nicht, solange ich immer zu Besuch kommen kann."

„Na klar", sagte sie erleichtert. „Du bekommst ein eigenes Zimmer."

„Ich würde dir auch finanziell helfen. Ich meine …" Moritz stockte und versuchte offenbar, die richtigen

Worte zu finden. „Falls du Probleme mit der Bank hast, könnte ich dir ein Darlehen geben."

Zoey stapfte durch den Sand, bevor sie antwortete. „Das ist ein großzügiges Angebot von dir. Danke. Ich weiß das wirklich zu schätzen. Aber wenn ich eines in den letzten Wochen und Monaten gelernt habe, ist es das: Ich muss zusehen, dass ich es hinbekomme." Sie verbesserte sich: „Ich will es allein schaffen und dich da nicht mit hineinziehen. Ich hoffe, du verstehst das."

„Ich würde von dir auch Zinsen verlangen." Moritz kickte mit dem Fuß einen kleinen Stein weg. „Spaß beiseite, ich verstehe dich. Trotzdem wünsche ich mir, dass du dir von mir helfen lässt, wenn wider Erwarten Probleme auftauchen. Dafür sind Freunde doch da."

Ein Stich durchzog Zoeys Magen. Waren sie nicht mehr als das? Sie zog Max näher an sich und antwortete betont lässig: „Freunde? Ich dachte, wir wären zumindest Liebhaber."

„Wie sind beides, Liebes. Freunde und Liebhaber." Moritz blieb stehen und küsste sie. Seine Zunge drängte sich fordernd in ihren Mund, sie ließ ihn gewähren und gab sich erneut dem beglückenden Gefühl hin, begehrt zu werden. Hier. Am Morsumer Kliff.

„Lass uns zusehen, dass wir ins Hotel kommen", flüsterte Moritz ihr Sekunden später ins Ohr. „Hier ist es zu kalt und zu unbequem."

26

Silvester. In wenigen Stunden wäre das alte Jahr Geschichte. Zoey räkelte sich in der Hotelbadewanne und ließ heißes Wasser nachlaufen. Ein kleines bisschen schlechtes Gewissen plagte sie, weil es ihr hier so gutging und Marlene zu Hause die ganze Arbeit hatte. Sie schwor sich, morgen die Küche aufzuräumen oder besser heute, da sie die Nacht wieder hier mit Moritz verbringen würde. Die Zeit verging wie im Fluge und in nicht mehr einer Woche musste sie zurück in Hamburg sein. Musste nicht, aber sie wollte. Es war nicht möglich, für immer hier auf der Insel zu bleiben, zumindest zum jetzigen Zeitpunkt nicht. Sie wackelte mit den Zehen und fühlte sich entspannt und abenteuerlustig zugleich. In Hamburg würde sie sich mit ihrem Bankberater treffen, ein Termin war vereinbart. Und mit ihrem Anwalt. Wie das klang! Zoey fuhr mit der Hand durch den Badeschaum und ließ ein paar Flöckchen hinuntergleiten. Helga hatte sich nicht gemeldet, zumindest war ihr nichts Derartiges bekannt. Höchstwahrscheinlich war der Brief über die Feiertage im Anwaltsbüro liegengeblieben. Sie brauchte schnellstmöglich die Einigung mit Helga, damit sie frei war und finanziell disponieren konnte. Leander. Was hätte Leander zu der Entwicklung gesagt? Es klopfte.

„Darf ich hineinkommen?"

Moritz war von seinem Saunagang zurück. Zoey überlegte blitzartig, ob sie aus der Wanne steigen sollte, entschied sich aber dagegen. Moritz hatte sie in den vergangenen Tagen oft genug nackt gesehen. Auch bei Licht. Es gab keinen Grund, sich zu schämen.

„Na klar", antwortete sie und rutschte etwas tiefer in die Wanne, sodass ihr ganzer Körper von Schaum bedeckt war.

Ein knallroter Kopf sah durch die Tür. Moritz blinzelte, er hatte seine Brille nicht auf.

„War es warm genug?"

„Ja. Wie ich sehe, hast du es dir gemütlich gemacht." Moritz setzte sich auf den Wannenrand und streckte die Hand ins Wasser, zog sie aber sofort zurück. „Puh, ist das heiß."

„Das sagt der Mann, der gerade bei 90 Grad geschwitzt hat."

„Ja." Er schob den Bademantel am Ärmel hoch und ließ den Arm erneut ins Nass gleiten, dieses Mal etwas tiefer. Zärtlich strich seine Hand über Zoeys Brüste und wanderte weiter nach unten. Sie spürte ein vertrautes Pochen im Unterleib und ließ ihn gewähren. Ihr Blick verlor sich in seinen Augen, als er sie berührte.

„Hast du dir inzwischen überlegt, ob du mein Angebot annimmst?", fragte Marlene, die das Strickkleid trug, das sie auf der Vernissage angehabt hatte. Ihr Haar war offen und von ihren Ohren baumelten zwei Ohrringe in Wellenform mit blauen Steinen in der Mitte, dazu hatte sie den breiten Silberring am Finger angelegt. Zoey hatte sich zur Feier des Tages in einen schwarzen, über das Knie reichenden Rock geworfen, darüber eine lässige weiße Bluse. Zusammen mit der dunkelvioletten Weste fühlte sie sich passend angezogen.

„Welches Angebot?" Moritz war dabei, eine Flasche Pils zu öffnen. Sie standen zu dritt in der Küche, Jasper würde jede Minute kommen.

„Marlene hat mir ihre Wohnung in Eppendorf als vorübergehendes Domizil in Hamburg offeriert." Zoey fing den überraschten Blick von Moritz schuldbewusst auf. Sie hatte ihm davon noch nichts erzählt. Dachte er etwa, dass sie bei ihm einziehen würde? Auf gar keinen Fall, sie kannte ja noch nicht einmal seine Wohnung.

„Ich habe hin- und herüberlegt", sagte sie betont langsam, „und nehme dein Angebot an. Allerdings nur unter der Voraussetzung, dass ich eine angemessene Miete an dich zahle, und auch nur so lange, bis ich etwas Eigenes gefunden habe." Zoey atmete tief durch.

„Na sowieso", sagte Marlene und lachte. „Als brotlose Künstlerin bin ich auf jeden Euro angewiesen. Über die Höhe werden wir uns bestimmt einig."

Moritz blieb stumm, er füllte sein Bierglas. Hoffentlich war er nicht beleidigt. Er konnte doch nicht ernsthaft annehmen, dass sie bei ihm einziehen würde?

„Prost, ihr Lieben. Lasst uns auf den vor uns liegenden Abend trinken und …" Moritz erhob sein Glas und zwinkerte Zoey zu. „… auf die Tatsache, dass Zoey zurück nach Hamburg kommt."

Ihr fiel ein Stein vom Herzen. Sie hob ihr Sektglas. „Ich habe die Zeit hier gebraucht und genossen. Jetzt muss ich wieder Geld verdienen, schließlich beabsichtige ich, ein Haus auf der Insel zu kaufen."

Es klingelte und Max raste bellend zur Tür, Marlene folgte ihm auf dem Fuße. Wenige Augenblicke später trat

Jasper zur Tür herein. Heute trug er ein weißes Hemd mit einer dunkelblauen Strickjacke zur Jeans. Im rechten Ohr blinkte ein kleiner Ankerohrstecker. Der war Zoey bis jetzt nicht aufgefallen. „Moin", grüßte er und schüttelte ihr kräftig die Hand. Moritz nickte er zu und schielte dabei auf das Bier.

„Wie wäre es mit einem Pils?"

Marlene betrat mit einem Strauß gelber Rosen die Küche. Sie vergewisserte sich mit einem Blick, dass ihr Gast etwas zu trinken hatte.

„Vielen Dank für die wunderschönen Blumen", sagte sie und öffnete einen der Hängeschränke, aus dem sie eine blau getöpferte Vase herausholte, die sie Zoey reichte. Sie stemmte die Hände in die Hüften und schob Max beiseite, der versuchte, die gusseiserne Pfanne mit Bratkartoffeln, die einen appetitanregenden Duft ausströmten, zu erreichen.

„Bevor wir mit dem Essen anfangen, möchte ich ein paar Worte sagen." Marlene sah nacheinander alle drei an und Zoey war gespannt, was jetzt kommen würde.

„Das alte Jahr nähert sich dem Ende und ein neues steht vor der Tür. Gute Vorsätze fasse ich schon lange nicht mehr, mein Motto lautet, den Tag in jeder wachen Minute zu genießen. Keiner von uns kommt hier lebend raus." Sie unterbrach sich und blinzelte Moritz zu. „Das Schicksal war in den letzten Wochen überaus gnädig zu mir, ich durfte zwei Menschen kennenlernen, die mein Leben inzwischen verschönern." Sie hörte auf zu sprechen und lächelte Zoey und Jasper an. Zoey stiegen Tränen in die Augen. „Keine Sentimentalitäten, ihr Lieben. Es ist mir aber wichtig, euch zu sagen, dass ich so froh und glücklich bin, dass wir uns getroffen haben. So, das war es von mir. Jetzt nehmt Platz, es gibt Bismarckhering mit Bratkartoffeln. Für diejenigen, die kein Pils mögen, habe ich eine Flasche Rotwein ausgesucht. Moritz wärest du so lieb …"

Zoey konnte nicht mehr an sich halten. Sie stürzte auf Marlene zu und fiel ihr um den Hals.

„Du bist die Allerbeste", flüsterte sie ihr ins Ohr.

Max tänzelte um sie herum und war sichtlich aufgeregt.

Jasper räusperte sich. „Ich bin ein alter Seebär und fernab von irgendwelchen rührseligen Gefühlen. Kurzum: Ich mag dich, Marlene."

Zoey ließ sie los und Jasper trat vorsichtig vor und gab Marlene einen sanften Kuss auf die Wange.

„Darf ich dich jetzt auch noch küssen, bevor wir essen?" Moritz grinste, nahm seine langjährige Freundin in die Arme und drückte sie heftig. Er gab ihr einen schmatzenden Kuss mitten auf den Mund.

27

Es waren fünf Paare gekommen. Vier Frauen und fünf Männer, die sich wie sie etwas unschlüssig in dem Loft umblickten. Die Wände des kleinen Saals schimmerten frisch gekalkt, der Boden war mit schwingendem hellem Parkett ausgelegt. An der fensterlosen Seite stand einsam eine Holzbank, die Zoey an ihre Schulzeit erinnerte. Daneben war in der Ecke eine Musikanlage mit riesigen Boxen aufgebaut. Sie stakste auf ihren neuen schwarzen Tanzschuhen mit überschaubarem Absatz etwas unbeholfen umher. Zoey hatte die Schuhe in einem Fachgeschäft gekauft und abends nach der Arbeit versucht, sie einzulaufen. Sie hoffte, dass sie sich nicht blamieren würde. Normalerweise bevorzugte sie flache Sneakers, drei Zentimeter waren bereits eine Herausforderung für sie. Die vier anderen Damen trugen Sandalen mit hohen dünnen Absätzen. Sie seufzte.

„Was ist denn, Liebes? Bereust du es schon, dass du mit mir hierhergekommen bist?" Moritz musterte sie mit hochgezogenen Augenbrauen. Schuhprobleme hatte er keine: Er trug zur Jeans schwarze Schnürschuhe mit Ledersohle. Aufmunternd lächelte er ihr zu.

„Nein, nein", versuchte sie, ihn und sich zu überzeugen. „Wenn ich mir den Knöchel breche, musst du mich tragen."

„Ich trage dich auf Händen." Er lachte und gab ihr einen schnellen Kuss.

Seit Silvester waren drei ereignisreiche Monate vergangen. Zoey arbeitete wieder und die Auftragslage war zufriedenstellend. Genau genommen besser als vor einem Jahr. Sie hatte den leisen Verdacht, dass Moritz dabei seine Finger im Spiel hatte. Im Gegensatz zu Marlene hatte sie Vorsätze gefasst und einer lautete, dass sie nur ausgewählte Projekte begleiten würde, all die anderen vermittelte sie an ihre jüngere Büropartnerin, die ihr dafür dankbar war. Nach vielen erfolglosen Besichtigungen gelang es ihr sogar, mit Monas und Tobias' Hilfe eine kleine Wohnung in Harvestehude zu finden. Dorthin würde sie in diesem Monat ziehen und ihre teilweise noch im Lager untergebrachten Sachen abholen und aufstellen. Die Behausung war nicht mit der zu vergleichen, die sie zusammen mit Leander bewohnt hatte, und kam auch nicht an das komfortable Appartement heran, das Marlene gehörte. Aber sie hatte einen Platz für sich allein gefunden und nur das war wichtig. Wenn sie in sich ruhte, war sie zufrieden und vermochte, ihr Glück zu teilen. Das war ihr inzwischen klar.

Helga hatte sich im neuen Jahr gemeldet und den angekündigten Vergleich abgeschlossen. An einem typischen Hamburger Schmuddelwettertag kam es zum Treffen mit ihr. *Du musst sie sehen, um das Lebenskapitel abzuschließen*, hatte Marlene ihr geraten.

Die Übergabe des Bildes fand auf Wunsch von Zoey im Alsterpavillon statt: Sie war extra früher gekommen und hatte sich an einen Ecktisch platziert, um Helga als Erste ungestört beobachten zu können. Die trat in einem gefärbten Nerzmantel in das Lokal und beschwerte sich, nachdem sie sich mit einem mürrischen Blick einen Stuhl herangezogen hatte, lauthals bei Zoey darüber, dass sie gezwungen war, das kostbare Teil in der Öffentlichkeit anzunehmen. Zoey hatte eine Quittung vorbereitet, die Helga nach ausgiebiger Musterung des Werks unterschrieb. Als Leanders Schwester wieder verschwunden war, gönnte sich Zoey ein Glas Sekt und prostete Leander zu. Er amüsierte sich sicher köstlich auf einer Wolke.

Moritz und sie sahen sich regelmäßig. Fast jedes Wochenende fuhren sie zusammen nach Sylt, übernachteten bei Marlene und besuchten Paulina und Arno in Westerland. Ihr Traum war in Erfüllung gegangen: Zoey hatte Ende Februar den Kaufvertrag für das Haus unterschrieben. Mit dem an Paulina und Arno geflossenen Geld waren die beiden in der Lage, ihre Schulden zu begleichen. Außerdem zahlte Zoey ihnen eine monatliche Rente. Über die Zukunft der Buchhandlung war das letzte Wort noch nicht gesprochen. Moritz und der eingeschaltete Steuerberater waren der Ansicht, dass die Fortführung wirtschaftlich betrachtet ein Zubrotgeschäft sei. Liebhaberei. Die Unternehmensberaterin in ihr stimmte zu, aber zwischen Himmel und Erde musste sich nicht alles finanziell rentieren. Paulina war genesen und wuselte wie eh und je im Laden herum. Zoey hatte nicht die Absicht, ihr diese Beschäftigung auszureden, es war Teil ihres Lebens. Der einzige Unterschied bestand darin, dass Zoey den Freund von Moritz im Namen von Paulina mit der

Buchführung beauftragt hatte. Die Kosten dafür trug sie gern. Er würde sie informieren, wenn etwas schieflief.

Im Saal ertönte auf einmal leise Tanzmusik und Zoeys Aufmerksamkeit wurde von einem Paar in Anspruch genommen, das sich den Schülern näherte. Eine junge Frau mit langen braune Haaren, bekleidet mit schwarzen Leggins und einem kurzen roten Rock darüber, glitt mit ihren unvorstellbar hohen, vorn offenen schwarz-roten Schuhen über die Tanzfläche. Begleitet wurde sie von einem Mann im selben Alter, der ganz in Schwarz gewandet war. Beide verbeugten sich kurz und begrüßten die Anwesenden. Alle Kursteilnehmer bildeten einen Kreis um das Tanzpaar.

„Wir beginnen mit dem Schreiten durch den Raum. Wir zeigen euch, was wir damit meinen. Legt die Hände jeweils locker auf die Schultern des Partners." Martina und Justus, die beiden Tangolehrer, stellten sich voreinander auf und drehten mit langen gleichmäßigen Schritten eine Runde durch den Raum. Vorwärts und rückwärts.

„Wichtig ist, dass ihr euch von den Männern führen lasst."

„Das liebe ich so am Tango", raunte Moritz Zoey ins Ohr. Die stupste ihn in die Seite. „Sei still."

„Und jetzt ihr." Justus klatschte in die Hände. „Versucht, im Rhythmus der Musik zu bleiben."

Moritz lenkte sie ein paar Schritte zur Seite. Martina hatte den Ton lauter gestellt, unwillkürlich bewegte sich Zoey im Takt auf Moritz zu. Er legte ihr seine Hände auf die Schultern, sie tat es ihm gleich. Beide sahen sich in die Augen und Zoeys Herz setzte für einen kurzen Moment aus. Sie war sich auf einmal sicher: Es fing etwas Neues an.

Katharina Mosel: Herbstwege –Ein Sylt-Roman

Manchmal braucht man eine Auszeit, um wieder klar zu sehen.

Nach dem Tod der Mutter herrscht zwischen den Schwestern Helen und Irene Funkstille. Das Erbe hat sie auseinandergebracht.

Helens Mann Daniel hat genug vom Familienzwist und bricht nach Mallorca auf, wo er über seine Zukunft nachdenken möchte. Seine Frau reist gekränkt nach Sylt zu ihrer Freundin Marlene. Kann sie ohne Schwester und Ehemann noch einmal von vorn beginnen? Welches Geheimnis umgibt Marlenes Partner und was passiert, wenn das Schicksal einem dazwischenfunkt?

Eine Geschichte über Fehler und den Mut, verzeihen zu können.

Nach dem Erfolg von „Konfetti im Winter" der zweite Sylt-Roman der Autorin.

2021, 324 Seiten
eBook und Taschenbuch

Erhältlich überall, wo es gute Bücher gibt: online und im lokalen Buchhandel.

**Katharina Mosel: Frühlings-
wellen – Ein Sylt-Roman**

*Zuhause ist der Ort, wo man dich
aufnimmt.*

Die Aussteigerin Henrike kehrt wenige Monate vor ihrem 50. Geburtstag
schweren Herzens auf ihre Heimatinsel
Sylt zurück. Alles, was ihr bisher Sicherheit gab, ist verloren. Sie zieht bei ihrer Mutter Witta ein, der sie in der
Vergangenheit aus dem Weg gegangen ist.
Aus Geldmangel nimmt Henrike einen Job bei Joris, dem
Bruder ihrer Kindheitsfreundin Ulli, an. Beide kommen
sich näher, aber für Henrike steht fest, dass Sylt nur
eine Zwischenstation ist. Wäre da nicht dieses komische
Gefühl, dass ihr etwas Entscheidendes entgeht. Wieso
hat Witta so viele Freundinnen? Und was belastet Joris?
Ist das Inselleben tatsächlich so trostlos, wie Henrike es
in Erinnerung hatte?

***//** Der Roman erzählt einfühlsam mit viel Sylt-Flair
von Menschen, die auch mit 40+ noch Mut zur Veränderung haben.*

Heike Steppenrath, Frau Goethe liest

2023, 364 Seiten
eBook und Taschenbuch

Erhältlich überall, wo es gute Bücher gibt: online und
im lokalen Buchhandel.

**Katharina Mosel: Winterka-
priolen – Ein Sylt-Roman**

*Die Zeit vergeht nicht langsamer,
wenn man stehenbleibt.*

Die im Ruhestand lebende Künstlerin Marlene freut sich auf die
alljährliche Heiligabendparty in
ihrem Haus auf Sylt. Die Vorbereitungen laufen auf
Hochtouren und eine tierische Geschenkidee hält sie
und ihre Umgebung in Atem. Für Marlene kann das
Fest kommen, doch dann trübt das seltsame Verhalten
ihres Freundes Jasper die vorweihnachtliche Stimmung.
Will Jasper ihr gemeinsames Leben auf den Kopf stellen
oder sieht sie Gespenster? Welche Rolle spielt seine
plötzlich auftauchende Bekannte Lydia und wieso hat
Marlene auf einmal das Gefühl, dass ihr Liebster Wichti-
ges vor ihr verschweigt? Verbirgt er ein Geheimnis oder
handelt es sich nur um den ganz normalen Wahnsinn
des Alltags, der zum Dasein dazugehört?
Eine Geschichte über die Schwierigkeit, mit Verände-
rungen umzugehen.

Nach dem Erfolg von „Konfetti im Winter, „Herbstwege" und „Frühlingswellen" der vierte Sylt-Roman
der Autorin.

2023, 240 Seiten
eBook und Taschenbuch

Erhältlich überall, wo es gute Bücher gibt: online und
im lokalen Buchhandel.